燕子号与亚马孙号
探险系列

THE PICTS AND THE MARTYRS
ARTHUR RANSOME

皮克特人和殉难者

〔英〕亚瑟·兰塞姆——著 吕琴——译

人民文学出版社
PEOPLE'S LITERATURE PUBLISHING HOUSE

图书在版编目(CIP)数据

皮克特人和殉难者 / (英)亚瑟·兰塞姆著；吕琴译. -- 北京：人民文学出版社，2025. -- (燕子号与亚马孙号探险系列). -- ISBN 978-7-02-019066-9

Ⅰ．I561.84

中国国家版本馆CIP数据核字第2024SN7972号

责任编辑　朱卫净　周　洁
装帧设计　汪佳诗

出版发行　人民文学出版社
社　　址　北京市朝内大街166号
邮政编码　100705

印　　制　山东临沂新华印刷物流集团有限责任公司
经　　销　全国新华书店等

开　　本　720毫米×1000毫米　1/16
印　　张　24.5
字　　数　268千字
版　　次　2025年2月北京第1版
印　　次　2025年2月第1次印刷

书　　号　978-7-02-019066-9
定　　价　88.00元

如有印装质量问题，请与本社图书销售中心调换。电话：010-65233595

目 录

第 一 章　迎接客人到来　　　　　　1
第 二 章　客人到来　　　　　　　　11
第 三 章　晴天霹雳　　　　　　　　27
第 四 章　"狗屋"　　　　　　　　　39
第 五 章　搬家　　　　　　　　　　51
第 六 章　"她来了!"　　　　　　　61
第 七 章　二手消息　　　　　　　　75
第 八 章　和医生打交道　　　　　　93
第 九 章　圣甲虫号的港口　　　　　107
第 十 章　给蒂莫西的信鸽　　　　　119
第十一章　"比我们厉害的皮克特人"　129
第十二章　草坪上传来的信号　　　　139
第十三章　摸鳟鱼　　　　　　　　　149
第十四章　"她们不能去航行……"　　163
第十五章　圣甲虫号起航　　　　　　177
第十六章　独自航行　　　　　　　　191
第十七章　等待消息　　　　　　　　207

第 十 八 章	"海豹"到访	223
第 十 九 章	"我们以前从没当过窃贼"	235
第 二 十 章	警察	251
第二十一章	他们发现了我们	265
第二十二章	计划赶不上变化	277
第二十三章	姑奶奶亲自查看	289
第二十四章	无忧无虑的假期	301
第二十五章	彻底消失了	315
第二十六章	开始搜索	331
第二十七章	绝不能发生的事	343
第二十八章	三个人在船上	355
第二十九章	玛利亚姑奶奶面对她的"追兵"	367
第 三 十 章	美德的回报	379

第一章

迎接客人到来

"这可没有家的感觉。"老厨娘站在贝克福特的客卧门口，盯着那幅巨型骷髅图说道。南希用黑白颜料在两张大纸上画了骷髅图，还用图钉固定在床头的墙上。

"桃乐茜会觉得不错的。"南希说，她跪在枕头上，最后摸了一下骷髅图上的一块骨头。

"那样一个骷髅头盯着她睡觉，不太好吧。她也不会喜欢那个黄黑相间的东西。"厨娘又看看固定在床脚的小旗杆上的两面旗帜说，"那不是你之前因为腮腺炎脸肿得厉害，被你扔在一旁的东西吗？"

"正是那面 L 旗，"南希仰着头说，想好好看一眼自己的作品，"它确实象征麻风病和瘟疫之类的事情，但我们手头只有这面大小合适。她不会在意的。"

"还有那只昆虫。这足以让她觉得这张床都是活的。我不知道你在哪里见过这种东西，肯定不是在这座房子里……"

"它是一只圣甲虫啊。"南希说。

"更像一只小虫子。"厨娘说。

"嗯，真的就是一只小虫子，一种什么甲虫……几千年那么古老了，被古埃及人奉为神明。这是他们新船的标志。"

"我不知道你妈妈回来看到它会怎么说。你舅舅的卧室里也有一个骷髅头。依我看，用这种方式迎接客人挺好的。"

皮克特人和殉难者

这可没有家的感觉

"那要看是什么客人。"南希边说边从床上爬下来,到门口和厨娘站在一起,以便看得更清楚,"很棒。我觉得我们可以在床尾再贴一张骷髅图。少了它,有一点乏味。嘿!佩吉!多准备一些纸。我打算给桃乐茜再画一张骷髅图,还有迪克。"

"只要你别把颜料滴在地毯上就好。"厨娘说。

"不会的。只有枕头上滴了一滴,那是意外。我们去花园画剩余的部分。好了,厨娘,亲爱的,我们已经答应妈妈要好好听话。等着瞧吧。现在我们表现得还不好吗?"

"好吧,我得说,露丝小姐,你的时间不多了……"

"我的天哪,"南希大叫道,"要是你再叫我露丝……"

"好了,南希小姐……我不得不说,露丝可是个好名字。"

"不适合海盗。"南希说,"你也知道现在只有一个叫我露丝的人,就是姑奶奶,她不算。她甚至还把佩吉叫成玛格丽特。"

"你可能会说,我跟你们的玛利亚姑奶奶看法一样,其实并不是这样。"厨娘说。

"我们没有人跟她一样,"南希说,"甚至连妈妈和吉姆舅舅也跟她不一样。"

"好了,南希小姐,"厨娘说,"现在这个家归你管,你能不能别想那些骷髅头?最好像你妈妈那样来厨房和我聊聊今天的饭食。我们有一些凉的烤羊肉,还有腌野猪肉,我想做蜜糖布丁……"

"噢,算了吧,"南希说,"明天之前我不会管这些事。你去问佩吉吧。要不然,你想做什么就做什么。只要不是木薯或西米就可以,永远

不要弄这些东西。我们不能忍受它们，希望迪克和桃乐茜也像我们一样讨厌它们。"

佩吉拿着纸来到楼梯口，准备给南希在上面画骷髅头。

"给。"佩吉说，"来看看迪克的卧室吧。吉姆舅舅床头上方的那幅骷髅图看着真不错。我猜他自己从来没想过这一点。我还把那架大望远镜摆放在了窗边的桌子上。迪克很快就会有家的感觉。"

"你要去花园画它们，对吧？"厨娘说，"我得换只新枕套。"

"不用了，"南希说，"桃乐茜不会在意的。我会跟她说那是一滴变黑的血。"

"她不会感激你的。"厨娘说完下楼去厨房了。

因为妈妈得了流感，南希和佩吉才单独和厨娘待在贝克福特，又因为迪克和桃乐茜的爸爸要批改试卷，迪克和桃乐茜才会来陪她们。布莱克特太太患上了严重的流感，不得不离开好好养病。她的兄弟吉姆，也就是众所周知的弗林特船长，带她出海航行，沿着斯堪的纳维亚海岸环游。这意味着暑假的前十天布莱克特太太不在家。她一开始是拒绝考虑这件事的。不过弗林特船长指出，修养一阵比毁掉整个假期要好得多，最后她觉得南希和佩吉单独待在贝克福特也没什么坏处。"她们能有这样的机会一定很开心，"弗林特船长说，"老厨娘会把她们伺候得好好的。蒂莫西·斯特丁会守着船屋，他要往返矿上，而且他在我的船屋里还有工作要做，每隔一天就会来看看她们。她们一定不会有事。"接着来消息说迪克·科勒姆和桃乐茜·科勒姆没法去迪克逊农场了，因为那里的客

人已经满了,而科勒姆教授得在伦敦忙上两周批改试卷。于是布莱克特太太邀请迪克和桃乐茜来陪南希和佩吉。"迪克是个懂事的小伙子,"弗林特船长说,"桃乐茜也很有头脑。尽管他们年纪小,但都有主心骨,那个小迪克还能帮蒂莫西的忙。"出发之前,布莱克特太太去学校看望了南希和佩吉。"不要撒野。"她将信将疑地说,"如果我觉得你们会惹上一丁点麻烦,我宁愿留在家里。要是你们的玛利亚姑奶奶知道我让你们单独留下的话,不知道她会怎么说。""我们会非常非常听话。"南希答应道,"您好好去养病吧。我们一定不会有事的,不用麻烦任何人。等你们回来的时候,我们肯定满肚子苦水,到时我们就要拿吉姆舅舅撒野。"现在,她们从学校回来了,期待成为模范女主人。千万不能有一点过失,让她们的妈妈后悔当初让她们自己看管这个家。

她们进屋吃午饭,把刚画好的两幅骷髅图样留在草坪上,让八月炙热的阳光晒干它们,还用石头压着,以防被风吹走。她们谈论起科勒姆教授请她们的舅舅为迪克和桃乐茜订购的船,希望船已经完工,这样他们在燕子号船员到来之前就能掌握开船的技巧了。再有不到两个星期的时间,燕子号船员就要来了,到时会待在湖对岸的霍利豪依。

"昨天蒂莫西说他认为那艘船今天没法完工。"佩吉说。

"从车站回来的时候,我们去瞧一眼。"南希说。

"他们一定急着想看到那艘船。"佩吉说,"嗨,南希,船下水之前,是用'她'还是'它'来称呼?"

南希没有回应。门厅里的电话响了。

"谁啊？"

"可能是找厨娘的。也许是肉店的人。"

她们听到厨娘咔嗒一声把布丁盘子放在门厅的桌上，然后接起电话。"您好……您好……您是说电报吗？嗯？布莱克特太太不在……露丝·布莱克特小姐……稍等……请不要挂电话，我去叫她……"

南希已经从椅子上跳了下来。

"你有一封电报，露丝小姐……"

即使在这样的时刻，南希也对厨娘挥了挥拳头。

"露丝·布莱克特小姐，"厨娘坚定地说，"那是他们说的。"

南希已经在门厅里接起了电话。

"是的……佩吉，不要走来走去！我听不清楚……稍等，我去拿支铅笔……嘿……铅笔！佩吉！好了……可以了……您接着说……回复电报的费用已付……我听到了……不用担心地址……'你们……是……独自……待在……贝克福特吗……你们的……妈妈……什么时候……回来……玛利亚……特纳……'天哪！对不起，没事。我在跟其他人说话。是的……没什么事。我一两分钟后就给您回电。谢谢您。"她挂了电话，"天哪！"她又说了一遍，"不好了！是姑奶奶，她已经知道妈妈不在家了。"

"这关她什么事？"厨娘说，"你过来尝尝布丁吧。没必要担心。特纳小姐离我们远着呢，她现在也没法阻止你们的妈妈了。"

"我们还要给她回电报，"南希说，"回电报的钱已经付了。"

"有的是时间。"厨娘说。

南希一边吃布丁，一边胡乱地写字。她在一张信纸上写满了可能要回复的话，但似乎都不适合发出去。"最重要的是让她平复心情。"她说，"我们能做到用十二个字打发她吗？"

"做不到。"佩吉说。

"一万两千个字也做不到，"南希说，"不过我们一定要想想办法。你难道看不出来？她针对的是妈妈，不是我们。'你们是独自待在贝克福特吗？'她非常反对。"

"我们不止两个人啊。"佩吉说，"告诉她，厨娘也在这里。"

"十二个字，"南希说，"地址就有四个字了，我们能说的话只剩八个字。"她画掉最后一份草稿上的几个字，又加了三个，然后读了出来，"没有。厨娘在。妈妈十三号返回。南希。"

"你可以用'回'代替'返回'。"佩吉说，"还有，你发给姑奶奶不应该用'露丝'的签名吗？"

南希做了个鬼脸，画掉"南希"，气呼呼地用铅笔写上"露丝"，然后用"回"替代"返回"，又省了一个字。

佩吉读了一遍。"她肯定会认为我们是独自在家。她会读作'没有厨娘在'，因为电报是不加标点符号的。她会把我们说的理解为'连厨娘都不在'。"

"活见鬼！"南希说，然后把电报改成了"不是独自。厨娘在。妈妈十三号回。露丝。"。"呸！还露丝呢！这样加上地址就是十二个字[①]。"

[①] 电报正文原文为"Not alone. Cook here. Mother returns thirteenth. Ruth"。因为电报中没有标点，故恰好八个字，加上地址占去的四个字，刚好十二个字。

她把电报给厨娘看。

厨娘一个字一个字地大声读出来。"你应该告诉她这里没有什么问题。"她说。

"那就超过规定的字数了,"南希说,"但或许最好写上。加在'厨娘在'的后面,然后我再插上一句'一切棒极了'。"

"瞎说,"佩吉迟疑道,"她不会喜欢这句的。"

"'一切都很好',"南希说,"她也不会喜欢的。那我就写'都很好'吧。三个字。反正只要三便士,值得。到时会算在电话费里,妈妈不会介意的。"

她和佩吉、厨娘一起走到电话那里,她们没一个人能想出更好的回复了。她拨通交换台的电话,说要发电报,然后告诉对方贝克福特的号码,解释说这是对那封复电费已付的电报的回复,又给了他们特纳小姐在哈罗盖特的地址,最后读了一遍最终版本的电报:

"不是独自。厨娘在。都很好。妈妈十三号回。露丝。"

她等着电报员重复一遍信息,确认没问题后,放下话筒。她看了看厨娘。"我希望确实没问题。"她说,"不管怎样,我们已经尽力了。"

"你真的尽力了。"厨娘说,"嗯,只是我想跟那个爱管闲事的人说几句,怎么把你们妈妈外出的事让特纳小姐知道了。"

"现在她也做不了什么。"南希说,"但我敢打赌,等妈妈一回来,她就会来找妈妈,狠狠地说她一顿。"

"到时妈妈已经度完假,所以也无所谓了。"佩吉说,"至少比出发之前就被姑奶奶逮住要好。"

9

"玛利亚姑奶奶真讨厌。"南希说。

"你已经发了电报，"厨娘说，"最好别管了。时间很紧张，为了迎接那两位客人，我们还有不少事要做呢。"

"好嘞！"南希说，"不管是谁向姑奶奶透露了妈妈外出的消息，都没告诉她我们有客人要来，这是好事啊。"

"你们还没准备好，他们就快到了。"厨娘说，"你们派一个人跑到李思维特夫人家去，叫比利开车来。"

"我们不打算在那辆破老爷车里跟他们会面。"南希说，"他们不会介意花两便士开车绕过湖的上游。他们还想航行，要去看看新船。"

"那他们的行李呢？"

"他们不会带很多行李的。我们坐公交车把行李送到码头。"

"如果行李多得搬不动，怎么办？"

"明天比利·李思维特可以开着那辆破老爷车去拿行李。快点，佩吉。我们没完成房间装饰，还得让船厂抓紧完工圣甲虫号，还要弄好亚马孙号的索具。"

"你们去车站的时候可别迟到啊。"厨娘说。

"我们不会迟到的。快点，佩吉。现在黑色的颜料应该干了。"

第二章

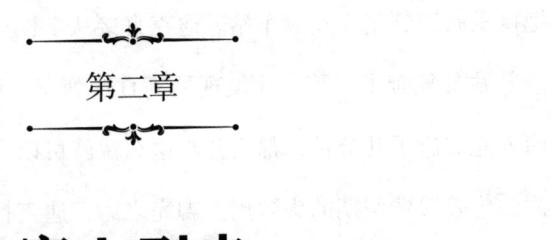

客人到来

南希和佩吉在贝克福特准备迎接客人的到来，与此同时，迪克和桃乐茜乘着火车奔赴北方，火车一路疾驰，只在最大的车站停一下。妈妈把桃乐茜送到了尤斯顿车站。迪克直接从学校过来，在克鲁郡上车，他沿着站台狂奔了一阵，才发现那辆直达列车，看到桃乐茜从窗口挥手。两人先交流了几分钟，都很开心这么快就可以去北方，而不是在酷热难耐的伦敦浪费假期的头两周。聊完之后，迪克打开行李箱，取出一本薄薄的蓝皮书《航行》，作者是爱德华·弗雷德里克·奈特，他打算在旅途中认真读一读。

"其他都是些什么书？"桃乐茜问。

"《鸟类大全袖珍本》，"迪克说，"还有《乡村什物杂记》。"

"噢，"桃乐茜说，"就没有什么可以读的书？"

"你真的应该读读那本航海的书。"迪克说，"也许今晚我们就要开着圣甲虫号下水，当着南希和佩吉的面出错就糟糕了。"

"那本《海鹰》我看到一半了。"桃乐茜说。

"望远镜，指南针，显微镜，收纳盒。"迪克说，确保他没有忘带重要的东西。

"那些就是你带来的全部衣服吗？"桃乐茜说。

"我不想多带，"迪克说着合上行李箱，把它推到座位下面，"反正也没什么地方装。其余的都已经送回家了。"

"你吃过东西没有？妈妈让我在火车上吃午饭。"

"我在克鲁郡吃过了。我等你的火车来，等了三十七分钟。"

"好的。"桃乐茜说。火车继续向北行驶，他们开始埋头看书。

迪克读得慢，桃乐茜读得快。迪克读航海理论那一章时，认真看了三遍，然后再看小型船那一章。他还回到前面去看关于绳结的章节，用一根小绳子去试每一种打结的方法。他旁边坐着一位老人，关于打结，那人并不比迪克知道得多，却总是想告诉他要怎么系，迪克对他很客气，但坚持自己的想法。就在火车最后一次减速的时候，桃乐茜叹了口气，合上了那本《海鹰》。"结局很圆满。"她说，"那个可怕的哥哥只好坦白，所有人都知道了奥利弗爵士不是凶手。迪克！那个湖！我们快到了！"

他们匆匆收起了书本。桃乐茜在妈妈交给她的那张附着地址的明信片上写下"安全抵达，迪克和桃乐茜"，妈妈吩咐她要把明信片从车站寄出去。火车猛地停下。老人道了声"再见"就下火车往站台走去。他们瞧见戴着红帽子的南希和佩吉左躲右闪地从人群中飞奔过来。

"圣甲虫号的船员们，啊嘿！"南希大喊。

"啊嘿！啊嘿！"桃乐茜大声回道。

这时，南希好像突然想起了什么。她成了不一样的南希。

"很高兴见到你们。我衷心希望你们旅途愉快。"

桃乐茜盯着她看。"很愉快，谢谢你。"她说，"你们邀请我们真是太好了。我们能来这里，我太高兴了。"她明白南希的意思，南希很擅长扮演海盗，而这会儿她扮演的是女主人。

南希笑了。她们都觉得客套话意思一两句就够了。

"出发！"南希说，"去下一站！"

她和佩吉站在桃乐茜和迪克中间，把两只行李箱扔到了站台上。"这就是你们所有的行李？"南希问。

"没错。"桃乐茜说。

"干得好。我们能很轻松地处理这些行李。厨娘以为你们会带一大堆行李，她还想要比利·李思维特开着那辆破老爷车来接你们。走吧，两个人抬一只箱子，我们得把它们拖到公交车上。"

"我们还要去码头。"佩吉说。

"圣甲虫号完工了吗？"迪克问。

"肯定快好了，"南希说，"我们马上就能知道。路上没有时间休息了。我们是马不停蹄地赶来这里接站的。嘿！蒂莫西来了。我以为他赶不过来呢。"

"'软帽子'！"桃乐茜大叫道，几乎是同时，她也看到了他，那是一个瘦高个的男人，戴着一顶旧斜纹软呢帽子，正穿过人群向他们走来。

"现在我们不那样叫他了。"佩吉说。

"最近两个假期，我们给他添了不少麻烦。"南希说。

"除了我们以外，他在其他人面前还是很害羞。"佩吉说，"你们瞧，那些农民站着闲聊，他也等在一旁。换了弗林特船长，一下子就挤过来了。"

不过那个高个子男人看见他们了，挥挥手，很快就走到他们身旁。"嗨，伙伴们。"他说，"我来买一些日用品，我想最好还是看看你们到了没有。把箱子给我吧。"

"你在矿上还好吗?"迪克问。

"还凑合。目前为止,我们在那条矿脉上开挖了十一个地方,弄到了不少样品。吉姆告诉我,你会帮我化验。"

"我很乐意。"迪克说。

"听我说,"南希说,"他们现在有了一艘新船,你就不要让他做那种讨厌的事了。"

"除非他想做。不过我答应吉姆在他回来之前完成那些化验。"

"我们不可能一直驾船航行。"桃乐茜说。

"南希乐意啊。"蒂莫西笑了。

"定性分析还是定量分析?"迪克问,"我在学校只学到定性分析。"

"是定量化验。"蒂莫西说,"我们知道有哪些成分,可还想知道每盎司①的含量是多少。"

"我们要错过那辆公交车了。"南希说。

"不会的。"蒂莫西说,等桃乐茜把明信片投进售票处旁的信箱后,他们五个人挤进了公交车上最后四个座位,售票员给他们找了地方放行李箱。公交车很快开出了车站,穿过村庄向码头驶去。

"我们什么时候开始化验?"迪克问。

"明天要去船屋工作,"蒂莫西说,"我后天去矿上,那之后我们就可以着手化验了。"

"除非风平浪静。"南希说。

---

① 盎司,英美制质量或重量单位。1 盎司等于 1/16 磅,合 28.3495 克。

"要是你想看看矿山，后天可以跟我一起去高岗上，到时我顺路来叫你。"

"听我说，"南希反对道，"他们现在有船了。"

"去年暑假之后他们就没看过矿山了。"佩吉说。

"那里也没什么好看的。"蒂莫西说，"最有意思的部分是我和迪克在你们舅舅的书房里要做的事。"

"真讨厌。"南希说，不过迪克和蒂莫西互相看了一眼，偷偷地咧嘴笑了。

他们在码头下了公交车，蒂莫西提着行李箱，沿一座小栈桥走去。那里系着两艘船。一艘是亚马孙号，海盗旗在桅顶飘扬。另一艘是灰白色的旧划艇，往常它就停靠在弗林特船长船屋的护舷垫旁。因为蒂莫西·斯特丁一直开着它去买日用品，所以船尾塞满了包裹。现在他解开系船绳，跳上了船，拿出船桨。

"后天再见。"他说，"你们想去矿上时再去。不过我还是会顺路看看的，以防万一。"

"你不是要来看他们的船吗？"南希说。

"现在不行，"蒂莫西说，"我有活儿要干，很忙。等你们开着船靠近吉姆新漆的船屋时，我立马就会看到它。"

"我们才不会让你发现。"南希说，"还记得去年暑假我们来这儿让你和吉姆舅舅走跳板的事吧？要不是我们登上船冲进了小屋，你们根本就不知道我们来了。"

"后天一大早我会过来看看。"蒂莫西说,"再见啦,伙伴们!"

他们也说了"再见",看着他装好桨,划着船,从长岛和造船工棚屋的岬角之间驶向船屋港。

"船对于他毫无意义,"南希说,"他总是说情愿走路。吉姆舅舅说他走山路是一把好手……吉姆舅舅太胖了……他还说不是每个人都水性好。快点,迪克,别再看蒂莫西了。跳上来。你坐在行李箱上,佩吉和桃乐茜坐在船尾。我要划过这个湾。"

过了五分钟,亚马孙号就沿着从造船工棚屋延伸出来的一座小栈桥滑行。不管那艘新船在哪儿,肯定不是在水里。那个老造船工看见他们划了进来,就走到码头上迎接他们。

"船完工了吗?"南希问。

老船工根本没想过自己需要道歉。"你们等着就可以了。"他一边说一边系紧亚马孙号的系船绳,"要等船上的清漆晾干,船帆也装好。现在它正在阁楼上晾着。"他领着大伙进了棚屋,这是迪克和桃乐茜第一次见到属于自己的船——这是他们拥有的第一艘船。它倒扣在支架上,船底的黑漆锃亮,阳光从敞开的门里斜射进来,船的两侧金光闪闪。

"这船只有四米长吗?"迪克问,"看起来要大得多啊。"

"我们尽量把这艘船做得跟你们的那艘船一样,"老船工对南希说,"这是特纳先生的要求。我敢说,你们会来场比赛。"

"没错,没错。"南希说,"可假期已经开始了,他们现在就想要它。吉姆舅舅说得很对。您知道他说了什么吗?"

"不知道。"

"他说您肯定会延迟交船的，因为能准时造好船的造船工只有诺亚[①]一个，他能准时完工也只是因为知道如果不那样做，他就会被淹死。"

"特纳先生是个爱开玩笑的人。"老船工说。

"不过这船什么时候能造好呢？"南希问。

"还要刷最后一遍清漆……装上索具……船桨再涂一遍漆……锚早上应该就到了……后天就能完工。你们最好大后天来。"

迪克跪在地上，从下面往上看那艘船。桃乐茜简直不敢相信她是在看着自己的船，她歪着脑袋去读横梁上倒置的名字"圣甲虫号"。迪克站了起来，看到船舵靠在棚屋的墙上，私下里觉得船舵已经在他手中。

"完全没问题。"他说，"船没造好之前，我们不想让它下水。"他转向南希说，"后天我们就可以去高岗了，没有浪费任何时间。"

"那明天和后天我们就不过来了，"南希说，"不过大后天我们就要来开走它。"她紧盯着那个造船工说，"到时一定能完工吧？"

"一定。"

"要是到时还没造好，"南希说，"我们虽然引不来洪水，但肯定会一把火烧掉这座棚屋。"

"别客气，"老船工说，"不过你们用不着那样做。到时船会在水里等着你们。"

乘着南风，飘着白帆，亚马孙号飞快地穿过里约湾，径直朝贝克福

[①] 诺亚是《圣经》中的人物。上帝告诉诺亚一家七天之后就要实施大毁灭，要他们用歌斐木造一艘方舟，最后诺亚如约造好了船。

特岬角驶去，那里的旗杆上已经升起一面海盗旗，向客人表示敬意。桃乐茜和迪克轮流掌舵，只想记起那是一种什么感觉。他们以前经常驾船航行，但只在湖面和诺福克湖区航行过，而现在航行的感觉不同了，因为再过两天，他们就要拥有自己的船了。他们已经快一年没来北方了。那里有绵延的山丘，一片片紫色的帚石楠在夕阳下闪烁着亮光。那里还有其他的船。一艘汽轮驶出里约湾，朝着湖的上游飞奔，经过他们旁边时，激起的水流震得他们不停摇晃。远处是干城章嘉峰。山峰南边较近的山丘后方就是高岗，他们几个探矿者在那里发现了铜，最后还在那里扑灭了一场大火。他们在船尾眺望里约湾，可以看到高格陵兰岛出现在地平线上。不管看向哪里，总有一些东西让他们想起过去的探险经历。

南希似乎知道他们在想什么。"听着，"她说，"在妈妈和吉姆舅舅回来之前，我们不会去探险。我们答应过他们。不过十一天后他们就会回来，那之后燕子号船员也会过来，到时我们开着三艘船，带着我们的帐篷，一定能做一番惊天动地的事。不过在那之前，我们得保证不出任何差错。"

"我们能来这里就很高兴了。"桃乐茜说。

"当然还是要驾船航行的。"南希说。

"我们没有时间探险了。"迪克说，"我们马上就有圣甲虫号了。我还得和蒂莫西一起工作。石楠开花了。我答应过另一个人要帮他捉一只枯叶蛾毛毛虫，石楠丛里经常能发现它们。我还得列出一张鸟的清单。嘿，那边就有一只，清单上的第一名。我一直盼着能看见鸟儿。"他拿出他的小笔记本，写下"鸬鹚"，然后看着那只黑色的大鸟紧贴水面飞过，直到

消失在西边山丘的阴影里。

"就算不去探险，也有很多很多事情可以做。"桃乐茜说。

"说得没错。"南希说。

"我们知道你们不会在意的，"佩吉说，"只要有事情做就好。"

他们绕过岬角，从亚马孙河河口的芦苇地中间拐了进去。岬角的山脊把风挡在了外面。他们降下帆，拉出活动船板，朝着上游贝克福特的老船库慢慢划去，船库入口印着的骷髅图案虽然已经变得模糊了，但还能看见。

"可以稍微再粉刷一下。"南希见两位客人盯着那边看，于是说道。

"那艘汽艇呢？"迪克一看到船库里面就立刻问道。

"放到新的支架上了。"佩吉说。

"也算好事。"南希说，"这样圣甲虫号就有地方停靠了。我们都准备好了。我降桅杆的时候，你们要当心头顶……"

"圣甲虫号会靠着那些护舷垫。"佩吉说，迪克和桃乐茜看着那些缆绳做成的护舷垫，仿佛他们的船已经停靠在私人码头。

系好亚马孙号之后，他们四个人拎着两只箱子，穿过草坪朝房子走去。

"他们来了！"南希大叫道，老厨娘从厨房里出来迎接他们，问他们旅途是否顺利，说他们这一年长大了，还跟迪克提起一年前他让信鸽摇响警铃，吓得她把盘子都打碎了。

迪克有种奇怪的感觉，仿佛他们从未离开过。电话还是放在门厅，跟去年一样，电话上面放着乔利斯中校的名片，上面印着他的电话，以

防发生森林火灾时能派上用场。他指给桃乐茜看：

> 旱季　　　　防火
>
> 如遇火灾拨打菲尔赛德 75
>
> T.E. 乔利斯中校

南希笑了。"今年没他什么事，"她说，"下了太多雨。我猜他巴不得有人故意放火……没有电报？"她转向厨娘说。

"没有，"厨娘说，"一封就够了。"

"很好。"南希说，接着又跟桃乐茜解释，"说的是我们的姑奶奶。她不知道怎么发现妈妈外出了，就发来了一封电报。我把她打发掉了。上楼去看看你们的卧室吧。"

"你们觉得它怎么样？"南希说着，猛地推开门。

他们震惊得说不出话。

"要是你愿意，我们马上就把骷髅头撤下来。"厨娘说，"我不介意跟骷髅头一起睡觉。"

"不过它们真的很棒。"桃乐茜说。

"刚好提醒我们出海啦做海盗啦不过是推迟了一些日子。"南希说。

这时桃乐茜看见了那面甲虫旗。

"迪克！迪克！"她大喊道，"她们给圣甲虫号做了一面旗！在学校时我就一直想着这件事，可拿不准要怎么做。"

"这是佩吉做的，"南希说，"我只做了旗杆。"

"真的太感谢了。"迪克和桃乐茜一起说道。

"就是这种甲虫吗？"佩吉问。

"我不知道腿是不是这样的。"迪克说,"圣甲虫一般都是用黏土或石头做的,我觉得它们的腿应该折起来紧贴着身体。"

"但我们的圣甲虫是活的。"桃乐茜说。

"当然……是活的……"迪克说,"这腿没问题。"

然后他们去看了迪克的卧室,尽管欣赏那些骷髅头,但更令他心仪的是那台让他的小望远镜相形见绌的大望远镜。"嘿,"他说,"我们从这里能看到大片天空。今天晚上我要看星星。"

"天黑之前你就会睡着的。"厨娘站在门口说,"南希小姐,我已经准备好晚餐了,他们一定饿坏了。"

"好。"南希说,想起现在由她负责,"长途跋涉,我想你们都要洗洗手。尽快下楼吧。"

大家在贝克福特餐厅享用晚饭时,南希坐在桌子的上首,佩吉坐在另一头,客人分坐在两边。正如桃乐茜后来对迪克说的那样:"谁也想不到南希会这么讲礼节。"很明显,到目前为止,除了骷髅头和那些计划,这是一场安静的家庭聚会,洗心革面的海盗们要好好招待两位最文明的客人。

然而,晚饭过后,往事又不断地涌入他们的脑海。迪克想到他要和蒂莫西一起做的事,就想去看看弗林特船长的书房。主人带他们进去,他们又想起那个在车站接他们的瘦高个,一看到为他做的笼子就都笑了,最初他们还以为他可能是一只狒狒呢。现在那只笼子被当作鞋柜使用,不过门上仍然漆着蒂莫西的名字。果然,那只笼子让他们想到了鸽笼,他们又到院子里去看鸽子。迪克爬上通往阁楼的台阶,想看看他的铃铛还能不能响。他把晃来晃去的电线固定在门上，却发现手伸进去之后什么响声也没有。

"铃没有坏，"南希说，"我们拆掉了连着电池的线。今年夏天等吉姆舅舅和妈妈回来时，我们再启用，到时就开始痛快地玩了。"

天色渐渐暗下来，他们走到岬角尽头的山脊那边，降下海盗旗。回去的路上，有那么一会儿，他们又看见了老样子的南希。

"这房子有点不一样了，"桃乐茜说，"以前并不是这样的。那是去年装的格架吗？"

"不是，"佩吉说，"这是给蔷薇搭的架子。吉姆舅舅把这个当礼物送给妈妈。"

"非常实用。"南希说，"当然，等蔷薇长起来的时候……"

"一定会很好看。"桃乐茜说。

"也不会有多大用处，"南希说，"太多刺。不过现在……"

她用嘴衔着叠好的旗帜，像猴子一样爬上格架，消失在她卧室的窗户里。

"吉姆舅舅说他后悔把格架做得这么牢固。"佩吉说。

房子里传来有人飞快下楼的声音，转眼工夫，南希就到了花园门口。"很不错吧？"她说，这时她又想起自己要好好表现，于是再次变回女主人，"你们长途跋涉，一定很累了，"她说，"我认为第一晚你们应该早点休息。"

洗心革面的海盗们带着她们的客人上楼去卧室，给他们点燃蜡烛，询问他们还有没有什么需要，然后就不打扰他们了。虽然那台大望远镜

南希用嘴衔着叠好的旗帜，像猴子一样爬上格架

皮克特人和殉难者

就摆在触手可及的地方，迪克还是决定不等星星出来了。桃乐茜吹灭蜡烛，在客房大床的正中间躺下了。一只猫头鹰在森林里叫唤。不是仓鸮，是灰林鸮，迪克心想。听着那一声声尖利的"咯嗑！咯嗑！"，他睡了过去。从河对岸的草地上飘来一股新割下的干草的香味。再没有比这里更可爱的地方了，桃乐茜想。昨晚还在伦敦，现在就到贝克福特了。暑假已经拉开序幕。

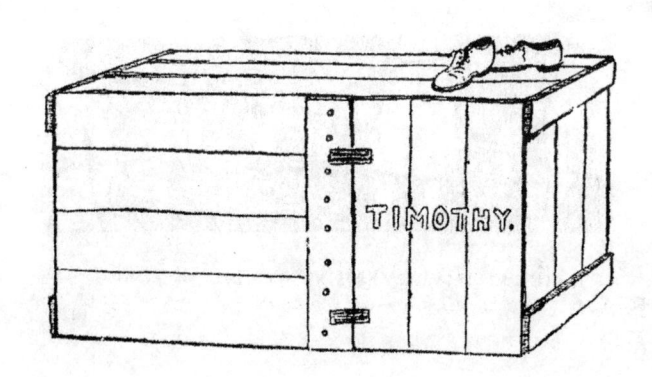

第三章

晴天霹雳

没人能从这一天是怎么开始的预测出这一天会如何结束。早饭之前，其他人在河里游泳，迪克在昨晚开始记录的清单上又加上三种鸟：水鸡、鹈鸪和天鹅。早饭跟晚饭一样，是一顿正式宴请，女主人礼貌地招待客人，客人也表现得非常讲究礼节。他们谈论计划，但那些计划都不算冒险。

"你们真的明白，对吧？"南希说，"现在计划任何冒险都不好。我们得过一段平平淡淡的日子，为的是让妈妈看到，她把我们留在这里是绝对安全的。"

"当然，"桃乐茜说，"我们不介意。我有一个新故事要写。"

"我们有船，"迪克说，"还有鸟，我还要和蒂莫西一起做化验。其实也没时间做其他事了。"

"好的。"南希说，"计划平平淡淡过日子，而不是计划去冒险，感觉有点怪，但这就是我们要做的事。就这一件事，很容易做到。"

"一定会很完美的。"桃乐茜说。

然而，他们刚吃完早饭，麻烦就来了。

房子里某处响起了铃声，然后前门被接连敲了两下。

"邮差来了。"佩吉说。

她和南希飞快地冲进门厅。

"不会是寄给我们的信。"迪克说。

"也不一定。"桃乐茜说,接着他们就跟上去了。

邮差正好把信递过来。"不是的,"他说,"不全是给你们妈妈的信,也不全是给你们舅舅的信。你们俩一人有一张明信片……盖着卑尔根的邮戳……那是个美丽的地方……还有一封给露丝·布莱克特小姐的信……啊?真高兴看到你们回来,希望你们都好……"他看着迪克和桃乐茜,愉快地笑了,他想起去年见过他们。

"谢谢您。希望您也好。"桃乐茜说。

"没有要寄走的信吧?"邮差问。

"今天没有。"佩吉说,于是邮差吃力地走向他的自行车,之前他把自行车停在了大门旁。

"出什么事了吗?"桃乐茜问。

南希几乎没看一眼那些风景明信片。她把寄给妈妈和弗林特船长的信扔在门厅的桌子上。现在,她正盯着寄给她的那封信。

"出事了。"桃乐茜说,迪克之前还和佩吉一起看着明信片,这会儿抬头看看南希的脸,就明白桃乐茜说对了。南希把信封攥在手里,似乎害怕打开它。

"哈罗盖特的邮戳,"她说,"叫我露丝……这是姑奶奶寄来的一封信。"

"拆开它,拆开它。"佩吉说,"赶快看完拉倒。肯定是让人讨厌的事,就像她那封好管闲事的电报。"她又跟桃乐茜解释,"姑奶奶从来不会给我们写信,除非是我们的生日,写信来也是希望我们改过自新。"

南希拆开信。她的脸变得通红。她跺了跺脚。"可我告诉她了我们不

是独自在家啊！"她说，"我们要怎么办啊？厨娘！"她大喊道，"厨娘！最可怕的事发生了……"

桃乐茜盯着她看。来自姑奶奶的一封信怎么会让亚马孙号海盗这么苦恼？她想到他们认识的其他姑奶奶大多是友好善良的人。莫非姑奶奶们不一样？桃乐茜无法相信这一点。她以为姑奶奶一定是像巴拉贝尔夫人那样的人，他们曾经和她一起在湖区航行过。巴拉贝尔夫人的来信总是给每个人带来很多乐趣，她在信纸上天马行空，画了很多小插画。可南希呢，她先是害怕拆开姑奶奶的信，然后看上去似乎这封信带来的是坏消息。

"有人死了吗？"桃乐茜问。

"比这还要坏十倍。"南希说。

"是什么事啊？"厨娘问，她已经来到厨房门口。

"念出来吧。"南希说。

"不行，看不清楚，"厨娘说，"我没戴眼镜。"

"好了，听着，"南希说，"是玛利亚姑奶奶。她要来这里。"

"你们的妈妈外出了，她不能这样做啊。"厨娘说。

"那正是她要来这里的理由。"南希说。

南希大声念出那封信：

亲爱的露丝：

　　我才听说你们的妈妈选择这个时间跟你们的詹姆斯舅舅一起去国外了，我很吃惊。他们都没想过要告诉我这件事。我对这个想法感到害怕，那就是只留你和玛格丽特在家。我认为你们的妈妈不在时，厨娘不能做你们的监护人。也许是为了不让我担心，你们的妈妈没有跟我说你们放暑假回家时她要外出。只要她多考虑一下，就会知道我宁愿她亲口告诉我而不是从其他人那里得知这个令人不安的消息。不管怎样，我的责任很明确。尽管打乱我的计划对我来说很不方便，可我不能任由你们两个孩子自生自灭。你说你们的妈妈十三号回来，那天我要在家等一个朋友，不能耽搁。无论如何，我把这天之前的约会都取消了，明天我就赶到贝克福特照管你们，直到你们妈妈回来的前一天，那天我必须回哈罗盖特准备迎接客人。如果你们叫厨娘帮我把客房腾出来，我会很高兴。我已经打电话安排好车来车站接我，估计晚上六点半到七点之间就会到贝克福特。

相信我，我亲爱的侄孙女。

深爱你的姑奶奶

玛利亚·特纳

"可恶！可恶！可恶！"南希说，"我们不能阻止她，我们什么也做不了。今天晚上她就会来这里。"

"如果特纳小姐认为我不适合照顾你们，我最好还是卷铺盖走人。"厨娘说，"我不会和她一起待在房子里的。"

"她真的那么可怕吗？"桃乐茜问。

"真的很可怕。"南希说，"你问问燕子号船员吧。他们知道她在这里会是什么样子。她把我们所有人的事情都搅浑了。我们得在屋里吃饭、

学习诗歌、穿最好的连衣裙、在她眼前安安静静不发声，就是这类蠢事。问问厨娘，她也了解姑奶奶。她离开的时候，厨娘手舞足蹈的。没错，你跳舞了。"

"看着她的背影，我一点都不难过。"厨娘说，"我还没准备好饭，她就坐下了，瞪着她的玻璃杯，用她的餐巾不停地擦拭。别人迟到一丁点，她就会一直盯着时钟看，她就是这种人。要是当时她不走，她会让你们的妈妈翻来覆去睡不着觉的。"

"上次她来这里的时候，"南希说，"吉姆舅舅让妈妈不要再叫她来了，除非是我们上学的时候。妈妈也说她再也不会了。"

"我们到山上去吧。"佩吉说，"也可以出发去岛上。厨娘也一起去。我们把钥匙留给姑奶奶，让她自己一个人在贝克福特瞎操心。"

桃乐茜看着南希。如果是平时，南希自己就能想出这样的计划。但现在她负责掌管贝克福特，她跟以前的南希不一样了。

"不行，"她说，"妈妈回来之前，我们不能去露营。"

"她把一切都搞砸了。"佩吉说。

"我知道，"南希说，"但这并不是要紧的事。难道你不明白？她针对的是妈妈，不是我们。她想让妈妈后悔离开家，想让她痛不欲生。"

"嗯，我倒希望她没有被生下来。"

"不要像个傻瓜一样。"南希说，"痛不欲生的是妈妈，不是姑奶奶。她要让妈妈希望她自己从没出生过。我们一定要坚持下去。厨娘也是。我们要尽力安抚那个大恶人。我们要表现得非常好，这样她就会明确地认识到，妈妈走了也没关系。"

"我真想揍一顿那个向她泄露消息的人,不然她也想不到要来。"厨娘说,"我想知道我们要把她安排在哪儿。还要我帮她把客房腾出来!我让她睡你们妈妈的卧室得了。"

"噢,听我说,我们不能那样做。她在妈妈的床上肯定睡不着。"

"那还有哪里?"厨娘说,"她还不知道你们有客人要招待……"

"她要是知道了,只会更生气。"

"她会的……"这时,桃乐茜发觉厨娘似乎想说一些不想让他们两个客人听到的话。厨娘走进厨房,桃乐茜看见她向南希招手示意。

"没关系,厨娘。"南希说,"说出来吧,对他们没什么好隐瞒的。"

"你过来一下。"厨娘说。

"去吧,"桃乐茜说,"我和迪克不介意。我们去花园……快点,迪克。"

迪克立刻跟着桃乐茜出了门厅,但即便如此,他们还是忍不住听到一两句,大概知道了厨娘在想什么。"她不在的时候接待客人……"厨娘说,"你们可怜的妈妈肯定会被她唠叨个没完。"

"也许我们不得不离开。"桃乐茜说,"你听到厨娘说什么了吧?"

"回家?"迪克说,"我们不能回家。圣甲虫号就要完工了。我还要和蒂莫西一起做那些化验。我们才到这里啊。"

"没有用。"桃乐茜说,"我住在客房,姑奶奶要住那一间。"

"他们会在别的地方安排一张床给你。"

"这还不是全部。"桃乐茜说,"你也听到那封信的内容了。她认为布

莱克特太太不应该扔下南希和佩吉不管。厨娘还说如果让她发现她们在家接待客人，那就更惨了。"

"是布莱克特太太邀请我们来的啊。"

"没错。"桃乐茜说，"听我说，我得告诉南希我们要走，最好马上告诉她……"她往回走进门厅。厨房里似乎吵得不可开交。她听见厨娘、佩吉和南希都在争先恐后地说话。"嗨！南希！"她大声喊道。她们几个突然住了口。

"请进。"南希也大声喊道，"厨娘说……"

"你不觉得我们最好还是回家吗？"桃乐茜说，"她走了之后我们可以再回来。"

"迪克逊农场怎么样？"南希说，桃乐茜知道自己的直觉是对的。

"我想过，"她说，"还有霍利豪依。可这两个地方都满员了。所以妈妈写信给布莱克特太太。我们最好还是回家，等她走了可以再来。"

"我们不想让你们走，"南希说，"妈妈也不会让你们走的。到时她一定会很难过。只是姑奶奶想毁掉妈妈的假期。厨娘说得对，她会去找妈妈让你们全都留下……不过你们干吗要走？妈妈想让你们来，那她为什么不能现在让你们来？为什么姑奶奶就能被允许闯进这个家毁掉一切？嘿，迪克有话要讲。"

迪克已经进来了，正站在门口用手帕擦拭他的眼镜。南希跟桃乐茜一样，很会观察。

"讲吧，教授。"她说。

"我们不能像獾那样吗？"他说。

"什么?"

"难道我们不能继续待在这里又不让她见到我们吗?像獾那样。在很多地方,人们以为它们灭绝了,可实际并没有。它们只是从未让人们发现。"

"她会听到你们在房子里走动。"南希说,"而且跟姑奶奶说屋里有鬼也没有用。她会把房子翻腾一遍,直到找出你们。"

"到时就雪上加霜了。"厨娘说。

"我们需要待在屋里吗?"桃乐茜说,"我们的帐篷去年就在这里。"

"不能露营,"南希说,"我们说好了的。"

"要是雪屋不在湖的另一边就好了。"迪克说。

"我们可以住在里面,不会有事的。"桃乐茜说,"我们可以做皮克特人。"

"皮克特人?"南希说。

"古不列颠人,"桃乐茜说,"史前的原住民。他们不得不躲避入侵者,一直偷偷地住在洞穴里,最后人们还以为他们是精灵,就会把牛奶留在门外给他们喝。大概就是这样。我听爸爸谈论过……"

"'狗屋'怎么样?"佩吉说。

南希双脚腾空跳了起来。"好样的,佩吉!"她大叫道,"好样的,迪克!我没想到这个,真是太笨了。他们可以在那里做一百年皮克特人,像姑奶奶这样的人永远不会发现。走,我们这就去看看。"

"那个破旧的地方,"厨娘说,"窗户没了玻璃,现在屋顶也可能塌了。"

"我打赌没有。"南希说,"玻璃没什么用,能呼吸新鲜空气多好。还有大壁炉,到处都是柴火。听我说,厨娘,他们可以住进'狗屋',那里跟其他地方一样舒服,可以一直住到妈妈和吉姆舅舅回来。"

"他们吃饭怎么办?"厨娘说。

"很简单,桃乐茜就是一个优秀的厨师。"

"我从没做过饭啊,"桃乐茜说,"不过我经常看苏珊做。"

"做饭没什么,"南希说,"不是你们想的那样。我们可以把食物偷偷运出去给你们。"

"你们不能一起来吗?"

"她知道我们在这里。我们逃不掉,只能忍受。不过如果她没发现我们有客人,从而不会发更大的火,事情就会轻松很多。"

"不知道你们的妈妈会怎么看。"厨娘说。

"听我说,"南希说,"妈妈是不会让他们回家的。她都计划好了,只是万万没想到姑奶奶会来。他们就待在这里,在'狗屋'不会有事的。姑奶奶对他们一无所知,这样她就少了一件要向妈妈抱怨的事。如果我们能在这整整十天里表现得像天使那样,她也就没什么好抱怨的了。走吧。"

"她六点半来这里,"厨娘突然说,"你们已经把那间客房弄得像一场噩梦了。"

"你立刻去处理,"南希说,"等我们回来的时候会把海盗旗撕下来。我们得去看看'狗屋'倒了没有。"

"但是……"

"已经定了,"南希说,"这是唯一行得通的办法。快走吧,皮克特人。"

厨娘还在原地忧心忡忡地拨弄着特纳小姐的信,桃乐茜和迪克跟在南希和佩吉后面走出厨房,穿过院子,在贝克福特大门外右拐,沿马路走去,那条路通往陡峭森林下的山谷。

"可什么是'狗屋'啊?"桃乐茜问佩吉。

"你会看到的。"佩吉说。

第四章

"狗 屋"

南希一直跑在前头。"吊床,"她回过头说,"你们睡吊床要比睡在地上舒服。"

"地上可能有一两只老鼠。"佩吉说。

"有多远?"桃乐茜问。

"没几步路。"佩吉说,"这就是它的妙处。拐过第一个弯,走进森林就到了。"

迪克和桃乐茜知道经过贝克福特的那条路是拐进内陆并通向小河上的一座桥的,然后路就分岔了,一条通向湖的上游,另一条沿山谷往上穿过高岗通往邓代尔。不过他们从来没有去过贝克福特后面的那片森林,从森林的陡坡下去就是"狗屋"。

"要是它没塌就好了。"南希说。

"好多年都没去那里了。"佩吉说,"那是我们小时候经常去的地方,那时我们还没有亚马孙号,也没有发现野猫岛。那真是一个好地方。"

"是一个藏身的好地方。"南希说,"没人能看到那里。要是有机会,我们到时候也可以溜过去。"

"正好适合獾,"过了一会儿,她说,"或者古不列颠人,或者你说的那个什么人。"

"皮克特人。"佩吉说。

"这边走,皮克特人!"南希说,然后拐了个弯,从森林尽头低矮石

墙上的一个豁口钻了过去。

迪克和桃乐茜上气不接下气地跟在后面，与其说他们是因为跑得快而气喘吁吁，还不如说是因为事情发生得太快。设想过一段安静生活的计划一下子就被打乱了。布莱克特家姑奶奶的那封信改变了一切。天哪，甚至连见到他们那么高兴的厨娘也被那封信搅得心烦意乱，就跟佩吉和南希一样。吃早饭的时候，他们还是受欢迎的客人，但那封信被送来之后，连厨娘都没法假装，觉得他们不该来这儿了。那个姑奶奶到底是什么样的人？后来迪克说他们可以像獾那样，然后桃乐茜又说可以做皮克特人，他们在寻找一个藏身之所。当然，这比回家好，但是……"狗屋"，狗住的地方……

"打起精神来，你们这些皮克特人！"佩吉说。

路的这一边有一片高大的松树和落叶松。一条小路从墙上的豁口延伸出去，沿着小路往前走，突然就从太阳底下走进了树荫里。走了大约二十米后，出现了一条小道，上面铺满褐色针叶。然而松树和杉树那头还有小灌木林、橡树、榛树和黄桦，这些皮克特人只能看到眼前一两米远的地方。一小段路之后，那条小道就很好走了，接着，他们突然拐进了一个像是干涸山涧的河床的地方，那里到处是锋利的石头，其间是一个个小水潭。迪克和桃乐茜发现路很难走，他们从一块石头跳到另一块石头，同时还要避开榛树枝。

"有一条小溪从上面流过，"佩吉等他们的时候说，"所以才会像这

样。雨水很多的时候，小溪的水就溢出来，冲到下面，你们只好在林子里绕来绕去。"

"不要紧，"桃乐茜说，"只是费点时间。还有多远呢？"

"就快到了。"

"那条小溪流向哪儿？"迪克问，他记得这一路没看见桥。

"那只是一条很小的溪流。"佩吉说，"它穿过马路下方的松树林，然后流过我们的小灌木林，汇入那条河。"

他们一路往上爬。南希用胳膊挡住脸——因为树枝总是挡着路，在崎岖不平的小道上为大家开路，现在已经看不见她了。

突然，他们听到上方的森林里传来一声欢快的叫喊："还没有倒！"

他们来到小溪和小路交汇的地方。

"嘿，"佩吉说，"有人放下了几块垫脚石，这是以前从来没有过的。"

在小溪的另一边，一些树很久以前就被砍掉了，空地上有一座用粗石砌成的老旧小屋，窗户那里空荡荡的，屋顶铺着大石板，上面长满青苔。到处都是草，烟囱的石头间还长出了蕨类植物。有人曾在门上写下笨拙的大字"狗屋"。上面的油漆虽然已经褪色，但字迹依然可辨。

"往这边倾斜了一点。"南希从小屋后面说。

他们走过去，发现她正看着从后墙掉下的一堆石头。

"幸亏他们建了这么厚的墙，"她说，"大部分还没有倒掉。不管怎样都能再坚持一个星期。也幸亏不是连着壁炉的那面墙。只要屋里面没问题就好。我们进去瞧瞧是什么样子。"

"嘿，"佩吉在门口说，"有人住在这座小屋里。门被拴起来了。"

皮克特人和殉难者

"还没有倒!"

"胡说，"南希说，"没有人住。"

"过来看看。"佩吉说。

"拴了好长时间了。"迪克说，"从绳子就能看出来。"

以前这里有一根链子，可能还有一把用来从外面锁上门的挂锁。但现在除了门和门柱上的一对锁扣，什么都没留下。一根绳子穿过这对锁扣，拴住了门。

南希看了看。"打了个结，"她说，"还好不是水手。我们认识的人当中没人会打这样的结。不过你说得很对，有人住在这座小屋里。看看铰链，都上了油，以前上面全是铁锈。"

"里面有不少东西。"桃乐茜说，她一直试着从没有玻璃的窗户往幽暗的屋子里看，"为什么它叫'狗屋'呢？"

"我想就是开玩笑的吧。"南希拉着绳子说，"吉姆舅舅说早在我们出生之前，伐木工人就住过这座小屋。他还是一个小男孩的时候也住过。要是现在有人住在里面，我们就倒大霉了。"接着她打开了门。

他们通过那个小窗户往昏暗的屋子里看，没人能看得很清楚，先前桃乐茜在黑暗中看到的东西也没什么令人兴奋的。当门打开，阳光照了进来，乍一看，这座小屋根本不是人住的地方，除非是真正的皮克特人、野人或獾，只有他们能住在里面。盯着里面看，感觉像是盯着一堆木头。一大堆柴火塞满了小屋，有人把枯树枝拖进小屋里，一根根地全扔在泥地上。

"要是有人住在这屋子里，我们就完蛋了。"佩吉说。

南希从墙和柴火之间挤了过去，桃乐茜和佩吉跟在她后面。迪克看

了一眼，转身从窗户钻了进去。

突然间，住进小屋的想法开始显得更有希望了。只要绕过那一大堆树枝，他们就有了活动的空间。他们发现小屋虽然缺少很多东西，但有一样东西并不缺，那是房子里必不可少的，而且是最重要的。

"这只壁炉真棒啊。"桃乐茜说。

"我跟你说过它不错。"南希说。

那是一只很大的壁炉，几乎占据半面墙，老式的，嵌在墙里，烧柴火，没有炉栅，但是有一根锈得很厉害的铁条横在壁炉中间，上面挂着一只大钩子。

"那是用来挂水壶的。"佩吉说。

"没错。"桃乐茜说。

"这是件新东西。"南希看着一把没有靠背的木椅说，"之前我们在这里的时候没有任何家具。"

"那些挂钩是做什么用的？"迪克说。

他抬头望着屋脊下那两根因年代久远和烟熏火燎而变得黑漆漆的大横梁，横梁一直从小屋那头伸到这头，横跨整个屋脊。上面有一些很大的木头挂钩，彼此相隔一米左右，从横梁上凸出来。

"挂东西用的。"佩吉说，"没准挂的是枪。吉姆舅舅说在伐木工人之前有个猎场看守人住在这里。"

"很有用啊。"迪克说，"壁炉上方的那只架子正好用来放书，还可以放我的显微镜……"

桃乐茜看看他。好吧，如果迪克觉得这里没问题的话……

"这里没有人住。"南希突然说,"如果有人住的话,肯定会有床啊什么的,但是没有。我们来生火吧,看看怎么样。"

"这里闻起来没什么潮气。"佩吉说。

"大家都来劈柴。"南希说,"管他是谁,在这里留下这么多木头和树枝。不过我们要用小树枝做引子。先放小树枝。谁有火柴?"

"我有。"迪克说,他在离校之前往口袋里装了一盒火柴,就是为这样的时刻准备的。

"很好。"南希说,"听我说,这些树枝还不是太干。要准备几把干树叶……我们先把火生起来,然后把这些树枝全部清理出去,这样就有活动的空间了……"

迪克从窗户爬了出去,很快就抓了一些干树叶回来。南希把它们堆在旧壁炉里的灰烬上。她点燃一根火柴放进干叶堆里,等干叶子燃烧起来,她就往里面插小树枝。小树枝很快被点燃,火苗从树枝的末端往外蹿。然后她又把粗一点的树枝架在小树枝上,等它们也噼啪烧起来,她又添了几根更粗的树枝和一些小木头,有人把它们整齐地堆放在角落里。火焰呼啸着蹿进烟囱。

"一定有人花了很多时间来收集这些树枝。"桃乐茜说。

"不用十分钟就能把它们搬出去。"佩吉说,然后他们四个人一起拼命往外搬,差不多占据半间小屋的枯枝很快就变得越来越少。

"把外面的木头堆整齐,"南希说,"迟早会用上的。他们可能需要锯子锯木头。"

"这里有一把锯子。"迪克说。随着小屋里的树枝堆越变越矮,他看到树枝堆后面的墙上挂着一样东西。他从木头和墙之间走过去，一直走到可以伸手够着那样东西的地方，这会儿他正看着那把锯子，用手指摸摸它的锋刃。他把它拿到了阳光底下。"藏得真好，"他说，"保养得也很好。不管这是谁的，他还在上面涂了油以防生锈。上面还有指纹。"他又补充说，"比我的要小一点……"

"用用也不会有什么事。"南希说。

"不过也许已经有什么皮克特人住在这里了。"桃乐茜说。

"不可能。"南希说，"到处都是树枝，他睡在哪儿？"

"只是有人在这里捡柴火，留下一把锯子。"迪克说，"对我们来说太有用了。"

等到所有的树枝都被清理出去，满地仍是折断的小枝丫，不过不管怎么说，当一根又一根树枝被拖到外面，之前看上去非常小的屋子似乎越变越大了。现在，地上除了一些小枝丫就没别的了，小屋显得相当宽敞。除了那把没靠背的椅子和壁炉上方的架子，屋里没有家具，不过迪克和桃乐茜这会儿忙着把折断的小枝丫捡起来扔进火里，他们已经开始把这里当成家了。

"我们要把吊床放在哪儿？"桃乐茜问。

"我们可以把它们吊在那两根大横梁下面。"迪克说。

南希和佩吉满怀希望地望着那两根大横梁。

"能行吗？"南希最后说道，"你们觉得自己能爬上去吗？"

"我们的卧室里有张三脚凳，"佩吉说，"你们可以搬过来。"

"我们得给你们弄一张桌子来。"南希说。

"皮克特人不需要桌子。"桃乐茜说。

"我们会安排好的。"南希说,"要是你正在写故事,就用得上桌子。不过问题是这样能行吗?"

"一定会很棒。"桃乐茜说,"这是个写东西的好地方。"

"很适合观察鸟儿,"迪克说,"还有蝴蝶。刚刚我在外面就看到了一只红花蝴蝶和两只豹纹蝶。我还听到了啄木鸟的声音,我很肯定。"

"重要的是这里离我们的房子很近,"南希说,"而且完全看不到。只要我们溜出来的时候没被人发现,很快就能到这里。这比你们回家或待在湖的另一边好太多了。你们还可以经过贝克福特到岬角去……"

"去把圣甲虫号从船库开出来?"

"哎呀,"南希说,"我忘了那件事。我们得在河的上游给你们的船准备一个港口。如果姑奶奶在我们的船库里发现它,那可不得了。现在几点了?"

"十二点半,"迪克说,"应该是一点还差二十七分半。"

"不到六个小时她就要来了。"南希说,"快点!我们要把你们的吊床安好,还要带一些床单被褥过来。你们需要一些日用品和做饭用的东西。我们还得把桃乐茜的海盗房腾出来。然后我们要穿上得体的小礼服,准备安抚气势汹汹的姑奶奶。只要不暴露你们,我们一定会和她好好相处的。只要她没看见,她的小心眼就不会发作。我觉得你和迪克待在这里非常不错。"

"我们要去收拾一下行李。"桃乐茜说。

"我们最好快点,"佩吉说,"厨娘马上就准备好饭了。要是你们没怎

么做过饭，那就趁早大吃一顿。"

"不管怎样，我会做鸡蛋，"桃乐茜说，"而且很快能学会做饭。"

"他们当然能行，"南希说，"老厨娘会把东西偷偷拿出来给他们。又不是离我们很远。走吧。不，不要再添木柴了。下次有需要，我们再把它点燃。沿小路往下走的时候，小心别崴了脚踝。"

第五章

搬　家

"我掀掉了床单，"厨娘说，"不过在你们转移骷髅图之前，我不会整理床铺。我在想特纳小姐是不是会住进这间客房，我最好还是收拾一下你们妈妈的卧室吧……"

"桃乐茜不需要，"南希说，"'狗屋'就很好。我们会把吊床拿给他们，然后你把露营用的水壶、我们的大炖锅、几只杯子，还有一些日用品给他们……好了，好了，我们这就去收拾客房。给我们一点时间打包……"

厨娘看看桃乐茜。

"我们会住得很舒服的。"桃乐茜说。

"我不知道要做什么。"厨娘说，"这个房间糟糕透顶，我还得好好打扫一下客厅。钢琴上积满了灰，都可以在上面写名字了。"

"钢琴！"南希大叫道，"我的天哪！她肯定会让我们弹那该死的东西。快点，佩吉，你去把另一边的图钉拔出来……小心点，否则我们会撕坏它。我们需要一两面海盗旗给皮克特人的家打打气。"

"你们抓紧时间把这些东西弄下来，"厨娘说，"你们的饭已经摆上桌了。碰到这种日子，真恨不得有三头六臂……"

"那才不是你想要的呢。"南希一边说一边拔图钉，那是用来固定床头上方的骷髅图的，而姑奶奶就要睡在这张床上了，"你要的是时间。它总是过得太快或太慢。姑奶奶要来了，时间就飞快地过去，一分钟就像一秒那么短，而我们在学校等放假的时候，一天就像过了一年。当心，佩吉，拿好你那头，等我拔出这最后一颗图钉……"

迪克已经去了他的房间，实际是弗林特船长的房间，收拾出自己的全部东西，放在床上。桃乐茜把前天晚上刚拿出来的东西又放回了行李箱。

"我们不要拖着箱子去森林，"南希说，"只带那些必需品。我们可以把行李藏在这里。"

"行李箱会很有用的，"桃乐茜说，"就像一只抽屉柜。"

"好吧。"南希说，"如果姑奶奶去储藏室转来转去，发现它们在这里，那就太可怕了。反正我们还是带过去吧。"

"撕破了，"佩吉说，"没办法了。不管怎样，这幅大的没事。"她把之前挂在床脚的海盗旗叠了起来，"这些旗帜怎么办？"

"他们的船需要圣甲虫旗，不需要其他的。"

"下来吃饭吧。"厨娘在楼下大喊道，同时还使劲敲着开饭锣。

贝克福特餐厅的这顿午餐就像是一户人家搬家前的最后一餐。餐厅看上去和往常一样，但感觉就像地毯已经卷起来了，家具也收拾了一半，外面还有一辆货车等着装剩下的东西。他们可以听见厨娘在挪动客房里的床（至少听起来像在挪床），她急急忙忙地为那个不受欢迎的客人重新收拾房间。南希和佩吉一个词一个词地往外蹦："吊床……锤子……钉子……床单被褥……格罗格酒……干肉饼……开罐器……"她们的思绪在回忆和现实之间穿梭，一会儿想起以前露营探险的日子，一会儿还要

确保不落下皮克特人需要的东西。桃乐茜正在考虑她首先要做什么家务活，而迪克想着要把那座小屋当成博物学家的森林基地，他几乎可以肯定他之前听到的就是啄木鸟的叫声……不过迪克和桃乐茜的思绪没跑多远，从经验丰富的亚马孙号船员嘴里蹦出的一个个实用词语，不时地打断他们，引发出新点子。他们吃完饭五分钟后，没有人能很快说出吃了什么或者到底吃没吃饭。

"我们得让厨娘准备他们的日用品，"南希说，"现在她一定收拾完那个房间了。"过了几分钟，就听不到楼上刷子碰撞墙、搬椅子和挪动床腿的声音了。这时，突然又传来抽屉被猛地拉开，接着砰地关上的声音。

"她收拾好了，"佩吉说，"刚才是在检查抽屉柜里有没有桃乐茜留下的东西。"

他们上楼了，发现桃乐茜的行李箱已经被放在客房门外的楼梯平台上，厨娘心神不宁地四处张望。

"如果有什么差错，特纳小姐保准能发现。"她说。

"没什么问题了，"南希说，"这个房间还是和以前一样，沉闷乏味。我们之前做了那么多，就是为了欢迎桃乐茜。"

"姑奶奶喜欢在床头放一盒饼干，还有一只杯子和一壶水。"佩吉说。

"还有鲜花，"南希说，"我们要准备一下。至少……桃乐茜，你去采一些鲜花给她，我和佩吉要去一趟厨房……"

"你们不要去了，"厨娘说，"我马上去把那只水壶拿给他们。他们早点离开会更好。"

"我们和你一起去，"南希说，"他们需要我们露营用的所有东西。你就把我们去野猫岛露营时给我们的东西给他们。替他们把那只大桶装满。幸运的是，在他们来之前，你做了很多柠檬水……"

"我应该采一些什么样的花？"桃乐茜说。

"最好是颠茄花，"南希说，"只是这里没有。要不大蒜头……它的味道很冲。不行，最重要的是哄她开心。给这个坏蛋准备玫瑰更好些。"

桃乐茜拿着玫瑰花回来，正好遇见南希抱着一捆棕色的网状物跟跟跄跄地穿过门厅。

"吊床！"南希说，然后把它们扔到地上，"我给你找几只花瓶。嗨！佩吉！去把迪克床头上方的海盗旗取下来。她肯定会多管闲事，想知道吉姆舅舅用它们做什么。我说，桃乐茜，等你把玫瑰放到她房间的时候……一些放在梳妆台上……一些搁在壁炉架上，一些跟饼干盒一起摆在她的床头……确保迪克把他的东西都拿走了……来了……来了！天哪！我们只剩四个小时了……"她走了，很快又拿着三只玻璃花瓶回来了，"浴室里有水，"她说，"我得去看看厨娘，看日用品准备得怎么样了。"

十分钟过后，原本属于迪克和桃乐茜的房间已经找不到他们的任何痕迹。那间装饰着玫瑰的客房准备好迎接一个与众不同的客人。就连那两只行李箱也被拿到了楼下的门厅里，跟吊床、水壶、锤子、一盒钉子和一大堆毯子放在一起。

厨房里，厨娘正在往罐子里装茶叶和白糖，而佩吉和南希在打包东西往背包里塞。"还有一只蛋糕。"厨娘说，"先放牛肉卷，还有一打鸡蛋。

老天啊，真希望我清楚自己做得是对还是错。"

"对的，对的，对的，"南希说，"没有别的办法了，你也知道。听我说，如果你、佩吉和我都表现得像天使，她就只好放过妈妈。但如果迪克和桃乐茜在这里，她就会怪罪妈妈、怪罪我们，还会怪罪他们，那样我们就会无法忍受，一切都会变得糟糕千万倍。"

"好吧，我这么做是为了你们好。"厨娘说，"如果没办好的话……"

"不会的。他们的屋子很棒，住在那里比住在这里舒服。你还能偷偷地给他们送食物。我们的杯子、露营用的勺子、刀和叉都在哪儿？"

"你们都从我的厨房出去吧，"厨娘说，"不然在他们离开这座房子之前，姑奶奶就到了。佩吉小姐，快从我的食品储藏室出来吧……"

"好吧，剩下的日用品就交给你了，我们去准备其余的东西。天哪，有不少东西要搬呢，我们也用不上自行车，没人能把自行车推上那条小路……来吧，皮克特人，大家都尽量多搬一些。"

接下来的几个小时，他们匆匆忙忙地搬家，连姑奶奶要来的事都忘得一干二净了。他们要去的地方并不远，但每样东西都得用手拿。有两只打包好的行李箱，他们四个人，两个人抬一只，绰绰有余。他们穿过榛树林，爬上陡峭的山坡，林子里，小溪溢出的水已经冲毁了小路。他们带了吊床、三脚凳、当桌子用的泰莱牌糖盒、防风灯、圣甲虫旗、叠好的骷髅图、露营用的大水壶、大炖锅、茶壶、杯子、勺子、刀、叉、盘子等，四只背包都装不下。还有一只小桶，装满了柠檬水，南希和佩吉把它挂在杆子上抬着，她们解释说，她们往常也用桨来抬格罗格酒。

皮克特人和殉难者

搬家

他们回到贝克福特，冲进去拿其他东西，发现厨娘越来越像热锅上的蚂蚁，她一会儿抖地毯，一会儿掸灰尘，还试着同时做很多件事情。

"你们的下午茶怎么办？"下午晚些时候，她问道，这时南希正一手拎着一只背包往外走，这是最后一趟了。

"没时间了，"南希说，"我们要一直忙到吃晚饭。还有很多事情要做。"

"他们两个呢？"

"他们都很好，正和佩吉一起安装吊床。"

"你们能在特纳小姐到之前回来吧？"

"必须回来，"南希说，"要做一个天使。厨娘，为了省点时间，你帮忙把我们最漂亮的连衣裙找出来吧。"

森林小屋那边，堆在外面的东西越来越少。两张吊床已经挂在大横梁下。经迪克同意，日用品和餐具与他的显微镜和书本一起放在壁炉上方高高的架子上。那幅大骷髅图被钉在墙上。远离壁炉的一个角落里有一只装肥皂的盒子，他们用它来储存食物，而那只糖盒既可以当成桌子又可以当成储物柜。

"我们忘记什么东西了。"桃乐茜说，"我们的睡袋呢？是跟我们的帐篷放在一起的。"

"你们试过在吊床上用睡袋吗？"南希问，"行不通吧……除非你们是鳗鱼，这就是我们带毯子来的原因。"

迪克看着吊床，然后擦擦眼镜。桃乐茜知道他在思考怎样用一种科学的方法爬上高出地面很多的吊床。不过他没说什么,桃乐茜也没说什么。这种事情他们必须自己想办法解决。

"我的天哪!"南希说,"谁挂的吊床?"

"我。"佩吉说,"有什么问题吗?"

"解开这一头,"南希说,"我去解另一头,然后打个布林结把它系紧。这样他们就可以在白天解开吊床,把它们卷起来。我们现在就把它们卷起来吧。"

"别,别,"迪克说,"就这样吧,我可以好好学一学,明天就会弄了。"

噢,明天,到那时他们就睡在吊床上了……假如他们能爬上去的话。桃乐茜连忙把脸转过去。

"这比雪屋好多了,"南希说,"等你们住一段时间之后,它会变得更好。"

"我们再来生火吧,泡茶喝。"桃乐茜说。

"现在几点了?"南希问。

迪克掏出他的手表。"离六点还差二十三分钟。"

"再见,皮克特人。"南希说,"如果我们再不走,她就会在我们措手不及的时候到家。"

"你们觉得她真的会把事情搞得很可怕吗?"桃乐茜问。

"我认为非常可怕。"佩吉说,"她经常这么干。"

"要是她发现妈妈不在的时候家里有客人,"南希说,"那我们都得倒大霉。不管怎样,我们算是补救了,幸亏你们不介意被撵出来。"

"我们不会有事的,"桃乐茜说,"不过你们怎么办?"

"我们要想尽办法不让她发火。走吧,佩吉,你脸上弄脏了。快点,打上肥皂,用水洗一洗。我们要穿白色连衣裙,噢,天啊,还有宴会鞋。走吧。听我说,今晚我们绝不可能从她眼皮底下逃出来,不过明天一早我们总有一个人能溜出去。我们必须有一个跑出来,要不你们的早餐就没有牛奶了。再见!皮克特人万岁!"

"皮克特人和殉难者万岁!"桃乐茜说。

"现在去见'母狮子'。"说完,南希就走了,佩吉紧跟在她身后。

圣甲虫

第六章

"她来了!"

森林里的脚步声渐渐消失。桃乐茜站在那儿听，直到再也听不见她们的声音。一切就这么仓促地发生了，根本没有时间思考。现在，她突然开始怀疑他们做的事到底是不是正确的，更要命的是，他们能不能做好。她确信他们搬离贝克福特是对的，要不还能做什么呢？南希和佩吉比他们大，希望他们离开，老厨娘也认为他们还是离开的好。但他们一起走不是更好吗？留在贝克福特看上去很简单，只要住进森林里的小屋就可以了。在南希和佩吉走之前，一切似乎很容易。而现在，有那么一刻，她发现自己很想去追她们。

桃乐茜转过身去看"狗屋"，如今它成了皮克特人的房子。难道他们真要独自住进这座深林老屋，身处荒郊野外，叫天不应叫地不灵？他们是不是今晚就睡在这里，明天不声不响地醒来，像躲在敌国的逃犯那样？除了之前和约翰一起出去，紧挨在一起睡过帐篷外，他们甚至从没有露过营，而当初还有能干的苏珊负责为大伙打理家务。现在她一个人能打理好吗？这整件事难道不是一个错误？

她看了看迪克，发现他一点疑虑也没有。对他来说，有一个问题需要解决，而他们已经找到了解决办法。要是他们不能住在贝克福特，那肯定要住在别的什么地方。为什么不能是这里呢？她看见迪克正警惕地观察着树林，想把之前瞥见的某只鸟看清楚。桃乐茜定了定神。南希、佩吉和姑奶奶一起住在贝克福特，她们的日子会很不好过。不管发生什

么事，她和迪克都不能让她们失望。

"来吧，迪克，"她说，"我们看看怎么收拾一下房子。"

他们绕着小屋走了一圈，觉得墙很厚，没必要担心从上面掉下的几块石头。塞一些青苔就能堵住屋顶上的洞。"这座房子很结实，"迪克说，"也足够大，没有比这更好的地方了。"桃乐茜绕小屋走一圈后，想到它至少不会像帐篷一样被风吹走，于是觉得他们可以给它建个小花园，但最后又认为小屋周围生长着一些毛地黄，比刻意栽种的植物要好。"我们就不要为窗台上的花箱费神了，"她说，"不过可以弄一些花插在果酱瓶里。清理树枝的时候，我看到一只空瓶子。真希望把之前拿到客房的玫瑰拿来这里啊。"

"不知道谁留下了这只果酱瓶。"迪克说。

"皮克特人或是在我们之前住在这里的人吧。"桃乐茜说，"不要紧，只要我们在这里的时候他不回来。"她看了看小屋的门，"我确信苏珊一定会说我们应该先把屋子打扫干净，再搬家具进来，不过我们没有扫帚。"

"我可以做一把。"迪克说，"那把皮克特人留下的锯子呢？"

没过几分钟，他就锯下一些白桦树的嫩枝，把它们捆成一捆，绑在一根笔直的小白蜡木的一头。与此同时，桃乐茜又把所有的家具搬了出去，有用箱子做成的桌子、用肥皂盒做成的食品盒、三脚凳、没有靠背的椅子，还有两只行李箱。然后她就挥舞新扫帚忙活起来，屋里扬起令人窒息的灰尘。

"最好别扫得太彻底。"迪克说。

"我只是把最上面的一层清理掉，大部分是小树枝。我要把它们扫进

壁炉里，等我生火做饭的时候用。我说啊，你最好去锯点木柴。"

灰尘从小屋的门和窗户滚滚而出，迪克则将外面那一大堆枯枝锯成木柴。空地上有一根老树桩，高度正合适，他可以在上面用锯子把树枝较粗的一头锯成短小的一节，较细的那头他用膝盖一顶，或用脚一踩再一拽就断了。他准备好两堆木柴，一堆细的用来做火引子，还有一堆粗一点的。他休息了一会儿，伸展手指，一直握着锯子的手有点不听使唤了。这时，桃乐茜向他走过来，手里拿着什么东西。

"迪克，"她说，"真有人住在我们的屋子里。看看这个。"她伸出一把打开的骨柄折刀。

"没怎么生锈。"迪克说，"你从哪里找到的？"

"我差点把它扫进壁炉。"桃乐茜说着突然僵住了，"听！"

"只是一辆汽车。"迪克说。

"是她！"桃乐茜说。

迪克站着仔细听，忘记了手中的折刀。他们听见一辆汽车从马路上开来，那声音盖过了小溪的流水声、树叶的沙沙声、下方树林里一些松鸦的刺耳叫声。他们听到它在一个拐弯处按响喇叭，然后驶了过去。

"也许它不会停下。"迪克说。

他们又听到了喇叭声。

"它拐进了贝克福特，"桃乐茜说，"现在她下车了！这会儿南希和佩吉在向她问好。她们帮她把行李拿进去，问她旅途是否愉快……就像她们问我们的那样……"

不一会儿，他们再次听到了汽车的喇叭声，听到它又沿着树林下方

的马路经过，驶向远处，引擎声越来越小。

"现在她们得全力以赴应付她。"桃乐茜说，"我们都要全力以赴。"

事情突然变得不一样了，连迪克也有这种感觉。之前，不管怎么说，姑奶奶似乎不是一个真实存在的人。所有这些准备工作、贝克福特的混乱场面、他们从客人迅速变成躲在森林小屋的皮克特人，通通可能只是南希游戏的一部分。汽车沿着马路开到贝克福特又驶离的噪声改变了一切。这就像玩捉迷藏游戏，一声哨音从远处传来，躲起来的人知道搜寻开始了，动一动都不安全。

他们默默地站了好一会儿。

"想也没有用，"最后桃乐茜说，"我们帮不了她们什么。"

迪克猛地发现他手里还攥着一把刀。

"这不是她们的刀，"他仔细地看着那把刀说，"至少我认为不是。南希有很多工具刀，比如开罐头刀、开瓶器什么的。佩吉的是一把带着穿索针的童子军军刀。"

"要是这里还有一个皮克特人……"桃乐茜颤抖了一下，"不管怎样，门上的绳子已经很长时间了。我们能做的就是希望他别出现。我扫完了地，你也准备了一大堆柴火。现在再帮我把这些东西搬进去，然后我来生火，你带上水壶去小溪边找个好地方打水。"

他们把家具搬进去放在地上之后——地板已经被清理干净，迪克就去打水，这时他也发现了有人在这里住过的痕迹。

迪克穿过空地来到小溪边，在离小路只有几步远的地方找到了他认为不错的位置：一个小水池，那里有道三十厘米高的小瀑布从一块岩石

的边缘落入池中。他把水壶拿到瀑布下灌水。顺着陡峭山坡流淌的小溪一般会形成许多小水池，但他发现有人在这个小水池的低处筑了一道坝，这样水池就能蓄更多的水。"涮洗池，"迪克自言自语道，"我们可以把盘子什么的放在瀑布下方清洗。"他回到小屋，发现桃乐茜跪在火前，对着那堆柴火吹气，它们并没有像她预料的那样容易燃烧。

"这很糟糕啊。"当迪克把水池的事告诉她之后，她说道，"又是那个皮克特人。"

"好吧，那个小水池会很有用的。"迪克说。

这时，火苗开始往上蹿，桃乐茜把水壶挂在铁钩上，然后在一堆日用品里找来找去。迪克转身去看吊床，南希究竟是怎么系紧白天要解开的那头的呢？

"第一晚我不想弄得太复杂。"桃乐茜说，"我们先吃牛肉卷吧，如果一直放着会变质。我不开罐头了，我们就吃牛肉卷、黄油和面包，还有很多布丁蛋糕。"

"好的。"迪克说，"我发现了吊床的秘密，我指的是南希怎么系牢它们。我唯一不明白的是怎么爬上去。"

"它们离地面太高。"桃乐茜说。

"我们得用这只凳子作台阶。"

"嘿！一定要小心。"两分钟后，桃乐茜说，当时她正伸手去抓那条差点被踢进壁炉的面包。

"不好意思。"迪克气喘吁吁地说，他趴在不知怎么绞成了绳子的吊床上，双腿拼命地去够凳子，可凳子已经倒了。唯一能做的就是继续努力。他紧紧抓住吊床，翻了一个跟斗，安全着地。"不好意思，"他又说了一遍，"怎么也没办法让头先进去。当然，毯子在里面就不会这么糟糕了。但我认为正确的方法应该是屁股先进去。"

"我们要学习每件事。"桃乐茜说着开始切第一片面包，然后涂黄油，这时她才想起以前看苏珊总是先把黄油抹匀在面包上，接着再切下涂了黄油的那一片面包。

"屁股先进去是对的，"迪克说，"如果先踩上箱子会容易得多。"

桃乐茜转过身来，看见迪克躺在吊床上，一副很得意的样子。

"只要掌握了诀窍，"他说，"就很简单。你把吊床的一边拉下来，屁股先坐进去，然后把两条腿摆上来。"

"那要怎么出来呢？"

"腿先出来，然后滑一下，就像这样……"接着迪克就上气不接下气地站在她身旁了。

"水开了。"桃乐茜说。

他们花了很长时间在小屋里吃了第一顿饭。不知为什么，尽管没有开火做饭，但是准备一道道菜也挺让人崩溃。大壁炉里的柴火烧得非常快，等吃完牛肉卷，他们不得不去搬更多迪克之前锯好的木头，一搬起木头，他们就停不下来，直到屋子的角落里垒了一大堆。接着，他们吃了蛋糕，吃完后仍然觉得饿，然后开始想象贝克福特的晚餐是什么样子，想着想着又吃起面包和果酱来。等他们带着脏盘子、杯、勺和那把黏糊糊的万能小刀来到小溪的涮洗池时，太阳已经落山了，林中的那片空地笼罩在黑影中。

不过他们没有洗完餐具。

"这是在用冷水洗，"桃乐茜说，"我应该想到苏珊总是用热水洗。"

"把这些东西放在瀑布下吧，"迪克说，"明天早上自然就干净了。"

"下次我们用热水洗。"桃乐茜说。

天色越来越暗，他们听见有人沿马路拐到了小路上。

"是那个皮克特人。"桃乐茜说，"如果我们得马上离开，那可怎么办啊？"

"这人是个大块头。"迪克说。

"她已经发现了，"桃乐茜压低声音说，"姑奶奶亲自来这里带我们回去。"

"天哪，这个陡坡太难爬了。"老厨娘气喘吁吁地说，她穿过树林来到了空地上，"小路全被树挡住了，脚下的石子恨不得弄破你的脚。还有一件事，我们不能让特纳小姐到这里来。好多次我都以为我要摔坏手里的盘子了。天哪，我希望我们做得对。"

"进来看看我们的房子。"桃乐茜说，她终于可以松口气了。

"我给你们带来了她们晚餐吃的苹果派。她们吃得不多，正好可以给你们捎一点过来。"

"太谢谢你了。她真的来了吗？我们听到了汽车的声音，但不太确定。"

"是的，她来了，"厨娘冷冷地说，"她一来，麻烦也来了。姑奶奶就想称王称霸，她首先做的就是把南希小姐从桌子的上座赶走，她自己成了女主人。我把南希的餐巾环放在那里，这样就不会弄错了。南希小姐

也不像曾经的小姑娘了。"

"她怎么说的？"桃乐茜问。

"南希小姐吗？我简直不敢相信。'厨娘，'她说，'玛利亚姑奶奶更喜欢坐在桌子那一头。她是客人，所以由她来选。我和佩吉就坐在她的两边。'特纳小姐有一点困惑地看着她，不过没有说什么。那之后南希小姐还说她多么希望姑奶奶在这里的时候天气一直晴朗，佩吉小姐插话问她是喜欢面朝火车头坐还是喜欢相反的方向，然后还问她是不是坐在角落的座位上。"

厨娘在小屋里看看这边看看那边。"尽管这里比我想象的要好，"她说，"但布莱克特太太相信我能照顾好你们，你们两个却离开了。南希小姐确实让大家都紧张兮兮的。但如果特纳小姐知道你们趁着女主人不在的时候来了贝克福特，她一定会说出口的。要是她现在知道了，事情只会更糟，我也不知道我们要怎么瞒住她。不过你们也有地方住了……把屋顶修补一下还是可以住的……"

"你想喝茶吗？"桃乐茜说，"我马上就能泡好一杯。"

"我不喝了，"厨娘急忙说道，"谢谢你，我必须下山了。我一路跑上来就是想看看南希小姐把你们安排在哪儿，这样我才能放心。不过我现在也没有完全放心，虽然这里比我想象的要好。不，不，我不能耽搁了。特纳小姐会拉响铃，到时要是没人应她……虽然不会有人说我没有权利跟其他人一样出门。"

"她们现在在做什么？"桃乐茜问。

"我溜出来的时候，她们还坐在客厅里。"厨娘说，"还好我把钢琴上

的灰尘都打扫干净了，特纳小姐进去之后第一件事就是用手指摸了一遍钢琴。"

他们一直把她送到马路上。老厨娘在那条崎岖的小路上跌跌撞撞，一路抱怨挡路的树枝，不知怎么回事，这让桃乐茜觉得他们还没有完全脱离贝克福特。

他们在通往马路的那个豁口停了下来，等在那里看着厨娘在暮色中匆匆离开。

"听！"迪克突然说。

在这样宁静的夜晚，他们可以听到贝克福特微弱的钢琴声。

"我们再走近一点，"桃乐茜说，"如果她们都在里面，就很安全。"

他们蹑手蹑脚地沿马路走去，在房子对面等了一会儿。钢琴声清晰地穿过树林传来。

"这是她第三次卡住了。"桃乐茜小声说，"那个没有弹琴的人光是坐在一旁看姑奶奶的脸色，就很可怕啊。"

"她又开始弹了。"迪克说。

"不是南希的调子。"桃乐茜说，"她哪怕用一根手指弹弗林特船长的海盗歌也完全没问题。"

"我们回家吧，"迪克突然说，"我还想看一遍那本有关航海的书。圣甲虫号后天就能下水了。"

他们踮着脚尖绕过马路的拐弯处，又开始沿着山坡往树林中走。桃乐茜突然感到非常孤单。当然，迪克在她身边，但他想的是那艘新船，或是鸟，或是怎样用一种科学的方法劈柴。他似乎没有意识到，晚上他们俩就得睡在那座小屋里了,而小屋的屋顶破了洞,窗户没有玻璃。桃乐茜不知道哪种情况更糟糕,是小屋可能已经二十年没人住过,还是半夜小屋的主人突然回来。这完全不像露营时睡在帐篷里,周围还有朋友也睡在帐篷里。

山谷中第一次传来猫头鹰的叫声。

"又是那只灰林鸮,"迪克说,"昨晚我就听见了,但除非亲眼见到它,否则我不会把它放进我的清单里。"

当然没问题,桃乐茜心想。包围他们的幽灵般的森林就是一部自然史,迪克知道关于它的一切。所有的这些……桃乐茜·科勒姆开始在脑海里构思《孤独的森林》。突然,她吓了一跳,两只斑尾林鸽从小路旁一棵树的树枝上扑哧飞了出来。

"它们栖息在这里。"迪克说。

回到小屋,迪克点燃防风灯,从壁炉上方的架子上取下他的航海书。桃乐茜把毯子分开,把它们放在吊床上。他们每人有三条毯子。

"没有枕头。"她说。

"用背包吧,"迪克说,"可以把衣服塞在里面。"

桃乐茜关上门,又往火里多添了一些木柴。"第一晚宁愿太热也不能太冷。窗户没有玻璃,就相当于开着窗。"树枝燃烧起来,除了那个本该装有玻璃的四方窗上没有留下影子外,火影在墙上闪烁。桃乐茜通过窗户看见树木的模糊轮廓和一小片天空,初升的星星已经爬上那片天空。迪克正坐在三脚凳上,借着壁炉的火光看的内容和借着防风灯看的一样多。

"我们熄灯睡觉吧。"桃乐茜说。

"就看一章。"迪克说。

他继续看有关航海理论的那一章,直到桃乐茜又说:"最好睡觉。明天还有很多事情要做。"

他看看四周,瞥见桃乐茜正从吊床的边上往下看。

"嘿,你上去的时候没什么动静呢。"

"这比我想的要简单些。迪克,我坚信一切都会好起来的。"

"为什么不会呢?"迪克说。

五分钟后,他也爬上了自己的吊床,把手电筒和眼镜放在头顶的横梁上一个安全的地方。他盖好毯子,试着在背包上找个软和的地方当枕头。

"这很像毛毛虫。"桃乐茜听到他说。

"什么?"

"我说的是睡在吊床里。真的,做毛毛虫会更好,因为它们浑身都是关节。"

桃乐茜躺在吊床上,累得筋疲力尽,已经半睡半醒,现在她感觉好多了。他们在小屋里吃了第一顿饭,这会儿要睡觉了。姑奶奶没有发现他们,没有愤怒地冲过来把他们带回贝克福特,也没有别的皮克特人把他们赶出去。他们只要维持现状,一切就会好起来。就在这时,是迪克而不是桃乐茜,想到了他们将要面临的一个危险。

他躺在那里想圣甲虫号和他们计划要做的那些事,突然,他坐了起来。

皮克特人和殉难者

皮克特人在他们的小屋里

"桃乐茜，我们忘了那件事。蒂莫西明天要过来带我们去矿上，他一到贝克福特就会问我们在哪里。"

"南希肯定已经想到了。"桃乐茜说。

"听，听，"一会儿之后，迪克说，"又是那只灰林鸮。"

"我听见了。"桃乐茜的声音很低沉，因为她用毯子盖住了头。在树林小屋里听到的猫头鹰叫声，完全没有他们在贝克福特客房里听到的友好、悠闲。迪克惴惴不安地睡了过去。桃乐茜想起蒂莫西就睡不着，尽管她告诉迪克南希肯定会记得蒂莫西的事。如果蒂莫西明天早上走进贝克福特把他们的秘密泄露出去，那么他们没有躲进小屋做皮克特人的话，情况会好得多。

第七章

二手消息

桃乐茜被树林里一只雄雉的咯咯声吵醒了。她感觉背部僵硬，她的吊床似乎从中间陷了下去。她睁开眼睛，看见客房高高的天花板变低了，变成了一根黑色的橡木横梁。她床头的骷髅图也不见了。那些墙纸怎么了？不对，骷髅图钉在石墙上呢。她想起自己在什么地方了，她朝脚的方向看过去，通过墙上的一个大洞，可以看见绿色的树叶和树干。那叮叮当当的声音是水滴入小溪的一个小水池里发出的。

现在她记起了所有的事。那个人人都害怕的姑奶奶正睡在她前天晚上睡过的客房的床上。没有她和迪克，贝克福特的生活还在继续。就好像他们是从地板的一个洞里溜了出去，脱离了之前的生活，过上了另一种生活，在这种生活里，桃乐茜第一次拥有了自己的房子。没人会说"醒一醒，桃乐茜，早餐就快好了"。如果真要吃早餐的话，她这会儿应该要自己准备了。她看了看另外那张吊床，迪克还在沉睡。下床可不是件容易的事。她把塞在身下的毯子从边上拉开，双腿往旁边一甩，碰到了凳子，却把它踢翻了，她紧紧地抓住吊床，又踢了踢腿，然后身子往下一滑，站在了泥地板上。

她穿上沙地鞋，带上肥皂、牙刷、毛巾和水壶，打开门，走进清晨的阳光里。又是那只野鸡在叫。现在还有了新的声音，仿佛是锤子在轻轻敲打树干。桃乐茜站着听了一会儿，心想也许有人在树林里干活。然后她想起了去年夏天她曾在高岗下方的树林里听到过这个声音，迪克告诉她那是啄木鸟。不，附近一个人也没有。这里只有她和迪克，而迪克还在睡觉，她独享这个世界。

她在小溪的水池里把水壶灌满，洗了脸，洗了手，还刷了牙。她为一个故事想了一个新名字："一万年前……历险往事"，作者桃乐茜·科勒姆。不，不，还要准备早饭，没有时间构思故事了。她最后擦了一把脸，从瀑布底下拿出盘子、杯子和勺子，动身回小屋生火。走到空地时，她看见一缕青烟缭绕在那只又大又旧的烟囱上方。烟越来越浓，直直地升入静止的空气中。迪克穿着睡衣出来找她。

"嘿！桃乐茜！你为什么不叫醒我啊？"

"我只是去洗漱、打水。哎呀，你最好也去洗洗，穿好衣服。你的脸怎么了？"

"我用昨晚没烧完的一些树枝生火。其中一些几乎成了木炭，然后我不小心揉了揉眼睛。"

"这是肥皂和毛巾。你拿着你的牙刷，带上衣服。"

"好。我点火只用了一根火柴，干树皮很容易生火。"

"很好。抓紧时间穿衣服，等你回来时，我就准备好我们的早餐了。"

桃乐茜烧上水，两分钟就穿好了衣服，把盘子和杯子放在皮克特人的桌子——也就是糖盒上，这时她才想起昨晚他们已经喝完了最后一点牛奶。这意味着他们不能像往常一样吃牛奶泡玉米片，也没有茶。噢，真讨厌！桃乐茜心想。

"我昨天应该留一点放在阴凉的地方。"管家并不像有些人想的那么简单，他们以为把事情交给别人来做就可以了。

迪克穿好衣服回来了，洗掉脸上和手上的炭之后，他像变了一个人。

"没牛奶了，"桃乐茜说，"除非她们有人过来。我期待她们带牛奶来。"

"我们要在她们来之前就准备好。"迪克说，"她们也许想让我们做点什么阻止蒂莫西。如果她们坐船出去，我们沿着马路……"

"噢，对了，"桃乐茜说，"我忘了蒂莫西的事了。我们不要等牛奶了，有可可粉也行。罐子上写着'可可粉、糖和牛奶，三合一'。只要用热水冲一下。我们可以吃鸡蛋、面包和黄油，还有一罐果酱。"

"苹果派都在这里了。"迪克说，"我们可以把盘子舔干净，这样洗起来就不会黏糊糊的。"

不过，啄木鸟毁了他们的煮鸡蛋。桃乐茜把鸡蛋放进炖锅的沸水里，然后把炖锅推到壁炉边。她先在一只杯子里使劲搅拌可可粉，然后在另一只杯子里搅拌，而迪克在用他的手表给煮鸡蛋计时，这时他听见小屋外传来咚咚声。"一分半过去了，"他说，"我敢肯定那是一只啄木鸟……两分钟……"他拿着手表悄悄地移到门口。咚咚声听上去是从小屋后面的一棵树上传来的……桃乐茜又加了一些水继续搅拌，她在想贝克福特的早餐是不是已经结束了，还要过多久那两个殉难者或者其中一个会逃出来跑进树林里。现在肯定过了四分钟了，她想，也不知道苏珊煮鸡蛋是用四分钟还是三分钟。"迪克！"她大喊一声。没人回答。她出去看了看，也没看见他，"迪克！"

"那只鸟走了，但我看到它了。是一只大斑啄木鸟，黑白相间，长着一大块红斑。"迪克把手表塞进衬衫的胸袋里，掏出笔记本。

皮克特人和殉难者

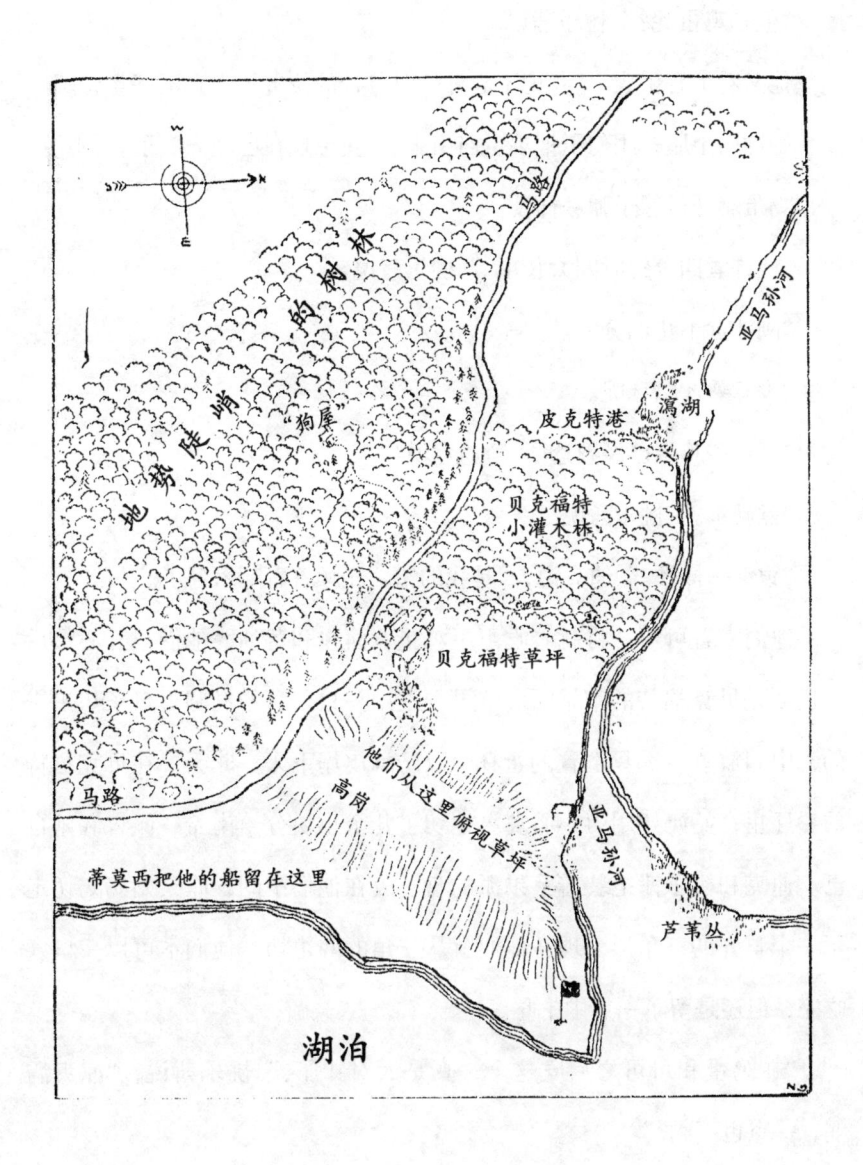

地狱庞蒂的秘林
狗展
马路
皮克特港
潟湖
贝克福特小灌木林
亚马孙河
贝克福特草坪
马路
高岗
他们从这里俯视草坪
亚马孙河
蒂莫西把他的船留在这里
芦苇丛

湖泊

"但是鸡蛋呢?"桃乐茜说。

他又看了看手表。"我记不起开始时分针的位置了。真不好意思。"

她冲回小屋,用勺子把鸡蛋舀出来。"我想现在已经煮熟了。"她说。

鸡蛋剥开后像子弹一样硬。

"或许煮四分钟时间太长了。"桃乐茜说。

"刚才远不止四分钟。"

"没煮熟才糟糕呢。"

"可这些鸡蛋已经熟透了。"迪克说。

"煮硬了。"桃乐茜说。

"跟钢一样硬。"迪克说,"是我的错,光顾着看啄木鸟了。"

他们喝着可可,将就着吃下了鸡蛋、面包和黄油,他们很开心最后一道菜是贝克福特的苹果派。苹果派是用一只很深的椭圆形盘子烤出来的,中间放置着一只倒置的蛋杯,以防酥皮塌下来。昨天,在贝克福特的餐厅里,姑奶奶用刀小心翼翼地切了几个小块分给南希、佩吉和她自己。迪克和桃乐茜把装着苹果派的盘子放在他们中间,昨天姑奶奶切走了一个整齐的三角形,现在他们就从三角的两边切。他们本可以一口气吃完,但还是留了一点中午吃。

"在鸡蛋和可可之后吃这个,真是太对味了,"桃乐茜说,"凉爽濡润,一点也不黏。"

他们带上一壶热水在小溪边洗了餐具,用热水洗起来就容易多了。他们卷起毯子,把吊床取下来挂在墙上。他们决定不再往壁炉里添木柴,

等晚上再生火。他们时不时听一听树林里有没有传来脚步声。

"不知道她们为什么还没有来。"迪克说。

"也许她们和姑奶奶挺晚才吃早饭。"

"现在已经太晚了,我们管不了蒂莫西了。"

迪克把他们从小屋里搬出来的很多柴火锯成了小段,桃乐茜把它们整齐地堆在壁炉旁。还是没有任何殉难者从贝克福特赶来的迹象。

"还好我们没有等她们的牛奶。"迪克说。

"我们下去,到树林尽头等她们吧。"桃乐茜说。

他们离开了小灌木林,小心翼翼地往下穿过落叶松林,这时他们听到一阵嘎嘎声。通往马路的豁口那边,一个男人猛地从自行车上下来。他来得这么突然,还没等他们躲回去,他就抬头看到了小路上的他们。他从肩上甩下一只袋子,手伸进去掏出一封信。

"是邮差。"桃乐茜说,"如果他拿着寄给我们的信去了贝克福特,那我们就完了。"

"我这里有你们的一封信,"邮差说,"是寄到贝克福特的。贝克福特的特纳小姐不收。她还在上面写了几个字。"他把信递给桃乐茜,上面用铅笔歪歪斜斜地写着几个清晰可辨的字:"查无此人"。

"是妈妈的信。"迪克说。

"你没说昨天看见我们了吧?"桃乐茜问。

"我差点就要说出口,"邮差说,"不过我看到了南希小姐,她一个劲朝我做鬼脸,我就明白她想让我什么也不要说。所以我没说什么,只是拿走了那封信。我心想,少说为妙。'查无此人',好吧,拿回邮局得了。"

"不过……"

"我又骑上了自行车,这时一颗石子嗖的一声从我耳边掠过,一个小家伙趴在花园墙上向我招手。南希小姐真是个淘气鬼啊。'关于那封信,'她说,'无论如何,不要再把他们的信送到这里来了。''但是特纳小姐说他们不在这里。'我说。'他们在这里,'她说,'可我们绝不能让姑奶奶知道。妈妈知道他们在这里,她邀请了他们,但是姑奶奶不知道这些事。'然后她告诉了我你们在什么地方。她还说我最好把信拿给你们确认一下。'如果我照你说的去做,特纳小姐问我是怎么处理这封信的,那可怎么办?我可能会有麻烦。'我说。'如果你不照我说的去做,我们就会有更大的麻烦。'南希小姐说,'你说话能不能别这么大声?妈妈也会有更大的麻烦,所以他们才走的。你可以问问厨娘。''那好,就让我一个人得罪特纳小姐吧。'我说,'我会把信拿给他们,但如果有什么问题,你得帮我开脱。''不会有问题。'她说。这是你们的信,但如果再有信的话,我该怎么办呢?"

"你不能把它们拿到贝克福特去。"桃乐茜说。

"你不能把它们放在墙上的洞里吗?"迪克说,"然后我们会下来取走。"

"如果是寄到贝克福特的,我就应该送到贝克福特啊。"邮差说。

"等布莱克特太太回来之后就行。"桃乐茜说。

迪克已经走到了墙那边。"这里是个放信的好地方。"他说。

"这至关重要。"桃乐茜恳求道。

"那个小家伙也是这么说的。"邮差说,"好吧,我就照你们说的去做，但要是事情败露了，我就完蛋了。还好这是给你们的信。除了地址不对，其他没什么问题。"

"我们不能透露另外的地址。"桃乐茜说，"在布莱克特太太回来之前，这就是个秘密。"

"好的，我会做到的，"邮差说，"不过我不喜欢这样做。我跟南希小姐是这么说的。'你真走运，'我说，'没有用那颗石子砸中我。''根本不是走运，'她说，'只要我想，每次都能击中你，只是我不想。'南希小姐真是个淘气鬼啊，不过如果能为布莱克特太太省去麻烦，我愿意冒这个险，不提一个字。"

"非常感谢你。"桃乐茜说。

"这两块石头之间的洞就当信箱，"迪克说，"里面有信的时候，用这块小一点的石头封住洞口。"

邮差点点头，骑上自行车离开了。

"这封信差点毁了一切。"迪克说。

"这事不会像南希想的那么简单，"桃乐茜一边拆信一边说，"我们压根没想过邮差。"

"现在还有蒂莫西。"迪克说，"他可能随时出现要带我们去矿上。他肯定会直接找我，因为我们得去弗林特船长的书房里干活。"

"她们中的一个很快就会过来。"桃乐茜说。

"如果她们谁要来，南希为什么不留着这封信？"

"她得让邮差亲眼看看我们真的在这里。"桃乐茜说，"我们离马路远一点，这样如果还有其他人来，我们就能躲闪开。"

他们坐在落叶松林下等着，靠近通往小灌木林的小路，那里离小路只有两步远，但马路上的人看不到他们。

桃乐茜大声读着妈妈的来信，她的文字洋溢着乐观，希望他们在贝克福特度过一段快乐的时光；希望他们的新船已经造好，这样他们很快就能教她和他们的爸爸怎么航海；叮嘱他们一开始不要冒险，还说她真的很高兴，尽管懂事的苏珊不在那里负责照看，但他们现在睡在一座房子里，而不是睡在遥远的岛上或山上的帐篷里。

"好吧，我们确实是在一座房子里。"迪克说。

"还有附言。"桃乐茜说，"'无论你们做什么，我确信你们不会做任何让布莱克特太太后悔趁她不在让你们过来的事情。'没问题，妈妈也会这么做的。我们做皮克特人只是想让布莱克特太太不被姑奶奶责怪。不管怎样，如果连厨娘都觉得我们最好这样做，那我们就不能不做了。"

"我希望能有什么办法让她们想起蒂莫西的事。"迪克说，"要不要我去房子那边侦查一下？"

"没有用。"桃乐茜说，"她们中的一个很快就会来这里，因为要给我们送牛奶。"

"那我要去找戴菊莺了，"迪克说，"它们一般喜欢落叶松。"

五分钟之后，他匆匆地赶了回来。

"快！快！"他压低声音说，"有人在树林里。从这边走。"

他们几乎没有时间钻进小灌木林躲起来了。"不要动，"迪克小声说，"在这些石子上很难不发出声响……看，我可以看到他的腿。"迪克蹲下身子，从枝繁叶茂的树枝中往下看。

"是'软帽子',"桃乐茜说,"是蒂莫西。嗨!"

他们跑了出去,那个瘦高个正匆匆穿过落叶松林,突然站住了。

"你们好啊!"他说。

"你不能去贝克福特。"桃乐茜说,"还是你已经去了?"

"你不能透露任何关于我们的事。"迪克说。

桃乐茜不知道蒂莫西是脸红了,还是因为他很热。他瘦削的脸比平常红了许多。

"贝克福特发生了什么事?"他问,"我刚划着船拐进船库,就看到南希、佩吉和一个打扮过时的老妇人在一起。她们穿的什么衣服啊!我差点没认出来。那位老妇人没有看见我。佩吉也没有。不过南希看见了,她似乎被吓得半死。她向我挥手,要我顺着河道离开,于是我绕过岬角,在离马路很近的地方靠岸。我真不知道要怎么办。不过我必须去一趟矿上,所以就沿着马路过来了。天哪,我在贝克福特附近拐弯的时候又碰见了南希、佩吉和那位老妇人,她们仨在一起。"

"她对你说了什么?"桃乐茜问,"你没有问起我们吧?"

蒂莫西的脸又变红了一点。"我……嗯,你们知道是怎么回事。我从来都害怕见到陌生人。我只是从她们身边一闪溜进了树林里。这是我唯一能做的……"

"谢天谢地!"桃乐茜说。

"她们可能会调头往这边走。"迪克说。

"我最好继续赶路,"蒂莫西说,"要是她来这边……"

"我们会躲起来的。来我们的屋子看看吧,我们会解释给你听的。"

"什么屋子？"

"我们不住在贝克福特了。"桃乐茜说。

"什么？"

"我们没去过那里，所以你去那里后千万不要问起我们。你看到的那个人是南希和佩吉的姑奶奶，她是来照顾她们的，南希觉得我们最好离开。"

"我的天哪，"蒂莫西说，"你们不是待在那里吗？"

"现在不是了。"桃乐茜说，"你知道的，姑奶奶发现南希和佩吉独自留在贝克福特，就对布莱克特太太非常生气。南希说她一贯喜欢多管闲事，如果她发现布莱克特太太不在的时候有客人来，那就更糟糕了。所以我们刚刚搬进了自己的屋子。你最好来看看，这样我们说话的时候也不用担心被人听到。如果她在外面散步，随时可能调头来这边。"

"就在这上面。"迪克说着带头走上小路。

"那就是特纳小姐，对吧？"蒂莫西说，"吉姆跟我说过她。怪不得她们观赏花坛的时候，我几乎没认出她们。她们穿成那样。南希那个样子一点也不像淘金者……是的，我知道，这当然不是她的错。不过你们看，如果那个老妇人一直在贝克福特，我怎么进吉姆的书房工作呢？"

"这对你来说没什么问题。"桃乐茜说，"你可以直接进去，她们会向姑奶奶介绍你的。"

"不会的，她看到我就像看到瘟神似的。"蒂莫西说，"算了，谢谢你们。"

"最重要的是你不能把我们的事说出去。"

"好吧，去你们的屋里看看。"蒂莫西说。

他们走在那条崎岖不平的小路上，蒂莫西不得不弯下腰，拨开树枝往前走。他好像对他之前听到的话一知半解，不停地自顾自地说着什么。

"到了。"当他们来到老屋前的空地上时，桃乐茜说。她紧张地看着蒂莫西，想着他可能会不喜欢。

"我睡过更糟糕的地方。"他说。然后他们一起走进小屋，打量了一下周围。"你们需要一些苔藓塞住那些洞。"他看着屋顶说。

"我也想到了。"迪克说。

"不过你们有一只好壁炉，还有吊床，也不用走很远就能打水……不，你们的情况可能会更糟。不对。见鬼，我答应过吉姆，我会照顾你们。在他回来之前，我们还要去他的书房工作。"

"迪克现在不能去那里。"桃乐茜说。

"我们是獾。"迪克说。

"是皮克特人。"桃乐茜说，"你知道的，我们被赶出来了，只能在地下室生活。这里至少不是地下室，只是比较隐秘的地方。"

蒂莫西摇摇头。"你们觉得这样的秘密还能守多久？你们守不了多久的。会传进那个老妇人耳朵的，到那时会比她一来就发现你们更糟糕。"

"她要是看见那间客房原来的样子，一定会大发脾气的。"桃乐茜说，"当时床头有这个。"她指着那幅南希挂在墙上的骷髅图说，骷髅头在交叉的腿骨上方咧嘴笑着。

"现在有多少人知道？"蒂莫西问。

"南希和佩吉。"迪克说。

"老厨娘，"桃乐茜说，"还有邮差……南希今天早上不得不告诉他……"

"要是邮差知道的话，整个村子都会知道。"蒂莫西说。

"她只住十天。"桃乐茜说。

"不出两天她就能发现，"蒂莫西说，"到时就得付出代价了。我希望吉姆来处理这件事。"

"南希会处理的。"桃乐茜说，"当然南希说她原本想用别的办法……你知道的……就是在姑奶奶的床单和床垫之间放上碎石子，用切过洋葱的刀切黄油，诸如此类的事，直到她大发雷霆回家。只不过那样做的话，她会把气撒在布莱克特太太头上，所以南希还是决定要让姑奶奶高兴，这样她就没有任何借口怪罪人了。我们要做的就是躲起来。南希、佩吉和厨娘会好好应付姑奶奶，她喜欢什么，她们就做什么。这是跟她来软的，而不是来硬的。"

"问题是南希通常会绵里藏针啊。你永远不知道谁会挨她一下。等特纳小姐发现的时候，就不止南希有麻烦了。你、我、贝克福特的厨娘、邮差和所有被牵扯进来的人，特别是布莱克特太太，都会有麻烦。"

"弗林特船长的那些化验怎么办？"迪克问。

"不能在贝克福特做。得在船屋里做，不过我还没准备好。"他看到迪克脸上失望的神情，"你们就要有船了，是吧？到时候你们也可以来。"

"我们打算把船停在上游。"迪克说。

"好。那你们今天要跟我去矿上吗？"

"她们不来，我们就不去了。"桃乐茜说，"她们一脱身就会来这里找

我们。"

"没必要等她们了，"蒂莫西说，"我必须走了。如果你们看到南希，告诉她有人想拧她脖子。"

"谁？"迪克问。

"我。"蒂莫西说。

"幸亏他很害羞。"当他的脚步声消失后，桃乐茜说，"要是他向她们问好，然后她们把他介绍给姑奶奶，他肯定会问我们在哪里，那么第一天就会把所有事情都毁了。我打赌南希和佩吉看到他开溜一定乐坏了。"

如果姑奶奶跟她的侄孙女们一起散步，他们这两个皮克特人在马路附近就很不安全了。走另一条路去树林上方也不安全，因为南希或佩吉或她们两个随时可能从姑奶奶身边逃出来，跑来小屋，可能只有一两分钟的时间，就再跑回去。迪克安下心来锯木柴，准备了大量柴火用来生火。桃乐茜仔细检查了储备的食物，在一个练习本上列了清单，那原本是她用来写故事的本子。她画掉"啊嘿，圣甲虫号！一个冒险故事"，写下了"储备品"。接着她把他们所有的东西都记了下来：罐头食品有汤羹、牛排腰子布丁、腌牛肉、炖肉、桃子、沙丁鱼；新鲜食品有半份牛肉卷、三分之一盘苹果派、六根香蕉、十二只橙子、十只鸡蛋和半条面包；然后是其他东西，比如果酱、瓮肉、玉米片和巧克力。他们肯定不会挨饿的。老厨娘为小海盗们的很多次探险活动准备过口粮，她心里有数。这时，桃乐茜想起了细心的苏珊，便开始计划她的家务事。她在另一页纸上把食物按早餐、午餐和晚餐分类记下。最后，她从行李箱里拿出一本写字簿和一只贴了邮票的信封，给妈妈写了封信。她讲了旅途的

情况，说看到了他们的新船，还坐船穿过湖到了贝克福特。然后她写道：

南希和佩古的姑奶奶突然来到这里，这非常不幸，但也没办法。我们现在住进了自己的屋子。它在贝克福特附近的树林里，完全属于我和迪克。请问问爸爸关于皮克特人的事。他说人们因为皮克特人才杜撰了精灵什么的，因为皮克特人的土地被入侵很多年之后，他们一直秘密地生活在山洞里，只有很晚的时候才出来。我知道的差不多就是这样，请问问他。我负责做家务，所以没多少时间写作。迪克负责砍柴，还给鸟儿列了一张清单。他说啄木鸟和戴菊莺是目前为止他看到的最好的两种鸟。他说有两种猫头鹰，但我们还没见过，只听到了它们的叫声。没时间多说了，我还得考虑午餐吃什么。

我和迪克都很爱您。

桃乐茜

附言：请不要忘记问爸爸皮克特人的事。我们两个都想知道。

她叠好信，装进信封，写上地址，然后放进口袋。她要么请别人帮忙把信寄出去，要么等那个邮差早上过来。

这时迪克抱着一堆小木柴进来了。

"现在几点了？"她问。

"一点二十九分。"

"开饭。"桃乐茜说。

他们午餐吃完了牛肉卷和剩下的苹果派，喝了柠檬水，南希和佩吉把她们装格罗格酒的大桶架在石头上，这样离地很高，打开水龙头就能装满一杯了。

"肯定出什么事了，"迪克说，"要不然的话，南希或佩吉现在应该来这里了。"

"没事的。"桃乐茜说，"如果姑奶奶发现了，她会立马派人来把我们拽下去。我相信没什么问题。邮差是很危险的，还有蒂莫西，但现在他们都走了，不可能再有其他人……"

"听！"迪克说。

就在下一刻，佩吉穿着白色连衣裙出现在门口，把他们俩吓了一大跳，她上气不接下气，几乎说不出话。

"快！快！"她气喘吁吁地说，"牛奶来了，不好意思之前没能送来。你们应该把其他的瓶子洗洗。别管了，快点，我们得去阻止医生。姑奶奶请他过来，她总是这样做。我们应该提醒他的，但我们忘了。快点！他知道你们要来，如果我们不追上他，他一开口就会把事情泄露出去。"

第八章

和医生打交道

"医生?"桃乐茜说,"她病了吗?"

"完全没有,"佩吉说,"她精力好得很。只不过她总喜欢有个医生在身边,就像在哈罗盖特的时候那样。她给他打了电话,他随时会来。别收拾东西了。天哪,这是最糟糕的一个上午。比南希预想的要困难得多。对了,那只苹果派呢?"

"我们吃完了。"迪克说。

"厨娘说你们应该吃完了。不要紧。她要赶快再做一只,然后切开,撒上蛋奶沙司。"

"可它本来就非常好吃啊。"桃乐茜说。

"不是那样的。"佩吉说,"早饭过后,厨娘要南希点餐,姑奶奶说由她来点,厨娘非常恼火,但还是忍住了,回到了厨房。然后就在刚才,姑奶奶想起还剩了不少苹果派,于是按铃告诉厨娘说她晚上还想吃……这还只是其中一个糟糕的时刻……快点,别收拾东西了……首先,我们根本没有机会逃出来给你们送牛奶。幸好我们没有逃出来。她惹火厨娘之后,我们跟她一起去了花园,然后蒂莫西正好划船进船库。姑奶奶看着别的地方,但南希看到了他,他也看到南希一个劲示意他离开……"

他们匆匆走上小路,佩吉在前面不时地回头跟他们说话。

"我们忘了蒂莫西……"她解释说。

"我们昨晚想起了他,不知道要怎么办。"桃乐茜说。

"他把船划走了，我们暂时得救了。然后，我们都等在门厅准备和姑奶奶一起去散步，这时邮差拿着你们的信来了。姑奶奶说不认识你们，把信还给了邮差，他差点说出昨天见过你们，南希不知怎么就应付过去了。"

"我们拿到信了。"桃乐茜说。

"现在我们在路边的墙上设了自己的信箱。"迪克说。

"很好，"佩吉说，"但那还不是全部。我们开始散步，我和南希分别在姑奶奶两边，可怕的事又发生了，我们还没走出一百米就碰到蒂莫西沿马路过来。我们的心差点从嗓子里蹦出来。但蒂莫西就跟去年认识我们之前一样，只看了一眼就翻墙进了树林，我们又得救了。姑奶奶说他是个危险的流浪汉，所以不管发生什么，他现在都不能来贝克福特了。"

"他不会来了，"迪克说，"我们也见过他了。"

"嗯，那就没问题了。"佩吉说，"我们继续散步，然后发现了他停船的地方。就在那边的马路下面，你们绝不会错过它。南希说她得把鸽子运走，以防发生什么紧急情况。但时间来不及了。我们已经把鸽子放进了笼子，把笼子藏在了树林尽头的墙后面。那里还有一袋鸽粮，南希给他写了一封信解释。你们会找到的。到时你们拿上笼子和鸽粮，把它们放到蒂莫西的船上……"

"现在吗？"迪克问。

"不是，"佩吉说，"等我们回去喝下午茶时再说。"

"南希去哪儿了？"桃乐茜问。

"她开着亚马孙号去河上了,还带了一把镰刀。"

"割草用的吗?"迪克问。

"割睡莲,"佩吉说,"还有芦苇……她要给圣甲虫号弄个港口。"

"这里是我们的信箱。"迪克说,然后给她看墙上那个洞。

"很好,"佩吉说,"对我们也有用。你们稍等一会儿,我去看看马路上有没有人。"

她穿过豁口走到马路上,左看右看,悄悄地做了个手势就往左边跑去。迪克和桃乐茜急忙跟在她身后。她在下一个拐角处等着他们,那里是贝克福特小灌木林的尽头,再过去就是一片田地。"离房子有点近,"她说,"她可能在客厅里等着医生给她量体温,但我们不能冒险让人看到我们在一起……这是南希的命令。她很快就过来……"

"她来了!"佩吉欢快地说,"你去了那么久。不过我觉得医生还没过去。"南希穿着泳衣从通往那片田地的门里爬了出来,完全是个野人的样子。她手里拿着一封信。

"又是给我们的信吗?"桃乐茜问。

"不是,是姑奶奶的信。我得把它拿给医生看。你们收到信了吧?邮差把它交给姑奶奶的时候,真是太可怕了。"

"收到了。"桃乐茜说。

"亚马孙号呢?"迪克问,他望向大门那边,越过新割的干草地,去看章鱼潟湖,只是高高的芦苇挡住了湖。

"就在这附近。"南希说,"佩吉,你最好穿上你的泳衣。你们两个带泳衣了吗?"

"没有。"迪克说,"要我回去拿吗?"

"别浪费时间了,"南希说,"我和佩吉会下水。快点,佩吉。小心那把镰刀。它在船上很碍事。我把船系在了老地方。那个地方可以登陆,但不适合做港口。我们要给你们在湖上弄一个漂亮的港口。只要那个医生不耽误我们太长时间,今天就能把它弄好。"

佩吉已经穿过大门,沿着小灌木林的边上匆匆离去,很快消失在树林里。

"医生找我们做什么?"迪克问。

"他才不找我们,"南希说,"是我们找他。他跟邮差和蒂莫西一样,知道你们在这里,我们得阻止他把消息泄露给姑奶奶。"

"我们见过蒂莫西了。"迪克说。

"我们也是。"南希说,"听!有一辆汽车开过来了……开始行动!别给他机会冲过去。啊嘿!嘿!停车!"

那辆汽车在离他们很近的地方停了下来。医生把头探出车窗。

"南希,你这个小笨蛋。你再干这样的傻事,会被车撞倒的!要不是我的刹车好,而且开得很谨慎,这一刻你就躺下了,也不会出来害人了。你干吗要拦住我?为什么?嗨,你好,迪克·科勒姆,我没认错吧?你是多萝西?"

"桃乐茜。"迪克说。

"噢,桃乐茜,"医生说,"那就桃乐茜吧。嗯,你没得过腮腺炎,不过迟早会得的。让开,南希。现在不能停下,我和特纳小姐有约。"

"我们就是要跟您说这件事。"南希说,"您见到她的时候一定要小心，不能提迪克和桃乐茜一个字。"

"什么？"医生说，"他们已经遭她嫌弃了？"

"她不知道他们在这里。"

"那她以为他们在哪儿？在这么好的天气里写暑假作业吗？"

"她不知道他们来了。"

"嗯，我不觉得这有什么要紧的。"

"真见鬼！"南希说，"您没理解我说的话。她甚至不知道他们的存在，她从没听说过他们。她也绝对不能知道。"

"但他们不是待在贝克福特？你妈妈告诉过我……"

"没有，他们住在树林的小屋里。厨娘知道，但姑奶奶不知道，也不能让她知道。听着，妈妈和吉姆舅舅并没有告诉她他们要外出的事。不知道是哪个老太婆告诉她的。妈妈从没请她过来和我们待在一起。她绝对不会那样做。妈妈本来想让我们自己做主，她就是这样说的。姑奶奶自作主张过来了，而且说来就来。反正她会让妈妈很难受，她总是这样。要是她发现妈妈趁外出的时候叫迪克和桃乐茜来陪我们，那就更糟糕了。您知道姑奶奶的脾气。您也知道她上次来这里的时候是什么情况。"

"我知道，"医生说，"不过这就是你妈妈不邀请她的原因吗？"

"看看这个，"南希说，"您就明白了。厨娘不知道她要来，我们不知道，妈妈也不知道。那都是她自己的主意。她发来一封电报，我试图说服她，但是失败了。然后她寄来了这封信，您看看，快看看。"南希把姑奶奶的信从车窗递了进去。医生看了看信封上的地址。

"是她写给你的。"他说。

"当然了,但我们根本没时间阻止她。您只要看一看就知道妈妈的处境了。"

医生脱下手套,把信从信封里拿了出来。他们看见他的嘴唇先是往上扬,微微笑了笑,接着表情变得严肃起来。

"你们为什么不让科勒姆姐弟晚点来?"

"我们收到信的时候,他们已经在这里了。我们唯一能做的就是让他们从我们的房子搬出去。连厨娘都同意了。"

"我想你们也没给她什么选择。"

"您认为我们应该回家吗?"桃乐茜问道。

"当然不,"南希说,"妈妈亲自邀请了你们。"

医生又看了一遍信,然后看第三遍。

"我认为特纳小姐知道他们在这里。"他说。

"她不知道。"南希说,"邮差今天早上给桃乐茜捎来一封信,姑奶奶在上面写了'查无此人',然后把信退还给他。当时可真惊险。要是他没看到我朝他做鬼脸,他可能就会去告诉她。后来我向他解释了,他处理得还算不错。"

"他会把我们的信放进墙上的一个洞里。"迪克说。

"南希,"医生说,"你真是一个危险的家伙,没人比得上你。要是事情败露,那个可怜的老邮差就有麻烦了。"

"还有厨娘和我们,尤其是妈妈。"南希说,"只要不被她发现就好,所以您得小心。姑奶奶会在妈妈和吉姆舅舅回来的前一天离开,我们只

要坚持到那个时候就万事大吉了。我和佩吉会好好表现，穿最好看的连衣裙，让她一直开开心心的。"

"最好看的连衣裙？"医生看着身穿泳衣的南希，笑着说道。

"一直都是。"南希说，"除非她见不到我们，我们就会穿上舒适的衣服或泳衣，就像妈妈在家的时候。"

"你舅舅的那个朋友呢……是叫斯特丁吧，他不是要照顾你们吗？"

"噢，蒂莫西！"南希说，"我差点忘了。您也不能提任何关于他的事。姑奶奶从没听说过蒂莫西。今天上午我们被带出去散步的时候碰到他了……我们当时穿着白色连衣裙什么的。他一看见我们就闪开了。姑奶奶说他像个危险的流浪汉。"

"她在这里不是有朋友吗？肯定会有人出卖你们的。"

"除了您没有其他人了。"南希说，"她以前认识的人都搬走了，除了吉尔岩的桑顿小姐，她俩很久以前闹过矛盾，已经很多年不怎么说话了。"

"好吧，你们想拉我下水也没用。"医生说着把姑奶奶的信还给南希，"你可以把这个马蜂窝留给别人。"

南希跺了跺脚。"胆小鬼，"她说，"叛徒！等吉姆舅舅回家，如果听说是您让妈妈惹上麻烦的……"

"闭嘴，南希！"医生说，"让我想一想……你到底想让我做什么？"

"我们不是要您做什么，"南希说，"我们只要您别多说什么。别提迪克和桃乐茜的任何事，也不要提蒂莫西。就跟往常一样，您知道的，握住她的手，测量体温，嘱咐她小心点。那也是她想让您做的。还有……

噢,对了……如果您真想帮点忙的话,可以告诉她下午一定要躺下休息。这样我们每天就有一两个小时的时间,如果总是脱不了身,我们就完了。迪克和桃乐茜有了一艘新船,我们得帮他们学会开船。"

"不过如果她问起他们呢?"

"她不会的。"

"好吧,"医生说,"我帮你们这个忙。如果她不提他们,我也不会说任何关于迪克和桃乐茜的事,还有那个可怜的斯特丁,我也不会说他什么。他还得自保。但如果她问起问题,我就要老实回答。"

"没关系,"南希说,"您也不必想着是在帮我们,您是在帮妈妈,而且这样对姑奶奶也更好。我们要让她一直开开心心的。我们在不停地练习那该死的钢琴、穿礼服,甚至做暑假作业——学习诗歌,背着双手背诵给她听。我们要让她开心,不惜一切代价。您不过是在做好事。"

"南希。"医生说。

"嗯。"南希应道。

"我希望你掉到深蓝色的海底。"

他踩上离合器,开车继续往前走。

"别忘了她下午得躺下休息啊。"南希大喊道。

"蒂莫西也说过这样的话,"汽车消失不见时,迪克说,"他让我们捎给你这个口信,说有人想拧你的脖子。其实就是说他自己,但他没说原因。"

"原住民都一样,"南希说,"不过这没什么要紧的。"

"医生那边不会有什么问题吧?"桃乐茜说。

"他也就装装样子，其实人不坏，但我们最好还是确定一下。得有人在路上等他回来。我们不能都在这里等着，因为如果还不开始弄那个港口，就弄不完了。圣甲虫号明天就可以下水了。"

"要我在这里等他吗？"桃乐茜说。

"好的，"南希说，"我和迪克、佩吉就能弄好。走吧，迪克，不管怎样，我们最好开始行动。但如果他没叫她躺下休息，我们就得停工回去。"

"你觉得他能帮我寄一封信吗？"桃乐茜问。

"当然可以。"南希已经翻过大门，迪克跟在她身后，"好理由，把你的信给他，问问他有没有成为叛徒。再看看姑奶奶是待在屋里还是在外面晃荡。然后回到小灌木林，尽量靠近潟湖那边，轻轻尖叫几声。走吧，迪克，我们要去割芦苇。那些睡莲更麻烦！"

桃乐茜看着他们沿树林边奔跑，潜入那条河附近的林子里。她试着抚平信上的皱褶，它看起来不像她之前塞进口袋时那样平整。佩吉捎来的零星消息让她想到贝克福特发生的事，南希原本留下来当管家，现在却被人撤职，上座的位置也被人占了，不准点餐，还被迫穿她讨厌的衣服，这个不能做，那个不能做，尽管如此，她还是决定要让姑奶奶一直开心。佩吉也是这样。虽然她们两个的假期被破坏了，但她们决心要让桃乐茜和迪克过上布莱克特太太为他们计划的假期。很多人因此受到牵连，先是想拧南希脖子的蒂莫西、被打乱生活的好心的厨娘，接着是苦恼的邮差，现在是医生。如果这是一个故事，那就简单多了。在故事里，坏人就是坏人，英雄们没有什么可担心的，他们最终总会获胜。在故事里，黑就是黑，白就是白，黑白分明。在现实生活中，事情却复杂得多。现实生活就像一团缠在一起的线，如果你找到一个线头拉一下，一切会变得更糟糕。南希把他们变成皮克特人，只因为这是她能保住她妈妈的最好办法。现在，看看所有那些被卷进来的人。谁都看得出南希已经尽力了。不过看看医生，他不仅没有急着帮她，反而希望她淹死在海里。桃乐茜喜欢医生，如果她写故事的话，一定会让医生站在南希这边，尽最大努力帮助南希……哎呀，在故事里，医生会拿出药丸什么的，也不是要害姑奶奶生病，而是让她一直有点不舒服，不来烦人就好。然而现在，医生、蒂莫西和邮差似乎都希望姑奶奶发现南希和佩吉在家里接待了客人，除了厨娘以外没有别的原住民是站在南希这边的。

桃乐茜的视线越过远处的山谷，望向干城章嘉峰高高的山坡。阳光倾洒在紫色的石楠丛上。桃乐茜没看到这些，她仿佛在用一双失明的眼睛看着山。一个可怕的念头突然击中了她。如果医生和蒂莫西是对的呢？如果整个计划就是个错误呢？反正不管怎样，姑奶奶都会生布莱克特太太的气，她在信中已经表明了这一点。如果她到贝克福特发现迪克和桃乐茜跟她的侄孙女们在一起，会不会更生气？当然，如果现在她发现他们成了皮克特人，住在拐角处的林中小屋里，她肯定会非常生气，比南希什么也不做要生气得多。她会对南希和佩吉还有布莱克特太太生气。她绝不会想起南希和佩吉曾经是如何尽一切可能让她开心和满意的。

想到这里,桃乐茜颤抖了一下,又回到了现实。现在已经没有退路了。无论如何不能让姑奶奶发现,不能有任何差错,否则南希和佩吉就白白地成了殉难者。

她听到田地另一边的芦苇丛后面传来一阵重重的落水声。有那么一瞬间,她以为是迪克掉进水里了,接着她又听到南希清脆的笑声。看来没什么要紧的。但是溅水声和笑声离房子那么近也够叫人担心的。没必要去冒这个险。就让圣甲虫号待在造船工那里,直到姑奶奶离开,这样不是更好吗?迪克会很失望的。她看见他坐在火车车厢的一个角落里读那本关于航海的书。但是,毕竟他们的任务是相对轻松的,只要待在他们的小屋里做皮克特人就可以了。迪克还有他的鸟儿。她确信他会同意。如果南希和佩吉能为了一个正当理由成为殉难者,她和迪克也可以不需要圣甲虫号。即使弄好了港口,让船从流经贝克福特草坪的河里开过去也要冒相当大的风险。别管什么医生了,她想马上去河边告诉他们,圣甲虫号可以留在里约湾,等姑奶奶走了之后再说。

但医生正好过来了。他拐出贝克福特的大门时,她听到了汽车的轰鸣声。没过多久,医生就把车停在她旁边,她站在那里挥舞着她的信。

"您有没有告诉她必须躺下?"她问。

"我让她躺下,不是因为南希的什么把戏,"医生急忙说,"跟南希无关。在任何情况下,我都要给她这样的建议。是的,我已经告诉她,如果她能养成午饭后休息的习惯就好了。"

"您没有跟她提我们的事吧?"

"没有,我没说,"医生几乎是生气地说,"她没问任何问题。但如果她发现了，我也一样有麻烦。"

"真的很感谢您。"桃乐茜说。

"你可别谢我，"医生说，"我没有帮你们任何忙，将来也不会。我不想卷进你们的事。再见！"

"我能告诉南希一切顺利吗？"

"你可以告诉她，我没有说什么让事情变得更糟的话。"

"太好了。"桃乐茜说。

"好什么好！"

他刚要发动汽车，桃乐茜问他能不能帮她寄信。"是寄给妈妈的。"她说。

"我当然可以帮你寄信。你有没有告诉你妈妈这些乱七八糟的事？"

"可这也不是乱七八糟的事。"桃乐茜说，"我告诉她我和迪克成了皮克特人。"

"皮克特人？"医生说，"皮克特人是什么？这又是南希的一个把戏吗？"

"噢，不是，"桃乐茜说，"是我们的主意。皮克特人是大家都以为他们已经灭绝实际却秘密生活着的人，至少我是这么认为的。我已经让妈妈向爸爸打听清楚，他知道。"

"我没听说过。"医生说，"好了，我会把信寄出去的。再见，如果你不介意的话，我真的很不想再见到你。"

桃乐茜脸上的某种表情让他停了下来。"不是针对你的，"他补充说，"只是，如果假定你们灭绝了，那么除了在博物馆，我应该见不到你们。

再见。"

汽车飞驰而去，桃乐茜翻过大门，沿着树林边匆匆赶路。就目前而言，医生带来的消息还算不错，但他们最好还是不要想圣甲虫号了，这样至少可以避免风险。

第九章

圣甲虫号的港口

章鱼潟湖上正在进行"港口建设"。迪克和南希发现佩吉已经换上泳衣，在亚马孙号上等着起航。迪克把着桨，因为佩吉个头比较大，所以当南希在水里挥舞镰刀的时候，比较适合由她去平衡南希，保持船只平稳。划了几桨，他们就到了河上游，进入了潟湖。南希用镰刀在睡莲中开辟航道。"港口一定要在下面的角落里，不能在芦苇丛附近，那后面除了田野就什么都没有了……就在那边，那棵柳树旁。把船停在那里，即使在马路上也没人能看到它。"

在小船上把镰刀伸到河水深处割断睡莲的茎干，可不是一件容易的事。迪克尽力让亚马孙号保持平稳，假装自己是在驾驶圣甲虫号。南希双脚跨在船头的划手座板上，俯下身子，尽力把镰刀伸到她能够着的最远处割一圈，而佩吉就尽量把自己的重心往相反方向压，就好像他们在左舷抢风航行。桃乐茜在路上听到的水花声是佩吉掉进了水里，当时南希在右舷几乎失去平衡，她猛地挺直身子，佩吉就往后一倒。

佩吉上来的时候嘴里都是水，她一把抓住船舷上缘。迪克不小心松开了一支桨，但又抓住了，去抓桨的时候，船向那一侧倾斜，船舷上缘差点被浸湿。南希笑了起来。

"好了，佩吉，"她说，"这真的是我的错。幸好我们把礼服留在岸上了。绕到船尾，到艉板上来……你坐好别动，迪克，她能行。"

不一会儿，佩吉又上了船，她甩甩湿漉漉的头发，任水往下滴，回

皮克特人和殉难者

章鱼潟湖上正在进行"港口建设"

到自己的位置。"我应该把一只脚放在划手座板下。"她说,"得了,迪克,你不要笑了。当初是谁在诺福克湖区掉下了船?"

"我不是笑这个。"迪克说。

他根本不知道自己在笑。浑身湿淋淋的佩吉看到的那个笑容不是逗乐的笑,而是钦佩的笑。天底下没人掉进水里后还能不慌不忙地爬上来。南希已经又在水下挥舞镰刀了,好像什么事也没发生过。她们两个真的是水手,而且不只是水手。他们一边干活一边聊天,船后面已经开辟出宽阔的航道。迪克听到了更多姑奶奶到来之后的事。佩吉学着厨娘的声音迎接那个不速之客,模仿姑奶奶的腔调向厨娘宣布由她取代南希来掌管家务。他还听南希说了她跟邮差打交道的事,还有蒂莫西从客厅窗户外看到姑奶奶就匆匆划船离开了,然后蒂莫西撞见姑奶奶带着她的侄孙女们散步,又惊慌失措地躲进了树林里。"这是好事。"南希说,"我已经打定主意要给他一个呆滞的眼神,装作我们不认识他,但他可能不懂这个意思。而且我们也没机会提醒他。'迪克呢?'他想到他那些令人作呕的化验一定会问这个,然后姑奶奶就会打听:'迪克是谁呀?'到时我们都会有大麻烦……往右划一点。好的,就这样,稳住……照目前的情况来看,一切都会很顺利。他本来是最大的危险之一,现在我们相当安全了。他不会再靠近那座房子了,我已经在信里跟他说了。他会在船屋做化验,他需要你的时候,只要放出信鸽,我们就会捎消息给你们。"

"他们在墙上弄了一只很好的信箱。"佩吉说。

"我们也可以把信塞进去,"南希说,"即使我们不能去林子里。再往前划,迪克……明天你就拥有圣甲虫号了,这样你就能去船屋了。一切

都按原计划进行,就像姑奶奶不在这里一样。"

也难怪迪克会笑,毕竟一切都会好起来,连他以前的疑虑都消失了。和南希、佩吉这样的人在一起,怎么会出问题呢?佩吉掉进水里又爬上船,就好像这只是工作的一部分,面对哄姑奶奶开心的可怕任务,她们也没有一句怨言。

他们在睡莲中开辟出一条航道,几乎要延伸到芦苇丛边,这时他们听到一声温柔的"啊嘿"。

"桃乐茜。"佩吉说完,像鸭子一样嘎嘎地叫起来。

"她不懂这个信号。"南希说着,大喊一声"来了!"。

迪克划着船从睡莲中穿过,航道两边都是睡莲坚硬的茎干,他时不时得抓稳船桨。

"不能弄得太宽,"南希看了看说,"你也不希望大家都能看到圣甲虫号吧,只要能将船尾划进划出就可以了。"

"是的。"迪克说。这是另一件需要学习的事情。他用两支桨能把船划得很好,但用一支桨在船尾划……他见过汤姆在山雀号上那样做,他还注意到桨叶是向侧面摆动,并不停地扭转,就像螺旋桨转动的样子。在奈特的那本《航海》中没提到这个,但他会通过实践自己摸索出来。

一离开睡莲丛,他就把亚马孙号调了个头,往下游划去。桃乐茜还在河边的树下等着,那里有两团白色的东西,是南希和佩吉换下的衣服。迪克划着船向岸边驶去。

"停在那棵树的根部那边。"南希说,"很好,你还不赖。跳上来,桃乐茜。我把镰刀拿开。到船尾去。把船撑开,迪克。怎么样?没问

题吧?"

桃乐茜本来想在上船之前把她的新想法告诉他们,但是她不知不觉就已经坐在船尾了,船浮在水面上,迪克划着船向上游驶去。她回答了南希的问题。

"医生还没有把我们的事告诉她。"她说。

"我就知道他不会,"南希说,"他绝没有他说的那么坏。不过她有没有躺下休息呢?"

"医生让她每天午饭后都要休息一会儿。"

"很好。这意味着我们有两个半小时的空闲时间,"南希说,"我们要好好利用。"

"我在想……"桃乐茜说。

"往左划,迪克……再往左……"

"停,"桃乐茜说,"等一下……"

"什么事?你继续划,迪克。现在你对准方向了。"

"我在想,"桃乐茜说,"我们还是不要弄了……我是说港口。你们也知道,真正要紧的就是她不能发现我们在这里。所以我们不能冒任何险。而港口离房子那么近……最好别弄了。我和迪克可以等她离开之后再驾驶圣甲虫号。"

桃乐茜看到了迪克脸上的失望,她连忙接着说:"只是几天而已。而且你不能航行的话,有了圣甲虫号也没什么用。要是我们就待在树林里,她就不太可能发现我们了。"

迪克停止了划桨。船静静地滑向那些睡莲。

"这样会更安全一些。"佩吉说。

南希急忙转过头来。"就这样让她赢?"她说,"当然不行。听着,桃乐茜,妈妈邀请你们来这里,吉姆舅舅把圣甲虫号全都安排妥当了。他们计划在你们来的时候就准备好船。如果不是造船工延误的话,你们早就拥有它了。妈妈觉得你们每天开船出去一定会很开心。要是发现你们被关在家里什么都不做,她肯定会很难受。"

"那你们怎么办?"桃乐茜说。

"这是两码事,我们跟这个无关。继续划吧,迪克。"

"我们在树林里有很多事情要做。"桃乐茜说,"我们可以轻松地等着出航。我要学习做家务,迪克要砍柴火,还要观察鸟和毛毛虫……我们一点也不介意等几天。"

迪克看着桃乐茜的脸。"桃乐茜说得很对。"他说。

"不,她说错了。"南希说,"真见鬼。你们都听我说,没人邀请姑奶奶。但妈妈邀请了你们,一切都是事先计划好的。明天圣甲虫号就准备好了,你们会很高兴拥有那艘船的。这也不只是为了好玩,是有原因的。"

迪克重新燃起希望。

"你们忘了你们来这里的主要目的了。你们还去矿上吗?那些化验怎么办?蒂莫西和迪克要在吉姆舅舅回来之前完成那些工作。噢,他们现在不能在吉姆舅舅的书房做化验,但他们可以在船屋里做。如果你们没有圣甲虫号,迪克怎么去那里?所以别再说那些没用的话了。你们驾驶亚马孙号或把圣甲虫号放在我们的船库,都不安全。"

"我都忘了化验的事了。"迪克说。

桃乐茜先看看迪克又看看南希，然后又看看迪克，再次下定决心。"我想这是唯一的办法。"她说。

"当然了，我们就快到芦苇丛了。稳住，迪克……"

他们回到之前开辟的航道中，桨上已经挂满无根漂浮的睡莲叶。

"你们千万别在这里游泳。"南希说。

"佩吉已经试过了。"迪克说。

"这些睡莲真的很烦人，"佩吉说，"难怪罗杰把它们叫作章鱼，因为会缠住桨。缠住你腿的时候更可恶。"

"我听到水花声了。"桃乐茜说，迪克知道桃乐茜不再想着让南希改变计划了。明天圣甲虫号就准备好了。驾船出行。然后和蒂莫西一起在船屋里做化验。要不是不能松开船桨，他早就摘下眼镜，放心地擦拭镜片了。

"幸好我们换上了泳衣。"南希说，"如果佩吉在喝下午茶的时候穿着她那条沾满绿色黏液的连衣裙，那就太可怕了。"

"港口要建在那片灌木丛旁，"迪克说，"那边还有棵柳树，越过芦苇丛就能看到它。"

"你也去佩吉那一侧。"南希说，她再次挥舞起镰刀，"不要太靠近舷缘，否则你也会掉下去。"

船一米一米前进着，他们离潟湖边的高芦苇丛越来越近，一小块开阔的水面出现在最后那片睡莲和芦苇丛之间。船向前滑去，然后停了下来。

"稳住船。"南希说。

她用尽全力把镰刀伸到水下去割芦苇,一点一点给船开路。这对南希来说也是件苦差事,其他人没说话,但都尽力帮忙。迪克发现他可以用桨撑到水底。佩吉拿着一支桨,迪克拿另一支,他们一起把桨撑到水底,桃乐茜抓住芦苇,在船慢慢往前进的时候不让船往后滑。

"我们不是正对着柳树的方向。"迪克说。

"不要紧,"南希喘着气说,"我们要在航道里弄个小弯道,这样从潟湖另一边看过来就只能看到密实的芦苇,从任何地方都看不到这艘船了。现在把船尾拐过来一点。天哪,我胳膊都快断了。"

桃乐茜回头看了看。他们仿佛在一条狭窄的小巷子里,两边都是高高的芦苇,羽毛般的芦花在风中飘荡。他们身后的水面上漂浮的全是被割下的芦苇。通过这条"小巷子"的入口,桃乐茜可以看到潟湖里的睡莲,更远处,在湖的另一边还有一丛丛芦苇。很快,船向前驶进一条新航道,水道变窄,最后消失了。除了芦苇,什么也看不见了。南希的工作更辛苦了。迪克和佩吉把桨戳到软软的河床,一边撑船一边看她。他们不是在等待命令,而是在南希开辟出航道后就把船往前挪动。他们前方的芦苇似乎突然变得稀疏了。柳树梢出现在他们头顶上方。

"把船弄进去,"南希说,"你们两个人一起。放开那些芦苇,桃乐茜,要不会割伤你的手。好了,一、二,用力……"

小船往前一冲,停了下来,紧挨着那棵柳树。

"河床很软,船能停到树根上。"南希说,"我之前看了一下,可以很好地把船藏起来,就算有人四处找它也找不到。即使将来姑奶奶回到哈

罗盖特的老家，这个港口也会很有用的。等燕子号船员过来的时候，我们可以在这里埋伏起来，然后发起一场新的战争。罗杰会记住那些'章鱼'的，他们绝不会想到我们能把一艘双桅帆船藏在这里。现在几点了，迪克？"

"四点零三分。"

"我的天哪！你们两个快下船，我们得回家了。我还要凉快一下。你的头发干了没，佩吉？"

"干了。"

"我们进去喝下午茶之前，你要用丝带把头发绑起来，这样才完美。我们得换下泳衣，穿上该死的连衣裙。没时间了。好了，我拿着镰刀开路。"

"丝带是干的，但能看出它浸过水的地方。"佩吉说。

"好吧，如果被她发现了，也不要解释什么。"南希说。

"那我该怎么说？"

"就说'噢，玛利亚姑奶奶，我真不小心'，然后走开去干别的。桃乐茜，抓住柳条，跳到树根上。喂，你们知道接下来要做什么吗？我已经告诉迪克了。鸽笼就藏在我们大门对面的墙后面。等到我们喝下午茶的时候，你们过去拿走鸽笼，把它送到蒂莫西的船上。从岬角那边的马路上能看到他的船。然后你们最好回避一下，谁也不知道她喝完下午茶之后会不会再去那边散步。"

"那明天呢？"迪克说。

"我们两点左右应该能伺候她睡觉。你们沿马路经过贝克福特，从另一边爬上岬角，上面全是岩石和石楠。你们从那里可以俯瞰我们的花园，会看到我们什么时候准备好。到那时我们会开着亚马孙号出去，到船库下面接你们。然后我们带你们穿过里约湾去取圣甲虫号，之后你们就可以自己开船回来了。明天晚上你们就能把船停在自己的港口。几点了，迪克？"

"四点零七分四十五秒。"

"天哪，"南希说，"我只想凉快凉快。"

她走进亚马孙号旁边的水里，双脚在湖里搅了搅，然后又捧了水去浇肩膀。

"你要怎么把身上弄干啊？"桃乐茜说。

"这个不要紧。"南希说着又爬上了船，"反正我的头发比佩吉的整齐。我们应该随身带把梳子。出发！"

"你们能及时赶回去吗？"迪克说。

"一定没问题。你们最好潜进树林里，一直走到能看到草坪的地方，然后你们就会知道什么时候去拿鸽子是安全的。"

两个半裸的"野蛮人"撑着船，船尾先从芦苇丛中新开辟的航道滑了出去。她们消失在航道的拐弯处，迪克和桃乐茜还在新港口等着，不一会儿，他们就听到了桨架的啪嗒声和持续不断的划水声。

第十章

给蒂莫西的信鸽

"我真高兴终于能拥有圣甲虫号了。"迪克说。

"我都忘了你还要跟蒂莫西一起做什么事了,"桃乐茜说,"反正现在港口也建好了。不过,我们每次把船开进去或开出来,都要经过那座房子。"

"谁都可以在河里开船。"迪克说,"就算她看见我们,也不认识我们。"

"知道的人越多,风险就会越大。"桃乐茜说。

"我们可以把它绑在柳树上,"迪克说,他想的不是姑奶奶而是圣甲虫号,"两边的芦苇能起到护舷垫的作用,它在这里会很安全。"

"你觉得她们来得及吗?"

"我们得去看看。"迪克说。

"我们可能正好碰见她。"

"有树挡着呢。"迪克说。

他们离开秘密港口,穿过小灌木林向贝克福特的花园走去。他们像猎人那样移动,只希望脚下的小树枝没有那么干,踩上去不会噼里啪啦响。

"别走得这么快,"桃乐茜低声说,"她们肯定还没回去。她们得先靠岸,还得换下泳衣。听!"

在他们左边的某个地方,南希和佩吉一定在梳妆打扮,要把自己从野蛮人变成姑奶奶的乖侄孙女。但一点声响都听不到。

"她们真安静啊。"

这两个皮克特人小心翼翼地走着，迪克在前面带路。他们来到一条杂草丛生的小路，穿了过去。在敌方的领地上应该要避开小路。他们跨过一条狭窄的小溪，猜想这应该就是树林上游流进涮洗池的那条溪流。

"我们现在一定离房子很近了。"桃乐茜低声说。

接着，就在前方不远处，他们听到有人大喊大叫。"露丝！玛格丽特！"

他们愣住了。

"是她！"桃乐茜小声说，"厨娘不会这样叫她们。迪克！迪克！我们已经听到了她的声音，你觉得我们能看到她吗？"

"她们要迟到了。"迪克低声说。他匍匐前进着，每一步都很轻，就像走在蛋壳上，生怕踩破了。他以前也用这种步法跟踪观察鸟儿，听到鸟的叫声就想靠近去看。桃乐茜蹑手蹑脚地跟在他身后。他突然停了下来，身子越蹲越低，向桃乐茜比画着手势。她也蹲在了他身旁。他们的头贴近地面，从灌木丛中望过去，贝克福特的长草坪铺满了雏菊，一直延伸到船库和河边。他们完全看不见房子，但又不敢动。

"露丝！玛格丽特！"

姑奶奶本人离这里不会超过三十米。

"她在花园里。"迪克小声说。

"我们不应该来这里。"桃乐茜说。

"听！"他们听到了船桨激起的水声。

"这就来了,玛利亚姑奶奶!"是南希的声音,但出奇的温柔,不像她平时欢快的喊叫。

他们立马屏住呼吸。船出现在草坪下方,正顺流滑行。他们刚才看见它的时候,上面还有两个衣衫不整的野蛮人。现在划船的是一个身穿白色连衣裙的女孩,头发上扎着粉红色丝带。另一个和她打扮一样的女孩坐在船尾,漫不经心地用一只手拨着水花。小船拐进了船库。不一会儿,他们看见那两个女孩手拉手向房子走去。

迪克看了看表。"离四点半还差半分钟。"他低声说,"她们没迟到。"

"嘿,"桃乐茜小声说,"还有几天?她们不可能一直是这样的状态。"

他们看不见姑奶奶和她的侄孙女们的会面,但听到了她们在交谈,安静了一阵之后就是关门的声音。

"她们进去喝下午茶了,"迪克说,"现在是时候了。快点,桃乐茜。往这边走,我们得把鸽子送到蒂莫西的船上,免得她们喝完下午茶又出来。"

趁着姑奶奶在屋里喝下午茶的时候直接上马路应该是安全的,但本能让这两个皮克特人向右拐,远离那座房子。他们爬过围墙,来到离田地上的大门只有几米远的地方,他们就是在那里遇到了医生。

"快点,快点!"桃乐茜说,他们一路狂奔,一直跑到那个豁口,再过去就是通向他们屋子的那条小路。

"她说她们把鸽笼藏在墙后面了。"迪克说,"我最好沿着林子里面走,免得找不到。如果我们每隔一分钟就停下来看看墙那边,会浪费更多时间。"

"我也过来。"

"你最好沿着马路走,"迪克说,"我们得把鸽子拿到墙那边。"

"我来放哨。"

"好。"

那是一堵摇摇欲坠的矮墙,破破烂烂不成样子。迪克跑着穿过落叶松林,沿着墙边寻找那只旧鸽笼,他去年去矿上探险时见过它。

"你不觉得我们可能已经错过了吗?"桃乐茜在路上说,这时他们已经快走到贝克福特大门对面了。

"还没到。"迪克说,"喂,经过大门时最好快一点。"

"或者慢点。"桃乐茜说,"只要我装作不认识这里的人就好。"不过在经过那扇敞开的大门时,她还是加快了步伐。

"找到了。"没过多久,迪克说道,"她们说把它放在了大门正对面的某个地方。要我说,它比我印象中的要大。"

桃乐茜来到墙边,看了看。

"再往前一点有个豁口,"她说,"我们从那里把它拿过来。"

她绕过去,发现迪克一边试笼子的重量一边盯着一只信封看,信封用黑色封蜡封住了口,一角有一个小孔,一根绳子穿过小孔把信封绑在笼子上。

"'皮克特人邮箱',"桃乐茜念道,"她不应该……噢,算了,我想这并不重要。'私人信件,加急。'"这是南希最好的一只信封,收件人是矿业公司的蒂莫西·斯特丁。上面用一个海盗标志代替了邮票。

"这只袋子里装的一定是它们的食物，"迪克说，"我把它放到笼子顶上。听我说，如果你拿着那头，我就走在前面，双手背在身后拿这一头，这样我们俩就可以直接往前走了。这比我们其中一个人倒着走要快。"

"咯……咯咯咯。"桃乐茜出声安抚鸽子，就像她去年听到提提对着鸽子发出的声音。

"这是萨福和荷马，"迪克说，"或者是萨福和索福克勒斯……反正那只是萨福。我不记得她们说弄丢了哪一只。"

"是索福克勒斯，"桃乐茜说，"我真高兴她们没有弄丢萨福。正是萨福把消息送到贝克福特，才让消防队员及时赶到。"

"就是它有时不急着回家吧。"迪克说。

"我估计她们在信里告诉了蒂莫西哪只鸽子靠得住。"

他们拿着大笼子从墙上的豁口钻了过去，沿着马路爬上岬角肩那边的陡坡，然后又下坡往湖岸走去。迪克一直在寻找那艘灰色的划艇，很快就看到了，它的船头停在碎石滩上。他们离开马路，费力地穿过一些高高的欧洲蕨，来到水边。

"笼子刚好可以放在船尾。"迪克说，"小心点。我上船的时候你稳住舷缘的一头。"

迪克爬上船时，这艘狭长的船侧向一边，发出嘎吱嘎吱的巨响。

"把它停在这么远的碎石滩真是错得离谱。"他说，"不过我猜他是怕汽轮掀起的波浪。他没有把它停在一个好地方……"迪克抓住笼子一边，沿着船舷往船尾走，桃乐茜扶着另一边在岸上走，一直走到水边，没法再往前走了。

"我也要上去吗？"

"现在我能应付。"迪克说，"你拿好鸽粮，等我把笼子放稳。"

"正好，"一分钟后他说，"几乎就是为这只笼子量身定做的。"

"把信封往这边扭一下，这样他就不会看不到它。"桃乐茜说着把那袋鸽粮递给迪克，"他看到笼子肯定会很吃惊，如果没看到写着他名字的信封，他可能会以为是有人误放在了船上。"

"我会把鸽粮放在鸽笼前的底板上，这样他坐下来划船的时候就能注意到。"迪克说。

"嗯，搞定了，"桃乐茜说，"我们快点吧。她现在可能开始喝第二杯茶了。你知道的，她们是在客厅喝茶，还得小心地端着茶托，不让里面的碎面包和黄油掉下来。"在她的脑海里，仿佛看到了贝克福特的客厅，看到亚马孙号海盗南希正一只手握紧杯子和茶托，没有把茶水洒出来，另一只手给姑奶奶递上一盘蛋糕。

"我们不能等着跟他见个面吗？"

"她们说我们最好趁着安全的时候回去，"桃乐茜说，"而且他可能很久都不会来。我们还有家务要做。下午茶和晚餐就一起吃吧。"她继续说，"走吧，我们回家去做皮克特人，完全隐藏起来。没必要的时候最好不要冒险。"

迪克看了看蒂莫西抛在河滩上的锚。这会儿他弯下腰去看那个绳结，确保蒂莫西把船拴牢在山楂树上。

"约翰、南希或汤姆·达钦都绝不会像这样打结。"他说。

"他是个矿工，又不是水手。"桃乐茜说。

"我知道。"迪克说。

他又开始想他和蒂莫西要做的工作,也就是对矿里不同的铜矿样品进行分析。是真正的分析,不是抄袭书上的实验,把石蕊试纸浸入液体中,看它们变成蓝色或粉红色,而你早就知道它们无论如何都会变成蓝色或粉红色。他们会在船屋里工作,这意味着要驾驶圣甲虫号过去,而圣甲虫号的港口已经准备好了,圣甲虫号也完工了,明天,他们终于可以驾驶它航行了。

"桃乐茜,"迪克严肃地说,"之前我想到我们不能驾驶圣甲虫号,真的很难过。"

"那样会安全得多,"桃乐茜说,"不过我忘了你要去船屋的事。"

"我们得在弗林特船长回来之前把化验工作做完。"迪克说,"我希望我们明天就能开始。"

"等他准备好了,他会派一只鸽子来。"桃乐茜说,"走吧,最好现在就准备好很多木柴,免得你整天工作的时候还要为这个发愁。"

迪克不再犹豫。他们把那艘灰色的船和鸽子留在那里等蒂莫西,小心谨慎地快速经过贝克福特,回到他们的小屋。一切都跟他们离开时一样,这两个皮克特人安顿好了这里的生活。桃乐茜浏览了一遍她的物品清单,决定吃牛排腰子布丁,因为罐头上的说明很简单。罐头在开水里泡了很长时间,迪克在开罐头的时候烫伤了手指,但有罐头吃还是很值得的。他们准备了很多木柴,比他们用来做晚饭的木柴要多得多。他们还听到了欧夜鹰的声音,迪克也看清了从树间掠过的那只灰林鸮。桃乐茜找到了她的空果酱瓶,她把它装满水,插了一些野金银花,然后把瓶

子放在窗台上。他们去小溪旁洗漱。这个黄昏，他们没有走下去听南希是否在弹钢琴。经历了邮差、蒂莫西、医生、港口和鸽子的那些事，桃乐茜觉得一天之内冒的险已经够多了。他们早早地弄好吊床，发现睡上去比前一天舒服得多，天黑不久他们就睡着了。

第十一章

"比我们厉害的皮克特人"

"听!"

桃乐茜停下来,她用勺子盛着一只鸡蛋,刚要放进沸腾的煮锅里。两个皮克特人在他们自己房子里的第二晚睡得很好,也不急着起床。但是屋里的光线还不够亮,不能躺在吊床上看书,圣甲虫号今天就要下水,迪克想抓紧每一分钟看那本航海书。他觉得自己好像要参加考试一样,不想在考官南希和佩吉这两个老水手面前犯错误。于是他溜了出去,在小溪的池子里把头浸湿,刷了牙,穿好衣服,然后把三脚凳放在门口,开始看书。因为迪克已经起床走动,所以桃乐茜也不愿意再躺在吊床上了,她也起来了,洗漱、穿衣,从瀑布下拿来杯子和盘子,它们已经在那里冲了一整夜,然后用两根火柴生了火(如果她在划第一根时火柴没有断,那么一根就可以了),早餐差不多准备好了。

"听!"

迪克放下书本,抬起头。

"有人过来了,"他说,"但不是蒂莫西,也不是南希和佩吉……"

"除非他们是穿着溜冰鞋过来的。"桃乐茜说。

脚步声越来越近,是从树林里的小路传过来的,小溪溢出来的水把那里的石头冲得光秃秃的,每走一步都有金属的撞击声。

"是朋友还是敌人?"桃乐茜低声说。

迪克拿起凳子回到小屋。

"他们可能只是经过这里。"

"不会，烟囱还在冒烟，"桃乐茜小声说，"门也开着……不……不……别动。现在已经太晚了。"

"不管怎样，我们也没法把火弄熄啊。"迪克说。

现在脚步声几乎消失了。不管是谁，他都已经穿过小溪来到了空旷的草地上。附近一根枝条被折断了。一个黄头发、蓝眼睛、红脸蛋的小男孩站在门口，手上拿着一只盛了一夸脱[①]液体的瓶子。

"这是你们的牛奶。"他一边说一边好奇地环顾小屋。

"谢谢你。"桃乐茜说，"是从贝克福特送来的吗？"

"是的。我得在早上给你们送一夸脱牛奶，然后你们把瓶子给我带回去。"

"前一天的那只瓶子吗？"

"是的。不是这一只。"

小男孩掏了掏他的灯芯绒短马裤的口袋，掏出一只皱巴巴的信封。"给你们的。"他说。

"是一封回信吗？"

"不知道，她们没说。她们听到有人下楼，就赶紧把我推了出去，关上了门。"

信封上没写什么。里面是张小纸条，一角潦草地画了一个骷髅图，那不是南希最好的画，下面写着："昨晚发生了一点争吵。姑奶奶说厨娘

---

① 夸脱，英、美计量体积的单位。英制1夸脱约等于1.137升。

太浪费牛奶。厨娘差点发火，但忍住了。你们的牛奶会分开送去。把昨天的瓶子给他。听好今天的命令，两点整到我说的地方。"

迪克和桃乐茜一起读了信，送牛奶的小男孩四处扫视，看看吊床，再看看墙上的骷髅图，又看看那张包装箱做的桌子，桃乐茜正准备在上面吃早饭。

"是的，不是回信。"桃乐茜说。

"另一只瓶子呢？"

"对不起，"桃乐茜说，"我马上就给你。昨天我还留了一点牛奶，我这就把它倒在我们的玉米片上。"

她从离壁炉最远的墙边的地板上拿起那只半空的瓶子。小男孩看着她。她刚要把牛奶倒在那两小碟玉米片上时，小男孩说："坏了。"

"变味了。"一会儿桃乐茜说，"你怎么知道的？"

"这样的天气，没有地方可以储存牛奶。"

"到处都这么热。"桃乐茜说，"好吧，如果明天你再带一瓶来就不要紧了。"

小男孩伸出手。迪克从桃乐茜手中接过瓶子，给了他。他闻了闻，举起来，透过玻璃看看牛奶，把它倒在外面的地上，回来后倚在门框上，好像他想留下来。

桃乐茜读南希来信的时候把盛着鸡蛋的勺子放在包装箱做的桌子上，这会儿她拿起勺子，小心翼翼地把鸡蛋放进锅里。接着她把第二只鸡蛋放进勺子，然后也放进锅里。

"迪克，看好你的表，"她说，"我们这次不要煮过头了。"

皮克特人和殉难者

小男孩回来仍倚在门框上，好像想留下来

"三分半钟，"小男孩说，"我妈妈一般煮这么长时间。"

迪克把表握在手里，盯着它看。这一次应该不会出错了。

桃乐茜开始切黄油面包。

小男孩站在那儿，眼睛很警觉，看起来一点也不想走。

"你叫什么名字？"桃乐茜问道，有人默默注视她，她感到不自在。

"杰克，杰克·瓦里纳。你们呢？"

"桃乐茜·科勒姆和迪克·科勒姆。"桃乐茜突然红了脸。她应不应该把他们的名字告诉一个陌生人？但肯定没事，她想，否则他就不会被派来见他们了。

"你们是客人？"

"是的，算是吧。"桃乐茜说。

小男孩指了指吊床。

"你们就睡在那里？"

"是的。"桃乐茜犹犹豫豫地说，不知道可以让杰克了解他们多少秘密。

"我猜她不知道吧？"

"谁？"

"那个特纳小姐。"

"不知道。"

"我就觉得有什么事……她们那么快就把我推了出来。"

"两分钟了。"迪克盯着手表说。

"你们单独在这里吗？"杰克一边问一边把身子从门框一边挪到另

一边。

"是的。"桃乐茜说。

"吃的东西够吗?"

"够了。"桃乐茜说。

"我妈妈说罐头食品不怎么样。"

这时桃乐茜想到了一个主意。"你吃早饭了吗?"她问。

"六点就吃了。"杰克轻蔑地说,"吃完后,我们就得把奶牛赶回来挤奶。你们要做什么吃? 去小溪里抓鳟鱼?"

迪克抬起头。他自己也一直在想这个问题。"我们没有钓竿。"他说。

"钓竿!"杰克说,"抓鳟鱼不用钓竿。"

"那你是怎么抓住它们的?"

"在石头下摸它们就是了。"杰克说,"那去抓兔子呢?"

"我们没有枪。"

"枪? 枪有什么用? 抓兔子不用枪。你们有煎锅吗?"

"只有一口炖锅。"桃乐茜说。

"你们需要煎锅来做鳟鱼。"杰克又挪了挪身子,但还没有要走的意思。

"噢,桃乐茜,非常抱歉,已经五分钟了,我又搞砸了。"

桃乐茜急忙先从锅里舀出一只鸡蛋,然后再舀出另一只。"没事,"她说,"明天我们一定会做好的。"

"你们需要一口煎锅来做鸡蛋。"杰克突然说,然后往小屋里走了一步,"把鸡蛋在沸水里打破,会看到它们变成白色。或者在火上用黄油炒

鸡蛋。我可以借给你们一口煎锅。"

他们张大了嘴看着杰克走过小屋,从靠近壁炉的墙上抓住一块松动的石头,轻轻摇晃,把它拔了出来,然后他又拔出第二块石头,伸手进去,拿出一口发黑的旧煎锅。

"你们拿着这个,"他说,"用完再把它放回去。你们喜欢坚果吗?"他一边问一边又把手伸进墙上的洞里,拿出一只旧面粉袋,将一些褐色的坚果倒在桃乐茜旁边的地面上。

"噢!"桃乐茜惊呼道,"我们是不是占用了你的房子?我们不知道。真不好意思。我们知道这里有人,因为壁炉里有柴火和灰烬,但我们以为那是很久以前的事了。"

"我不是要把房子要回来。"杰克说。

"贝克福特的人不知道。"

"没有人知道,"杰克说,"除了我。欢迎你们,我不介意你们用我的锯子。"

"你真是太好了。"迪克说,"我们没有别的地方可去。很抱歉没经你同意就用了你的锯子。"

"你们又不知道是我的。"杰克说。

"这一定是你的小刀。"迪克说着从壁炉上方的架子上拿起那把小刀。

"我很高兴又找到了它。"杰克说,"它掉在哪里了?我以为我把它落在森林里了。"

"我们在地上找到的。"迪克说。

"你们把东西收拾得整整齐齐的。"杰克说着打开那把刀,用手指试

试刀刃。

"你以前在这里睡觉吗?"桃乐茜问。

"不,"杰克说,"我不在这里睡,一早一晚我都要挤牛奶。"

"这座房子真好。"桃乐茜说。

"是的,这是个好地方。"杰克说,"听我说,如果你们一直走到桥那边,而我也碰巧看到你们的话,我就告诉你们怎么抓鳟鱼,用鳟鱼做晚餐。我们的农场就在桥上面。"

"我们今天过不去了。"迪克说,他想起了圣甲虫号。

"也许明天吧。"杰克说。他又扫视了一下小屋,"明天早上我再来看你们。这是个舒服的地方,欢迎你们帮我看守这里。之后你们要把石头放回墙里,我可不想所有人都来窥探我的食橱。"

"嗯,你不介意就太好了。"迪克说。

"你们别客气。"杰克说,然后他拿着空牛奶瓶走了。

不一会儿,他又回来了。"你们不懂牛奶,"他说,"不要把它放在之前的地方了。你们跟我来。"

他们跟着他走出了小屋。他径直走到小溪边,来到他们发现的那个水池旁。水池对岸有一片淡绿色的苔藓,苔藓上有一块扁平的大石头。杰克抬起它,给他们看从下面的苔藓里挖的一个深洞。"在这样炎热的天气里,我就把我的茶瓶放在这里。"他说,"你们把你们的牛奶放在里面,它就不会变味。黄油也可以放进去。现在没问题了。再见……"这一次,他确信他们会妥善用好他的房子,就沿小路离开了,没有回头。

"我应该注意到,那块石头不可能出现在苔藓上,除非有人把它放在

那里。"迪克对桃乐茜说。

"不管怎样，我们得吃早饭了。"桃乐茜说，好像在想其他的事。

他们吃了鲜牛奶拌玉米片。他们还躺在吊床上睡觉的时候，杰克就已经开始给奶牛挤奶了。多亏杰克来了，煮了五分钟的鸡蛋不像煮了十几分钟的鸡蛋硬得跟子弹一样，那都是啄木鸟惹的祸。他们喝了茶，吃了面包和果酱，还尝了尝杰克的坚果，尽管有些已经在壳里变干瘪了，但有些非常好吃。不管怎么说，这座小屋似乎不像以前那样属于他们了。杰克先到了这里，而且有些事做得比他们能想到的更好，他能吃上鳟鱼和兔子，还能像松鼠一样储存自己的坚果。

"所有好房子都有数百年的居住历史。"桃乐茜突然说。

"那个小男孩也算皮克特人，"迪克说，"听起来好像没人知道他来过这里。"

"反正贝克福特的人不知道，"桃乐茜说，"否则南希带我们来这里的时候肯定会说的。她以为自从伐木工走了之后，这里就没人了。他是比我们厉害的皮克特人。不过啊，现在除了厨娘、邮差、蒂莫西和医生外，又多了一个人知道我们在哪里。"

"我在想他是怎么抓鳟鱼的。"

"迪克，"桃乐茜说，"我们还没有真正去了解怎么做皮克特人。"

"我们会学习的。"迪克说。

第十二章

草坪上传来的信号

下午两点整。

迪克和桃乐茜经历了皮克特式的清晨森林探险之后，早早地吃了午饭，绕到贝克福特上方。他们知道姑奶奶这会儿一定在享用午餐，所以带着望远镜和那本关于航海的书，潜伏在贝克福特岬角山脊上的岩石和石楠中。

花园里没有人。他们小心翼翼地看着贝克福特的大草坪，草坪一半是平地，从前人们在那里打草地网球和槌球，另一半是延伸到河边的缓坡。他们可以看到一部分房子，还有蔷薇格架，他们曾看到南希从那里爬到她卧室的窗户里。房子大部分都被树挡住了。草坪外是一片小灌木林，那后面是章鱼潟湖和他们的秘密港口。越过小灌木林，他们可以沿着那条河蜿蜒的路线前进。他们可以看到桥的位置，干城章嘉峰下面的树林里有一座白色农场，那是早上给他们送牛奶的杰克挤牛奶的地方。他们可以看到干城章嘉峰的雄伟山峰，那里保留着很久以前的矿山巷道，他们就是在巷道里见到了石板瓦匠鲍勃，还有远处的山丘，去年夏天他们在那里勘探黄金，找到了蒂莫西一直在寻找的铜矿。右边，在他们脚下，可以看到那条河和贝克福特船库的屋顶。

"一个人都没有。"桃乐茜说。

"她们可能在我们到达这里之前就去了船库。"迪克说。他回头看了看湖，"她们还没有把船开出来，要不我们就看到船了。"

"现在刚刚两点，"桃乐茜说，"我们在她说的时间之前就来了。听着，迪克，我最好再看一下那本航海书，你一定都记住了。"

"差不多吧，"迪克说，"但等我们真正登上圣甲虫号时，我可能会忘。你最好看一下逆风航行的内容。今天不会刮什么风。几乎没有风。看一眼书吧。"

在湖的另一边八百多米远的地方，一艘挂着白色大帆的游艇在水平如镜的湖面上平稳滑行，几乎没有搅动它的倒影。

"很好，"桃乐茜说，"我们可不想第一次航行就刮大风。"

"还是希望有一些风的。"迪克说，"一点风都没有的话，不好掌舵。"

"我们可以划船，"桃乐茜说，"最重要的是安全地把它开到这里。"

"蒂莫西明天可能需要我帮忙。"迪克说，"在我们急着用船之前，估计没有时间练习了。"

他把书递给了桃乐茜，桃乐茜尽力把心思放在书上，但那不是她喜欢的类型，所以不管多么努力，她总是走神，书上通过图表讲解了风是如何作用在帆上使船前进的。她完全看不进这些图解，浮现在眼前的是一幅幅画面：南希全神贯注地弹奏钢琴，姑奶奶笔直地坐在椅子上倾听，双唇紧闭。下方，房子一片寂静，但一些想象中的对话不断涌入桃乐茜的脑海，打断她的思绪……姑奶奶告诉南希她小时候每天得练习多少小时，南希压抑住心中的怒火，没有说出脏话，而是在适当的时候说"是的，玛利亚姑奶奶"和"不是的，玛利亚姑奶奶"。

迪克摘下眼镜擦拭。纠结没有用，但他也没办法。南希在纸条中说的是两点整。如果她们现在出发，也只来得及穿过里约湾，从造船工那

里接过圣甲虫号，扬起风帆，试航最小一段距离，然后南希和佩吉就不得不离开他们，飞快地赶回家，在客厅喝下午茶。然而她们现在还没出发。时间一分一秒地过去。一分一秒的时间就这样浪费了。桃乐茜拿着那本航海书，也许他看看书就不担心了，但桃乐茜想看那本书也是一件好事。南希和佩吉肯定会看他们驾驶新船，而他很清楚，桃乐茜并没有表面上那么懂航海的理论。迪克最后绝望地看了一眼空草坪，然后蠕动着身子往后退下山脊，这样他就可以站起来，从房子那边也看不到他，接着他一头扎进了自然史研究中。他为自己设想的是在假期里找到一只枯叶蛾毛毛虫，他知道能在石楠丛里找到。四周都是石楠，他慢慢地在一丛又一丛的石楠中来回寻找，他努力去想毛毛虫，从而忘记时间是怎么溜走的。但他没法忘记，而且他运气也不好，没找到毛毛虫。他认为只有在高地才可能找到枯叶蛾毛毛虫。他坐了下来，望着湖面，看着那艘几乎没有移动的游艇，还有一艘汽船，它喷出的一溜烟雾挂在水面上就像一条白色的鼻涕虫，这时他听到从上方某个位置传来很轻微的声响，他看了看四周，只见桃乐茜在向他招手。

桃乐茜把一根手指放在嘴唇上。她仍然趴在山脊顶上迪克之前离开的地方。迪克很快爬了上去。

"是姑奶奶本人。"桃乐茜低声说，迪克蠕动着身子回到老地方，在两丛石楠之间小心翼翼地往下看贝克福特花园。

南希在那里，佩吉也在，她们都穿着白色连衣裙。她们在听那个老妇人说着什么，她拿着一把蓝色阳伞，指指这边又指指那边，似乎让她们看草坪上的什么东西。

皮克特人和殉难者

山脊上的瞭望台

"噢，天哪！"迪克嘟囔道，"有她在场，她们根本想都不要想出发的事。"

"不知道她们知不知道我们已经来了。"桃乐茜小声说。

"我要不要在她背对我们的时候发个信号呢？"

"不，不要。如果她们看见了，她马上就会知道，然后转身来看她们在看什么……嘿，她把南希打发走了。"

南希跑着绕过房子的拐角，姑奶奶留在草坪上跟佩吉说着什么。

"她应该躺下休息的。"迪克说。

这时他们听见屋子后面门砰的一声关上，然后是一阵嗖嗖声。他们看见南希回到了草坪上，身后还拖着什么东西。

"割草机。"迪克说，"噢，她不可能现在让她们割草吧。"

"她们都要回屋里去了。"桃乐茜低声说。

她们把割草机留在了草坪中央。南希、佩吉和姑奶奶沿着窗户下的小路走着。然后南希和佩吉进了屋。

"如果她不进去，她们就绝不会冒险去船库。"迪克说。

然而姑奶奶一直站在那里等着。南希和佩吉抬着一张花园长椅走了出来。他们看到姑奶奶向她们比画着应该把椅子放在什么地方，她们摆好了椅子。她们又进了屋。南希搬出一张小桌子；佩吉拿来一本书和一只篮子。

"篮子里的绿色东西是什么？"桃乐茜低声问。

"我想是绿色的毛线。"迪克用望远镜仔细看了一下之后说。

"是她织的东西。"

"她们马上就自由了。"迪克说。

"如果她们能把姑奶奶安顿好的话。"桃乐茜不太抱希望地小声说。

"哪怕她们中有一个脱身也行啊。"迪克低声说。

可是,姑奶奶舒服地坐在椅子上,桌子摆放在她指定的地方,就在她手边,毛线织品也放在了她的膝盖上,她似乎仍有话要对她的侄孙女们讲。佩吉跑开了,很快搬了一把小椅子回来。他们看见她坐下了,然后打开了那本书。

"佩吉被逼着大声读书。"桃乐茜喘着气说,"南希……"

南希正穿过草坪朝割草机走去。有那么一会儿,迪克还以为她可能要去船库,但她握住割草机的把手,猛地一推,叶片旋转起来。

"她要割草,"桃乐茜低声说,"那片草坪可不小呢。"

"而且草长得乱七八糟。"迪克说。

"她要修剪整片草坪。"桃乐茜说,"看,她要从河边开始,然后往上推。"

南希拖着割草机,已经离开草坪平整的部分,正穿过长长的斜坡来到河边。就在这一瞬间,他们看到她抬头望了一眼山脊,那里正是两个观察者潜伏的地方。她再也没有抬头看。突然,她转身开始推割草机,而不是拖着它。他们能听见叶片呼呼地飞转。

"她还没开始割草,"迪克说,"她让叶片空转……现在开始了。"割下的草突然从旋转的叶片中喷泉般涌入机器前面的绿色大箱子里。

"她为什么不沿直线割呢?"迪克低声说。

"她一定很生气被强迫干这个活。"桃乐茜小声说。

南希没有沿直线割草，而像是漫无目的地推着割草机。她转了一个大弯，然后直着推了几米，接着又原路返回，再转一个完整的圆……

突然间，他们明白了。

"她在写什么。"桃乐茜喘着气说。

南希在姑奶奶的眼皮底下给他们写一条信息。姑奶奶就坐在屋旁，即使她在看，也不可能看明白。但是潜伏在山脊顶部岩石和石楠丛后面的皮克特人正俯视着下方的草坪。他们可以轻松地看明白。这是一条用割草机发出的信息，割草机推过的地方是一道宽宽的痕迹，那绿色和长长的、未割过的草的绿色不同。南希写了四个字母，是两个短词。令人发愁的一条信息。但它就在那里，清清楚楚地写在草坪上：

不去

南希像以前一样，是个高尚的殉难者，她推着割草机从草坪的一边沿直线走到另一边，好像从没想过要去做别的事情。

"这意味着她们根本没办法来。"桃乐茜说。

"那我们也没法去了，没有她们我们取不成圣甲虫号。"

他们趴在那里看南希不停地工作,来回推割草机,直到覆盖了她之前写的信息。佩吉在房子前大声朗读,姑奶奶舞动手指,织她的毛线。

"我们留在这里也没有用,"迪克说,"最好走吧。这也是南希想告诉我们的。我们最好去港口看看。"

"好吧。"桃乐茜说。

"浪费了一天。"迪克难过地说,他们已经从花园上方的瞭望台悄悄退回到马路上。

"对她们来说,情况要糟糕得多。"桃乐茜说。

"我们都浪费了今天,整整浪费了一天。这意味着我们要到明天才能去取圣甲虫号,我还要为弗林特船长做那些工作,蒂莫西可能随时会派信鸽过来,说他已经准备好让我到船屋去帮忙。"

"比这还要糟糕。"桃乐茜说,"医生为什么不告诉她好好地去床上休息?如果他只是叫她休息,她就可能每天下午都躺在椅子上,让她们一刻也闲不下来。"

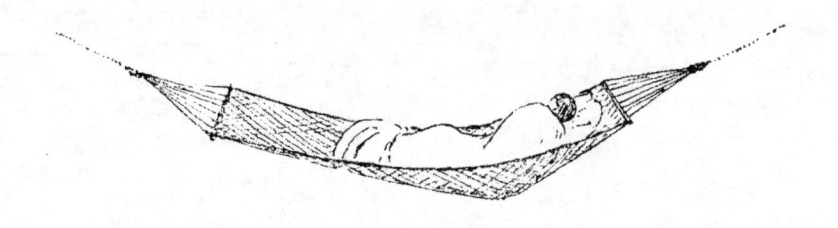

第十三章

摸鳟鱼

在船停进港口之前，他们没什么事情可做。他们站了一会儿，看着那条穿过芦苇丛的狭窄的清水航道。要是没出什么差错，他们现在就已经有了自己的船。

"听。"桃乐茜说。

隐隐约约地，他们从小灌木林的另一边听到了贝克福特草坪上割草机的呼呼声。"呼呼呼……呼呼呼"，声音不断传来，然后变了调子，几乎成了尖叫，因为南希来到草坪边上，额外用力地推割草机，叶片在没有草的地方空转。

"没油了。"迪克说。

"这就像听囚犯被罚在用磨面机。"桃乐茜说。

"如今可没有磨面机了。"迪克说。

"好吧，那就听听。"桃乐茜说。

接着，迪克在柳树叶下面寻找毛毛虫，桃乐茜则开始玩她最喜欢的游戏——把自己代入另外一个人，从那个人的角度来想问题。

"这事还真不能怪她。"她突然说。

"谁？"

"姑奶奶。她不知道她们是想带我们过河去取圣甲虫号。如果她知道……"

"一切会更糟糕。"迪克说。

"我知道，我知道。但我只是想从她的角度考虑一下。你看，在她不知道的情况下，也不可能故意这么做。她只是在想她们没什么事可做，等布莱克特太太回来的时候发现，尽管弗林特船长没在这里帮忙，草坪也修剪得很好。"

"那些草确实有点长也有点乱。"迪克承认。

"她想的是应该如何教育她们，这是一举两得……我相信她让佩吉读的书一定是她们的假期作业之一。她想让她们完成假期作业，就像先吃黄油面包，而不是一开始就吃蛋糕。她在想……你知道，人的可笑之处就是他们总觉得自己做得对。"

迪克也开始觉得从不同的角度思考问题很有趣。"就像自然史，"他说，"如果因为黄蜂蜇人就憎恨它们，也没什么用。重要的是去弄明白它们是怎么蜇人的。这都是一个道理。等你弄明白了，即使被蜇的是你，你也不会那么介意。就像那只蚊子，当我观察它、看它伸出口针刺入我、开始从我的手背吸血的时候，我都忘了它有多可怕……当然，事后还是很痒。"

"我知道。"桃乐茜说，"她认为她在做好事。指责她没有用，也不能指望她对她们变得仁慈。你听到了吗？割草机停了一会儿，现在又开始了。她一定是让佩吉把南希叫来读书，现在轮到佩吉接受'惩罚'了。我们帮不上什么忙。我们走远一点，找个听不到割草机声音的地方吧。"

他们离开港口和树林，绕过长满芦苇的潟湖湖岸，沿着河堤走去。他们惊动了一只河鼠，看着它游过，逆着水流往对岸靠去，消失在一个洞里。迪克把一只翠鸟记在了他袖珍本上的鸟类名单里。他们看到了或

是自认为看到了几条鳟鱼。河水从草地之间流过，水流平缓，河也够深，船可以通行。河水静静地流淌，他们沿着河边往那座与马路交汇的桥走去，开始听见桥上游传来翻腾的河水冲过浅滩和岩石的声响，就像去年夏天他们在泰森太太的果园里的河边露营时听到的那样。

"现在听不见割草机的声音了。"迪克说。

"是的，"桃乐茜说，"但我忍不住想它。"

"她们今天要修剪完草坪。"迪克说。

"明天她也许想到别的事。"桃乐茜说。

他们翻过一个梯台来到马路上，站在桥上看着那条河。现在不用怀疑了，河里有鳟鱼。迪克数了数，有七条，三条在靠近桥下的静水里，一条在河流正中的石头后面，一条在石头前面，另一条在离石头几米高的一个平静的池子里，还有一条在起了涟漪的水中。这条鱼从水里跳了出来，溅起水花，他才看到了它。那个地方时不时就溅出水花，迪克一直盯着那里，终于看到了鳟鱼，看到了它的头，接着一道银光闪过，然后就和之前一样，只剩水面上的涟漪。

后来发生了一件事，让他们暂时把殉难者、圣甲虫号、化学试验和苦差抛到了脑后。

"嘿！"

他们抬起头来，看见那个小男孩杰克，手里拿着一只生锈的旧罐子，匆匆地朝他们走来。

"你们不是说今天不能来吗？"他在桥上和他们会合时说道。

"我们本来要去做别的事，"桃乐茜说，"但是推迟了。"

"幸好我刚好看到你们到河边来了。"杰克走到桥的另一边,身子一跃,把肚子趴在了栏杆上。

"那下面有一条大的。"

另外两个人不用趴在栏杆上就能望过去,他们分别站在杰克两边,看着河水从拱桥下流过,突然他们看见一圈涟漪,随水流漂移,然后消失了。

"就是它。"杰克说。他正在抓石头之间的苔藓,然后他们看见他伸出一只手,让什么东西从他手指间滑落。

"你们马上就能看到它……马上……不,错过了……看它出来了……"这时水里出现了一个旋涡,他们都看到了那条大鳟鱼转身时泛起的光。

"你刚才扔了什么下去?"迪克问。

"飞蚁……这里还有一只。"

那条大鳟鱼再次跳了出来。迪克也开始找鱼饵。

"任何昆虫都可以吗?"

"是的。但蚂蚁是最好的,苍蝇也可以。如果你们抓得到,庭院叶丽这种昆虫才是最好的。"

"庭院叶丽是什么?"

"就是六月金龟。"杰克说,"这里有只蚂蚁,你抓住它,扔在那个地方。"

蚂蚁漂到了离那条大鳟鱼有点远的地方,被下游一条小很多的鳟鱼吃掉了。

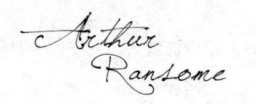

"我不知道你不用鱼竿怎么钓上鱼。"迪克说。

"我们不是钓鱼。"杰克说,"你们跟我来,我给你们演示一下。"

他扭动着身子从栏杆上跳了下来,带领大家从桥上出发,沿着河上方的乡间小路往前走。他们经过一扇门,那条小路从那里穿过林子,通向白色的农舍。他们沿着靠近河面的小路继续前进,最后来到一个地方,一条从干城章嘉峰匆匆流下的小溪在这里汇入了更大的溪流中。

杰克停了下来,趴在地上,扭动身子爬到小溪边上。他卷起袖子,袖子又滑了下来,他就脱了外套,卷起衬衣的袖子。

"你不会要用手抓鱼吧!"迪克说。

"嘘!"杰克说,迪克和桃乐茜这两个什么都不会、什么都要学的皮克特人默默地看着。

杰克把头贴近地面,手臂伸进水里。他扭动着身子又往水边靠近了一点,水已经漫过了肘部。他们看到他一直在动的一只脚停了下来,好像突然被冻住了。这半分钟过得就像半小时。突然,杰克向一边滚去,手臂一下子从水里抽出来,有什么东西划过半空,从两个旁观者的头顶飞了过去。不一会儿,杰克就站起来,在荆棘丛中找那样东西。他们看到他把白白的手臂猛地伸进去,然后在一块石头上砸什么东西。他回到他们身边,咧着嘴笑,手里还抓着一条小鳟鱼,他前臂擦伤的地方在滴血。

"一定要以最快的速度把它们从水里弄出来,"他说,"否则它们就溜走了。"

"不过你到底是怎么抓住它的?"迪克看着鳟鱼说。

"你的胳膊擦破了。"桃乐茜说。

"没事。"杰克舔了舔擦伤的地方,开始解释他是怎么抓到鱼的。

"很简单,"他说,"什么也不用做,就是在石头缝里摸鱼。"

"可是怎么摸啊?"迪克问。

"它们为什么不游走?"桃乐茜问。

杰克左手拿着那条死鱼,好像它还在游动。他用右手靠近它,五根手指都在轻轻地移动。

"必须掌握技巧。"他喃喃地说。他扭头看别的地方,似乎是表明他看不见手里抓着的那条鳟鱼。他右手的手指一直没有停下来,就像溪流里的水草一直在搅动着水。他闭上眼睛。迪克和桃乐茜看见他移动的手指离那条鳟鱼越来越近。手指摸到了那条鱼,但仍在不停地晃动,直到指尖从下面包抄过去,绕过鳟鱼的身子,就在这时,五指突然合拢。杰克放开左手,右手抓住了鳟鱼。他睁开双眼看着它,仿佛对自己抓住的东西感到很惊讶,他在他的两个学徒面前开心地笑了。

"抓住了!"他说。

"但是为什么这条鳟鱼不直接溜走呢?"迪克问。

"这是在摸鱼,"杰克说,"如果你只是想抓住它,它就溜走了。必须一直晃动手指,不停地晃动,直到你的手指把鱼包围。它会静止不动。但要继续晃动手指,千万不要去碰它的尾巴,否则它就跑了。我们来看看你能不能摸到一条鱼。那块石头下有一条大鱼。"

他把那条死鳟鱼放进了他的罐子,然后指着他说的那块石头,小心翼翼地朝小河走回去。

迪克卷起他的衬衫袖子，爬到了小河边。

"不对，"杰克尖声说，"把手放在鱼下面，不要让鱼感觉到你的拳头。对了，就是这个地方……有鱼吗？你感觉到它了吗？"

迪克一只脚在空中乱舞。

"他找到了一条！"桃乐茜说。

"继续摸，"杰克敦促道，"手指包住它的身子……呃，不过你错过了那边的一条大鱼。"

河水已经没到迪克的肩膀了。一道棱角分明的V字形波纹突然出现在水池里。

"真对不起。"迪克说。

"我再抓一条，"杰克说，"河里还有很多鱼。"他把他的罐子塞给桃乐茜，猫着身子快速朝小河上游走去。

"你的衬衫都湿了。"桃乐茜说。

"没事，"迪克说，"我感觉到了鱼。我感觉到它的鳍在摆动，然后我就不确定了。我肯定是忘记晃动手指了。走吧，我们去看他再抓一条。"

杰克已经趴在地上，右手紧紧抓住一棵树，左手伸进了流动的河水里。他在那里趴了没几秒钟，就爬了起来，手里抓着一条小鳟鱼。

"抓这条很容易。"他说。

他把那条鱼的头砸向一块石头，然后把它扔进桃乐茜拿着的罐子里，接着飞快地跑到另一个好地方。他改变了主意。"不，你来抓这条，"他说，"就在河岸下面。"

"你怎么知道的？"桃乐茜说。

皮克特人和殉难者

"我感觉到了鱼。"

"我已经在那个地方抓过不少鳟鱼了。"杰克说,"今天抓一条,明天早上在同一个地方又会有另一条。"

这一次,杰克没有等着看了,而是急匆匆地沿着小河边往上走。

"我要抓住这条。"迪克说,然后他抓到了。

"噢,干得好!"桃乐茜大喊道,杰克跑了回来,砸了砸鱼的头,然后把它跟其他鱼放在一起。

"我感觉到它的鳍在挠我的手。其实那不是它的鳍,而是鳍在水里搅动的波纹。确实很容易,只要你的手指不停地动。"

"这边还有很多能摸到鱼的地方,"杰克说,"我要去上面,看看谁抓得多。"

迪克选了他认为的一个好地方,但那里没有鳟鱼。他又试了试,认真地摸了很长一段时间,抓了一根小树枝上来,他之前很确定那是一条鱼。然后他两次让鱼溜走了,都是在他没拿准要把手放在什么位置之前。

"好了,桃乐茜,你来试试,我们要学一学。"

桃乐茜在几个地方试了好几次,没有发现鳟鱼,可她后来抓住了一条,让她大感吃惊。"杰克!"她大叫道,杰克在小河上游很远的地方应了她一声。迪克失败了一次又一次,他们赶紧去找杰克,杰克坐在溪流边上,身旁长满青苔的岸上放着一排小鳟鱼,一共七条。

"快砸它。"杰克看到桃乐茜手里的鱼在挣扎,跳起来说道,"我告诉过你,如果你不看好它的话,它就会溜进河里。"就在小鱼掉到岸上时,他补充了一句,那鱼拍打着尾巴,还没等桃乐茜捡起它,就扑通一声掉进水里游走了。

"没关系,"桃乐茜说,"我的意思是,你已经抓了很多。"

"不,我们还要抓更多。"杰克说。

他们摸鱼摸了很长时间,比讲出来要花的时间更长,等他们回到小河汇入亚马孙河的地方时,天色已经很晚了,他们把抓到的鱼摆了出来,一共十三条。"都是小鱼,"杰克说,"不过这种小鱼是最鲜的。"除了迪克抓的三条、桃乐茜抓的两条,其余都是杰克抓的。

"不仅仅是怎么摸鱼的问题,"迪克说,"还要知道在什么地方摸。"

"不是的,但对于第一次尝试的人来说,你们做得还凑合。"杰克说,"这会是一顿很好的晚饭,但是鱼煎了之后就不会像看上去这么大了。"

桃乐茜觉得即使那些鱼还没下锅,它们看起来也不是很大,不过她什么也没说。

杰克开始把鱼分成两份,但很快又改变了主意,把鱼都放在一起。

"我还能抓很多,"他说,"你们把鱼都放进我那口煎锅里,不过先要放一块黄油。你们有黄油吗?"

"有。"

"把黄油放在煎锅里转一圈,"杰克说,"得等温度真正变高。把鱼放进锅里,然后翻一下。等鱼开始变卷曲的时候再翻。要趁热吃,但也别烫着舌头。"

"就这样放进去吗?"桃乐茜说。

"要弄出内脏,"杰克说,"你们看我是怎么弄的。"他拿出他们清理小屋时发现的那把大折刀,把小鱼一条一条地剖开,刮出内脏扔在岸边,"我妈妈还会给它们裹上面粉,"他说,"但是没必要。或者你们可以裹上

面包屑。"

"杰克！杰克！"

"他们叫我回家吃晚饭了，"杰克说，"我还要喂母鸡、给奶牛挤奶什么的。"他把最后一条小鱼放进罐子之后就跳了起来，那些小鱼像沙丁鱼一样挤在罐子里，他把罐子递给了桃乐茜。

"太谢谢你了！"桃乐茜说。

"非常感谢！"迪克说。

"不用，这个不算什么，我还能为你们做得更好。"杰克说，"明天天不亮我就会过来。"说完他朝农舍跑去。

"现在她们应该修剪完草坪了。"桃乐茜说。他们这才想起，刚才他们在摸鱼的时候，南希和佩吉一定过得很糟糕。

他们过了桥，匆匆地沿马路往前走。

他们在墙上的豁口那里停了下来，竖起耳朵听。没有听到割草机的声音。

迪克看了看墙上的洞，那是他们的信箱。他知道邮差下午不过来，所以他也不期待会有信。他在想，如果早上有信，邮差能不能找到这个正确的洞。但是洞里已经有一封信了。他把信拿了出来。

"是南希写的信！"桃乐茜一看到骷髅图就惊呼道。信封上没有写地址。迪克撕开信封，开始读里面的字条。

"今天真不好意思。我们也没办法。希望明天有好运。同一地点，同一时间。姑奶奶有点头痛。她活该。今天晚上没机会出来了。希望你们拿到了牛奶。"字条上没有签名，但也不需要。

"很好。"迪克说,"没有蒂莫西的消息。"

"如果我们早一点回来,还能看她们一眼。"桃乐茜说。

"她们可能只来得及把信塞进去,然后就跑回去了。"迪克说。

"这简直是个奇迹。"桃乐茜说。

"什么?"

"已经整整三天了,"桃乐茜说,"而南希一直在坚持。我以为佩吉能做到,但我没想到南希能坚持哪怕一半的时间。我想这是因为她下定了决心,真正的殉难者就是这样吧。狮子越是咆哮,他们就越要让尼禄①这样的暴君觉得他们不在乎。"

"到目前为止,一切还算顺利,"迪克说,"只要我们在蒂莫西准备开始工作之前把船弄到手。"

对这两个皮克特人来说,事情当然更容易。他们穿过树林,来到自己的小屋,那里没有姑奶奶告诉他们该做什么不该做什么。他们生起火,搭好晚上睡觉的吊床。桃乐茜揉碎了一些干面包,把黄油放在杰克的煎锅里融化,等油变热。她把每条小鱼都裹上面包屑,然后放进锅里。她一边躲着火苗和飞溅的黄油,一边观察鳟鱼,直到它们变卷曲。她把鱼翻转过来,煎另一面。她突然想起忘了放盐,真糟糕啊,不过还不算太迟。很快,煎鱼的味道就跟柴火味混合在一起,不久之后,两个皮克特人就舔着他们的手指,把鱼鳍和鱼骨扔进火里烧得嘶嘶作响。

---

① 尼禄,古罗马暴君。

桃乐茜把四条鳟鱼放到了一旁。"我们把这些鱼凉一凉,当作早餐。"她说,"嘿,迪克,这是我们第一顿真正的饭。"

"为什么说是第一顿?"

"这是我们为自己准备的食物啊。"桃乐茜说,"在我的下一个故事里,我打算让大家除了在他们生活的树林里能得到食物之外,就没有任何食物了。"

"这里还有黑莓,"迪克说,"和坚果。"

"如果是杰克而不是我们住在这里,"桃乐茜说,"我敢肯定,就算没有任何买来的东西,他也能应付得很好。皮克特人可没有商店,也没有罐头。"

迪克想了一会儿。"要是他们能弄到那些东西,肯定也会用它们的。"他说。

第十四章

"她们不能去航行……"

"我们今天要去航行。"迪克还没睁开眼睛就说,他看到桃乐茜已经起床,穿好衣服,正忙着准备早饭。

"那就快点吧。"桃乐茜说。

水壶里的水正在沸腾的时候,杰克拿着牛奶一路跌跌撞撞地从小路过来了。他用一只手递过瓶子,另一只手放在身后。

"我告诉过你们,除了鳟鱼,我还能给你们更大的惊喜。"他大笑道。

"鱼非常好吃。"桃乐茜说,"昨天晚餐我们吃了鱼,还留了最后四条,正打算当早饭。"

"这个怎么样?"杰克说着突然从背后伸出手,给他们看一只兔子。

"是你抓的吗?"迪克问。

"我以为会很麻烦,"杰克说,"但昨晚真走运,我抓到了三只。"

他把兔子递给桃乐茜,她小心翼翼地抓住它的后腿。

"不过你自己不要吗?"她说。

"不了,我妈妈说只要两只。你们别客气。这里还有一只洋葱,做兔子肉的时候放进去。我妈妈说做兔子肉如果没有洋葱就不值得做。"

"太感谢你了!"迪克和桃乐茜立刻说道。

"我告诉你们把它挂在什么地方。"杰克说,他把他们带到小屋的北面,给他们看一根钉在墙石之间的大木栓,他刚好能够着,"这样狐狸就偷不走了。"他一边说一边用绳圈把兔子挂起来,那个绳圈是他以前绑在

自行车车把上的。他站着欣赏了一会儿自己的成果，"你们有瓶子要我拿回去吗？我得走了，夏天和秋末我们都很忙。"

"谁很忙？"迪克问。

"农民。"杰克说，仿佛他有四平方千米土地似的，"其他人放假的时候我们就是最忙的。我今天要和爸爸去市场。我们有小猪要卖。"说完，他拿着桃乐茜在小溪里冲洗过的空瓶子，急匆匆地走进树林里。

河里的小鳟鱼冷的比热的还好吃，吃完早饭洗餐具的时候，两个皮克特人打算再去摸鱼。

"我们会抓到很多鱼。"迪克说，"我们知道怎么做了，只要多练习就行。然后我们还能为其他人做一顿大餐。"

"真正的皮克特人会为她们准备的那种饭。"桃乐茜说，"我是指鳟鱼，也许杰克还能抓到一只兔子……我午饭就做兔子肉……但我猜她们可能逃不出来。"

"即使姑奶奶走了，我们也还可以继续做皮克特人，"迪克说，"尽管没什么必要。"

"我们就是一个部落，"桃乐茜说，"只要她在这里的时候不出问题就好了。"

"我们最好沿着马路走，"迪克说，"可能已经发生了什么事。信箱里没准有一张纸条，说今天又不行了……"

他们走到围墙的豁口那里，不过信箱里什么都没有。

"我们逛一会儿吧，她们中的一个可能会溜出来。"

"别离马路太近。"迪克说。

他们找了个地方潜伏起来,小路穿过落叶松林从这里拐进了茂密的小灌木林,这时他们听到了自行车的响声。

"是邮差。"迪克小声说,"趴低一点。看他是不是会往我们的信箱里放一封信。"

"我们最好拦住他,确认一下。"桃乐茜说,"如果他又拿了一封信给姑奶奶,那就太可怕了。"

但是,他们还没来得及行动,就听到他下了自行车走到了马路上。他们越过树干往下看,只见他走到豁口,把包一抢,往里面一掏,拿出了一捆信。他们看见他从那一捆信中抽出一封,停下来把它塞进了墙里。

"他做得很好。"迪克说。

"等一下,"桃乐茜说,"如果他跟医生一样,那他情愿不见我们。现在也没必要见他了。"

他们一直等到邮差继续前往贝克福特,才跑到墙边。

"这是给你的。"迪克说着把信从洞里掏了出来。

"是妈妈写的。"桃乐茜说。

"还有给我的吗?"

"这是写给我们两个人的。不要待在路边。回来吧,别让人看见了。"

他们躲在榛树林的隐蔽处,路上没人能看见他们,他们一起读了那封信。

皮克特人和殉难者

亲爱的桃乐茜和迪克：

我们很高兴听说你们安全抵达了旅途终点。假期的最后一段时间在水上度过一定很有意思吧。我想现在你们已经驾驶新船航行了。千万要小心。如果你们还没来得及教我们开船就淹死了，那就太遗憾了，我们也会痛不欲生。你们的爸爸依然被试卷压得喘不过气来，不过他好像花了不少时间浏览诺福克湖区的出租船目录，他用来批改试卷的红蓝铅笔正好可以用来在他喜欢的船上面打叉。我觉得这事没准能成。你们的朋友巴拉贝尔夫人给我写了一封非常亲切的信，她在霍宁，她弟弟也要去那里，九月份的某个时候会和她一起出海。她希望我和她一起向黑鸭子俱乐部的成员表达美好祝愿。现在说说你们问的有关皮克特人的事。你们的爸爸说某种程度上你们是对的，但某种程度上你们又是错的。在民俗学家中曾流行这样一种理论，认为对精灵之类的信仰起源于偏远地带的原始居民，那些原始居民大部分被征服他们的部落驱逐出去了。我想他的原话就是这么说的。他说这种理论已经被推翻了，不过他也说大部分理论迟早都会被推翻。当你们的爸爸忙着用他的红蓝铅笔批改试卷，还给印上出租船图片的目录做标记的时候，我把整座房子收拾了一遍……（"噢，不要动我的房间啊。"迪克惊呼道。）我没有碰迪克的"博物馆"……（"这就好。"迪克松了一口气说。）你们有了自己的房子一定非常有趣。南希和佩吉也有一座吧？如果你们见到迪克逊太太，记得代我向她问好。暂时就写到这里吧。我和爸爸爱你们。

妈妈

附言：千万注意，不要淹死！我们还想学习航海。

"真没必要在信里解释南希、佩吉和姑奶奶的事。"桃乐茜说，"不管怎么说，我们正在尽力确保布莱克特太太不后悔邀请我们来。理论被推翻是什么意思啊？"

"就是有人又提出了其他理论。"迪克说，"就像在化学领域，以前人们相信有燃素这种物质，然后是原子，现在又说什么都是镭和电的混合物。"

"所以皮克特人说得通。"

"直到我们想出更好的解释。"迪克说。

"我们还是继续做皮克特人吧。"桃乐茜说。

"除非姑奶奶发现，否则在我们这里这种理论就不会被推翻。"

"一定不能让她发现。"桃乐茜说。

经历了昨天的失望，迪克几乎很难让自己相信他们能顺顺利利地取回圣甲虫号。

"我要在这里等一下，看一看情况，"他说，"以防她们中有人捎来消息。从昨晚到现在，什么事都有可能发生。"

"好的，"桃乐茜说，"屋里还有很多活要干。"

两个小时、三个小时过去了。迪克躲在隐蔽处，从榛树丛中往下看，越过落叶松粗糙的树干观察着马路。他带上了奈特的那本《航海》。他瞥见了一只啄木鸟，欣赏了三种山雀、一只松鸡和几只喜鹊。一只红松鼠在落叶松毛茸茸的树枝上跳来跳去，它看到了迪克，时刻注意着他，先是绕到树干的一边,接着又绕到另一边,然后还吱吱叫,仿佛问他在树林里干什么。如果是平时,这些事就足以让迪克忘了时间和其他一切。今天,他却不停地看表,最后开始担心起来,不是因为时间过得太慢,而是因为时间过得太快。煮好一只兔子要多长时间?他是不是应该提醒桃乐茜,无论发生什么事,只要南希和佩吉设法逃脱,他们就必须做好准备,在岬角那里等着?

他发现桃乐茜在小屋外,看着还挂在墙上的兔子。

"兔子需要多少时间才能煮熟?"他问。

"它看上去死透了,有点可怕。"桃乐茜说。

"不过它已经死了。"迪克说。

"我不知道要怎么下手。"

"可能有一种科学的方法,"迪克说,"我是说把皮弄下来。"

桃乐茜从挂钩上取下兔子。它的眼神呆滞,桃乐茜不情愿地摸了摸它的毛,凉飕飕的。

"它们跑来跑去的时候要好得多。"

"我知道,"迪克说,"所有东西都是这样。就连罐装的干肉饼之前也是活蹦乱跳的动物呢。沙丁鱼游得欢快,香蕉在树上生长,但我们还不是一样吃它们。"

"皮克特人不会想太多的。杰克也不会。看看那些鳟鱼,我们已经吃掉了,而且很好吃。我知道这样想没有用……但我真希望问过杰克怎么把皮剥掉。"

"明天问吧,"迪克说,"现在不要管它了。我们就像以往那样吃一点

现成的东西。我们应该早点到岬角去，万一她们提前去了呢。"

"也许我在里约能找到一本烹饪书。"桃乐茜说，"好的，就这么办。我们不应该什么都问别人。现在吃点干肉饼、面包、奶酪、橘子，喝一些贝克福特的格罗格酒，你觉得怎么样？"

"吃什么不要紧，"迪克说，"只要我们不迟到就好。"

"我们今晚做兔子肉吃，"桃乐茜说，"或明天中午再做。如果我弄到了烹饪书，那里面肯定会告诉我怎么做兔子肉。"

半个小时之后，他们吃完了一顿比桃乐茜本想做的炖兔子肉容易得多的饭菜，桃乐茜收拾好桌子，迪克把盘子拿到瀑布下冲洗，然后他们两个人就上路了。迪克带着望远镜和奈特的那本书，桃乐茜拿着为新船准备的圣甲虫旗。他们出发得很早，因为担心贝克福特的午餐还没开始，他们一路往下绕过树林，来到离房子很远的马路上，仔细侦察之后过了马路，这会儿正从山脊上往下看贝克福特的草坪。

"今天不会有事的，我知道不会有事。"桃乐茜最后说。

"还有两分半就到两点了。"迪克说。

突然，他们的心一沉，因为两个穿得整整齐齐的人从屋里走了出来。

"又出事了。"桃乐茜低声说。

"她们根本不可能去航行。"迪克说。

"穿成这样肯定不能去了。"桃乐茜说。

白色连衣裙，粉色腰带，白色遮阳帽……如果他们事先不知道是谁穿成这样，绝对猜不出那两人是谁。

"她们正从草坪上走过来，"迪克说，"也许是来告诉我们又不能

去了。"

"别喊了，"桃乐茜小声说，"姑奶奶可能从她卧室的窗户看着外面，如果她们抬头……"

"快，快，"迪克说着往后挪动身子，"我们得赶紧下去，否则她们可能以为我们没来。"

安全地撤退到天际线下面后，他们站起来冲下了山脊。他们在河边等着，可以看见芦苇丛上方的船库屋顶，透过芦苇丛中的空隙，他们看见亚马孙河平静的河水缓缓流入湖中。

过了好几分钟，什么也没发生。然后，他们听到了划船的桨声。接着，就在附近，传来了鸭子不耐烦的嘎嘎叫。不一会儿，船出现在眼前。奇迹发生了。白色的连衣裙和遮阳帽不见了，两个身穿衬衣短裤、头戴红色绒线帽、体型结实的海盗在船上，南希划着桨，佩吉站在船尾，焦急地扫视岸边。她又嘎嘎地叫了几声，立刻看到了他们。

南希倒划着左桨，右桨一拉，把船头拐进芦苇丛中的空隙。

"天哪，"她说，"我们担心你们没有收到我的信，以为你们还没来呢。跳上来。你们等很久了吧？"

"我们看见你们从草坪上走过来，"桃乐茜说，"以为又'不去'了呢。"

南希笑了。"我们把东西都留在船库里了。昨天晚上趁我拖住姑奶奶聊些客套话的时候，佩吉把我们的便衣藏在洒水壶里，偷偷溜了出去。你们趴在船底，尽可能待在帆下面。我们离开时，她还在卧室，但你不能指望她一直待在那里。我想过把她锁在里面，但最好还是不要。如果

她真的出来了，很可能沿着湖边乱走，所以你们一直得把头埋在舷缘下。在我们到里约湾之前，这一路都能看到我们。"

"不过难道她看不见你们的红帽子吗？"

"我们可以解释，"南希说，"但无法解释你们的事。她可能不会出现，可能只是躺在家里，但我们不会冒任何风险。来，佩吉，你拿一支桨，我拿一支，我们飞快地冲过去。"

"你们不打算扬帆吗？"迪克问。

"那我们就得抢风航行。"南希说，"风这么小，划船比较快。而且我们想多留点时间给新船。不要大声叫喊，声音在水面上也能传播。不，我们要划到那边，然后还有一点时间看你们开船。"

迪克躺在亚马孙号的船底，摘下眼镜擦了擦。

桃乐茜知道这些动作意味着什么。"不会有事的，"她压低声音说，"你已经驾驶过山雀号，还有起绒草号。都是一样的。"

"我知道。"迪克说，他重新戴好眼镜，想着他那本书上的图解。私下里，他非常希望自己和桃乐茜第一次驾驶他们的新船时，没人在一旁看着。

"怎么回事？"南希说，但她还在用力划着船，也没有等人回答她，"调整一下，桃乐茜，你的身体再往边上靠一点。不，不是你，迪克。对了，你们拿到牛奶了吧？"

"嗯。"桃乐茜说，"杰克还给了我们一只兔子。昨天你们被'囚禁'起来的时候，他还教我们怎么用手指摸鱼。"

"杰克真不错。"南希说。

"这还不是全部呢，"桃乐茜说，"我们住的那座小屋是他的。"

"是杰克的？"

"我们真的不知道。"佩吉说。

"他说没人知道。他是比我们厉害的皮克特人。"桃乐茜说，"屋子里还有他自己的食橱和做饭的工具。我们找到的锯子也是他的，还有他的刀。"

"听着，"南希说，"要是他多嘴的话……"

"他不会的。"桃乐茜说，"他把所有东西都借给我们了，他说他现在用不着，因为他太忙了。"

"杰克真是好样的。"南希说，"想想他就住在那上面，而我们丝毫不知情。"

"你觉得我能在里约找到一本烹饪书吗？"

"我觉得没问题。"南希说，"你要它干什么？"

"做那只兔子。"桃乐茜说。

"你们偷偷拿下来给我们，我们让老厨娘做就是了。"

"我觉得我应该学一学。"桃乐茜说。

"会很有用的。"南希说，"保持节奏，佩吉。划桨……提桨……划桨……"

"对了，"迪克说，"我们该怎么把船带回去啊？"

"你们能完成任务的，"南希说，"只是时间会很晚。不要跟我们一起回去。绝对不能让姑奶奶看到两艘船同时到达。不要往上游航行，那里的水不够深。不能用活动船板，如果你们被风吹到房子的正对岸……把

活动船板拿出来。放下帆，悄悄地往上游划……"

"甚至不要去看房子。"

"就是这个意思，"南希说，"只管划过去。等你们到了潟湖，把船弄进港口，到时船就跟隐身了一样，你们就可以偷偷溜走了。你们打算给那个港口取个什么名字呢？"

"皮克特港。"桃乐茜说。

"好。迪克，你怎么了？"

"我脖子抽筋了。"

"你们现在可以上来了。慢一点，佩吉。"

两个海盗不再划桨，船开始滑行起来，而那两个"偷渡者"把头从舷缘伸了出来，一个接一个地爬起来，来到船尾观察四周。

贝克福特岬角已经被甩在后面很远了。前面就是里约湾，那里停泊着成群的划艇和游艇，船坞随处可见，还有轮船码头，再往前就是造船工的大棚屋。

海盗们继续划着船。

"这是'母鸡'和'小鸡'。"他们经过两只大浮标时，佩吉说道，那两只浮标是为了避免轮船触礁而设的。

"我记住了。"桃乐茜说。她想起了那个冬日，里约湾全部结了厚冰，到处是滑冰的"因纽特人"，她和迪克在暴风雪中驾着雪橇，找到了"北极"。那是一种冒险，她想，现在则是完全不一样的另一种冒险，风险也更大。从某种程度上说，她很喜欢这种冒险……就像在薄冰上滑行，冰面随时都有破裂的可能。她看着那些游客，他们把桨当成风车一样转来转去，来回划着租来的船，浪花飞溅。他们不像她和迪克，他们不是秘密潜伏着的"亡命之徒"。她想起了自己写的那个老故事《湖区逃亡》，主人公总是在逃避他的敌人。至少他的敌人知道他的存在。那几乎是个温馨而让人舒适的故事。现在这个故事要困难得多。她计划下一个故事要写一个皮克特人，他是他们种族的最后一个人，在一个人们甚至不知道他存在的国度里生活到了最后。她的爸爸会把皮克特人的事都告诉她。那时的英格兰有兔子吗？最后的皮克特人有没有抓兔子并做兔子肉吃？他会不会像狐狸一样偷偷潜进邻居的农田，用他强壮有力的双手抓住一只肥鸭子，然后在月光下跑回他的山头？她的思绪飘了很远，就在这时，南希大叫道："慢一点，佩吉！很好，他们把圣甲虫号弄到水里了。船在那边，就在第三座船棚边上……"

第十五章

圣甲虫号起航

一座狭窄的栈桥从灰色的大棚屋延伸到水里。在它旁边，迪克和桃乐茜看到新漆过的木头闪烁着金光。圣甲虫号系在栈桥上，等着他们。

南希划着双桨把亚马孙号开了进来。佩吉手拿系船绳在船头准备着。随着时间的推移，迪克和桃乐茜可以好好看看他们所拥有的第一艘船了。它正浮在水面上，仿佛有了生命一样，不再像他们在棚屋里看到的那样，倒扣在船棚支架上，只是一块木头。它的桅杆是淡黄色的，平放在船上，两支船桨也涂了清漆，还有一张红色的新船帆，整齐地放在桅杆旁。

"坐下，迪克。"南希说，迪克吓了一跳，他没意识到自己站起来了。

"船帆的颜色很可爱。"桃乐茜说。

"反正不会发霉。"南希说，"还有一点，我们的帆是白色的，燕子号的帆是棕色的，你们的是红色的，我们一起航行的时候，一百六十千米以外也能分辨出哪艘是哪艘。"

在船棚里干活的造船工从敞开的门里看到了他们。他来到栈桥上迎接他们，还伸出一只手去压亚马孙号的船舷，但是有南希在划桨，不用担心船会撞上去。

"你们终于来取它了，"他说，"我们昨天就准备好了。"

"昨天出了点问题，我们来不了。"南希说。

"我们还想今天早上开着它去贝克福特，但是路上出了事，然后我们一直忙到吃午饭的时候。"

南希倒抽一口气。桃乐茜的脸变得煞白。如果造船工开着一艘要交付给不存在的人的船来到贝克福特，会发生什么？她再一次有了那种如履薄冰的感觉。危险不仅来自已经成为"盟友"的那些人，也来自毫不知情的那些人。不过造船工没有注意到什么，而迪克和佩吉已经站在栈桥上，正往下看那艘新船。

南希冷静下来。"很高兴您没有那样做，"她说，"我们想亲自来取它。"很快她就来到圣甲虫号上，忙着安装桅杆。

"最好让我来，"她说，"能省一点时间。"桅杆竖起来了，她解开了升降索，"很好。旗绳也准备好了。旗帜呢，桃乐茜？让迪克拿着。打两个双套结，一个在旗杆中央，一个在最下面……听着，当你把主升降索系上帆桁的时候，千万别忘了扣紧双抱钩……就像这样……如果不这样做就会变松……不，先别升旗。等半分钟……天哪！（她拍了拍短裤的口袋。）不，没事了。我还以为忘了呢……可以了……"

"忘了什么？"迪克的脑子一片混乱。一切进行得太快。佩吉正在安装船舵，南希同时忙着六七件事。只有他和桃乐茜在船上的时候，他还能记得怎么做吗？

南希很快地看了一下四周。"确保把两根都装进去，佩吉。"

"这只舵比我们的容易安装。"佩吉说，她一直跪在船尾，试图一次把两根活塞销装进去。她先是把舵移到一边，然后移到另一边。"准备好了。"她说。

"好了，桃乐茜，把亚马孙号的系船绳全部解开。这样就有空间让圣甲虫号开到栈桥尽头，升帆的时候，让船头对着风。然后我们就左舷抢

风航行。如果能避免，就不要用桨了，特别是第一次航行的时候。那样会倒大霉的……"

老造船工在一旁看着，一直微笑。

"你们很了解它啊。"他说。

"我很快就要装好帆桁的索具了。"南希说，"好了，可以调头了。"

迪克手拿小旗帜，看着南希干活，她的手指十分敏捷，不过她的红帽子一直挡着迪克的视线。到时他能知道怎么做吗？圣甲虫号已经在移动了。桃乐茜放开亚马孙号的系船绳，造船工小心翼翼地让新船绕到栈桥尽头，停在亚马孙号之前的位置。

"现在，"南希说着站了起来，由于一直蹲在船底的索具那里，她的脸红通通的，"它已经准备好了。"

"我可以升旗了吗？"迪克问。这是留给他的唯一一项工作了。

"还不行。"南希一边说一边从口袋里掏出一只小药瓶，"姜汁酒。姑奶奶昨晚吃饭的时候喝了一些，我后来也偷喝了一点。很难喝，不过圣甲虫号不会介意的。给，桃乐茜。这项任务就交给你了。拿手帕包住你的手，以免被割伤。把瓶子狠狠砸在船头，砸碎它，给船洗礼……"

"我要说什么呢？"桃乐茜问。

"噢，只要告诉船它叫什么名字，再祝福它一帆风顺，然后迪克就可以升旗了。"

桃乐茜用手帕包住手指，接过小瓶子，做好准备。

"别掉了。"佩吉说。

"如果你第一次没砸碎的话，就会倒霉。"南希说，"好了……"

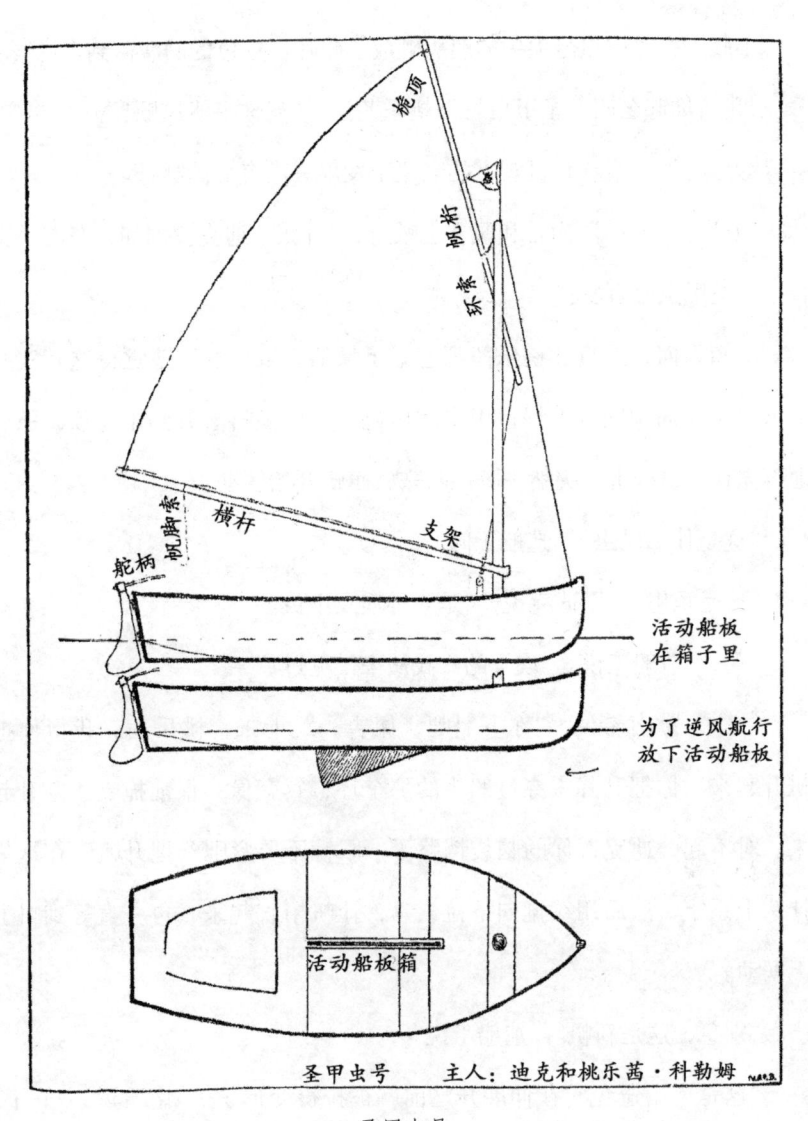

圣甲虫号

砰！

小瓶子在圣甲虫号尖尖的船头砸成了碎片。棕色的酒滴落到水中。

"我给你起名叫'圣甲虫'！"桃乐茜说，"祝你一帆风顺！"

"万岁！"一直在认真观看的老船工发出一声有力的呼喊。

"万岁！万岁！"南希和佩吉也喊道，"升旗，迪克。加油，左右手交替……圣甲虫号万岁！"

不知为何，迪克和桃乐茜都忘记了喊话。事后桃乐茜觉得这其实并不重要。那面中间画着绿色甲虫的白色三角旗颤抖着升到了桅顶，稳稳地直立在小旗杆上，突然一阵风吹来，旗帜开始飘动。

"这是什么昆虫？"造船工问。

"这是圣甲虫，"迪克说，"是一种埃及甲虫。"

"啊，"造船工说，"埃及的？我从来没见过。"

"好了，"南希说，"你下船吧，佩吉。跳上来，桃乐茜。我帮你把帆升起来。你把升降索穿过船头的那个环，它就像一根前桅支索。升起来。对不起，迪克，你的脑袋挡路了。眼镜不要紧吧？把升帆索在这只挂钩上系牢，然后用绞辘向下拉索具，让帆桁直起来，再一直等到帆上下摆动。"

"别急，这是新帆。"造船工说。

"这是为了避免它在伸展开之前就被拉得变形了。"南希说，"好了，它已经准备好了。"她也爬回了栈桥上。造船工已经解开系船绳，正把绳子卷起来，准备把它扔到船头。

"最好现在把活动船板放下去。"他说，"栈桥那一头的水足够深，但

一旦开始航行，还是要远离岸边。"

迪克放下活动船板。

又起了一点风，桃乐茜坐在船尾等着，横杆在她头顶轻轻地来回摆动。

"你最好来掌舵，迪克。"她说。

"解开缆绳！"南希大叫道，"开动起来。主帆索松开一点。向左转舵。"

船工把卷好的系船绳扔到船头，突然用力一推，让圣甲虫号滑向湖里。

那张红帆迎风鼓了起来，迪克看着它，继续握着舵柄向左转。

"上来一点……上来一点……它开动了！"南希大喊道。

"他们开船没问题吧？"桃乐茜听到造船工问南希。

"当然没问题。"她听见南希回答道，"他们已经做了一年多的一等水手。他们以前在这里还有湖区航行过。"

迪克也听到了，但这对他来说没有什么影响。这是他生平第一次驾驶自己的船，而且这是一艘从未被人驾驶过的船。他一只手拉着主帆索，另一只手掌舵，都没空擦拭眼镜了，但开船是他乐意做的事。

"小心！你怎么开的船！"划艇上有个人冲迪克大嚷道，他拼命驶出上风，避开他们。"蒸汽船要给帆船让路。"他在书上看到过这句话，但书上并没有提到那些在出租船上胡乱挥舞船桨的人。它们算蒸汽船还是帆船？

"没事，"桃乐茜说，"船行驶得很顺利。"

"并没有啊。"迪克说。为了避开划艇,他让圣甲虫号逆风航行。现在船已经不在航道上了。帆一直在拍打。

不管他怎么转舵,似乎都没用。船正在往后漂移。

他猛地摇动舵柄,试图让船回到原来的航线上。船头终于转过来了,但方向错了。帆又鼓了起来,船继续行驶着,但他必须让船尽快调头,否则会撞上栈桥。可现在,在船速不快的情况下,这么做也没有用……好了……"准备调头,桃乐茜。"他说着把舵柄拉了过来。船会不会转过来呢?它转过来了,他们又一次驶离了湖岸。迪克焦急地回头看了看。

"她们没看到。"桃乐茜说,"刚才她们正在升帆,造船工在和她们说话。没有人看到,任何人都可能遇上那种事,一艘划艇就那样冲了过来。"

"来了!"他们听到了南希的响亮叫喊。

现在没有什么挡着他们的路,经过开头那可怕的几分钟,迪克已经感到好些了。他的胳膊不再感觉像被冻僵了一样。他发现他还能一边看旗帜和帆,一边保持警觉。现在没有一艘划艇能逃过他的视线了,他不会让它们靠近。一切还算顺利。圣甲虫号并不比山雀号难操作,不过圣甲虫号的速度更快,快得多。

"听船的声音,"桃乐茜说,"它很享受。"

风仿佛听到了桃乐茜对圣甲虫号的祝愿。刚才风还不好,这会儿轻飘飘的晨风已经稳定下来,变成了一阵微风,这种微风是所有驾驶新船的人都希望遇上的。现在,他们第一次听到了他们的船在湖水的激荡下,发出欢快的声音。

"她们出发了，"桃乐茜轻声说道，"别到处看了。你开得很好，她们绝不会追上我们。"

"准备转向。"当他们靠近长岛岸边的时候，迪克说。

"我应该说什么？"桃乐茜问。

"这无关紧要。"迪克说，"你只要准备好把重心转移到对面，避开横杆。对了，她们比我们更靠近岸边。"

"她们可能知道哪里是浅水区，哪里不是。"

"他说我们最好远离岸边，"迪克喃喃地说，"所以那边肯定有浅滩。我不打算冒险。就算她们追上来也无所谓……这次没关系。"

"她们怎么让船跑得这么快？"桃乐茜说。

亚马孙号飞快地开了过来，它的船员经验丰富，佩吉掌舵，南希在船中央。它转了一个弯，贴着岛上伸出来的树枝驶了过去，船上的两个船员在船转弯的时候也熟练地转移位置。她们的船尾对准了岸边。接着它又转了一个弯，与圣甲虫号不同的是，它转弯的时候并没有失去方向，反而每次抢风后启动速度都很快。迪克情不自禁地回头去看她们的船。

"她们打算怎么追上我们呢？"桃乐茜问。很明显，他们的船不可能保持领先了。

"超船时要绕过前面的船。"迪克说，他想起了书上的内容，"我们只管继续航行，就当她们不在那里。"

"你开得还不赖。"南希的声音更近了。亚马孙号离他们不到十几米，已经跟他们齐头并进了，"不要把舵柄握得太紧。手指！手指！不要紧紧抓着它。"

"亚马孙号在转弯。"不一会儿,桃乐茜低声说。

"我们就直走。"迪克说。

他继续航行,直到接近树林才转了个弯,这次差不多还在航道上,这时亚马孙号调头向他驶来,他大吃一惊。

"左舷让路给右舷,"他喃喃自语道,"还是相反呢?我们是右舷抢风……或者……"

他继续航行。看上去要发生一次碰撞了。迪克紧握舵柄,抬头看着他的船帆,似乎亚马孙号离得很远。

"干得好,迪克!"南希大叫道,"你们占了这条航道。下一次抢风,航道就归我们了。"

亚马孙号改变了航道,躲过了他们,两艘船相隔几米远,擦身而过。

"它又转弯了。"桃乐茜说。

"我要继续往前走。"迪克说,桃乐茜坐在那里看亚马孙号泛着白沫紧跟在他们身后。

"它又在调头。"桃乐茜低声说。这时迪克正朝岸边驶去,大喊一声:"准备转向。"

圣甲虫号调过头来,发现跟亚马孙号在一个方向上,亚马孙号在前面十几米的地方。

"她们成功了,"迪克说,"亚马孙号超过了我们。它再转向的话,毫无疑问就会领先我们。"

"她们开船已经开了很久。"桃乐茜说,她看到亚马孙号驶到树下了,他们再怎么使劲也追不上它了。

"我们绕过这座岛吧。"佩吉大喊道。

"这头有块长着一丛灌木的小礁石,离它远点。"南希说,"礁石和岛之间的水看上去很深,其实并不深。"

"明白了。"迪克说。

"她们两个才不会像这样说话。"桃乐茜说。

"她知道我的意思。"迪克说,"准备转向!"

"遵命!"桃乐茜说,她记得水手应该这样说。

亚马孙号绕过圣甲虫号前方十几米远的那块小礁石。迪克注意到佩吉在船转弯时是怎么操作主帆索的。他绕过那块礁石的时候也照样做了。现在起风了,两艘小船在长岛和长岛西边的小岛之间顺风疾驰。

"活动船板!"南希大叫着回头去看另一艘船,"把它拉起来,顺风的时候用不上它。"

"我应该想到这一点的。"迪克说。

桃乐茜握住有接缝的把手将它提了起来。

"把销钉插进去,固定住它!"迪克急忙说。

然后奇迹发生了。之前亚马孙号领先他们二十米,而且距离越来越远。可现在呢?不可能是真的吧。没错,亚马孙号不再加速,它不像之前那样遥遥领先了。

"迪克,迪克,"桃乐茜小声说,她不敢大声说出来,"我们要追上她们了。"

毫无疑问,圣甲虫号正一点一点地追赶。迪克什么都没想,只是保持直线前进。南希一直紧盯他们。佩吉不停地回头看,把帆张开一点,

再往下拉一点，然后又回头看。圣甲虫号越来越近了。

他们靠近岛的尽头了。再过四十米，他们就会再次来到开阔的湖面上。南希跟佩吉说了几句话。然后亚马孙号猛地调头逆风航行，船帆耷拉下来，速度也变慢了，但很快船帆又鼓了起来。圣甲虫号已经驶到它身旁。

"再有一分钟你们就会追上我们了。"南希说，"你们的船是新船，船身干燥，船底也没有污泥，顺风的时候比我们跑得快。真是一艘不错的船。等你们驾驶一段时间之后，抢风的时候也能跑赢我们……当然，不会总是赢。天哪，等姑奶奶离开、燕子号船员来了，我们就有三艘船了，到时来场环湖比赛，在湖上跑一个来回。听着，我们现在得回家了。你们先等等，等看不到我们了，你们再开船去转一圈，放开速度跑。你们做得真棒！"

"我在抢风的时候做错了什么？"迪克问。

"你推舵柄的时候推得太猛……降低了船速……等它真正跑起来的时候再抢风，让它自己去调速……只要让船缓缓转过来，直到船头迎着风，然后再把舵柄推过去一点，这样船就会逆风疾驰。"

"我当时也是这么想的。"迪克说。

"注意你的尾流。"南希说，"如果转向没问题，就不会有任何旋涡，或者几乎没有，顺风的时候才会有。如果把舵柄推得太猛，你马上就知道了。再见，我们要直接回家了。你们从这里调头，再绕着长岛跑一圈，以防姑奶奶在外面闲逛。绝对不能让她看到两艘船一起航行，否则她会问我们的。"

迪克开始拉主帆索，让圣甲虫号突然转向，让船迎风航行。但似乎有些不对劲。船驶离了之前的航道，向侧边滑去。

"活动船板，桃乐茜！"南希大叫道，"再见！"

"再见！"

"把销钉拔出来，桃乐茜。"迪克说，"那是固定活动船板的东西。"

等销钉被拔出来、活动船板被放下去之后，圣甲虫号再次驶回了它的航道，而亚马孙号仍然将横杆伸在外面航行，很快就离开了岛屿，往家驶去。

"我们现在要怎么做？"桃乐茜问。

"抛锚，"迪克坚定地说，"降帆。把桅杆放下来，我们从头开始。之前都是她们帮我们做的，现在我们必须自己动手。"

第十六章

独自航行

即使把锚放下去也是需要学习的。迪克航行到一座较小的岛屿后面，这样亚马孙号的船员就看不见他们了。他不想让南希看到他在做什么。如果她回头看到圣甲虫号的帆和桅杆都放了下来，很可能会以为他们出事了。她甚至可能回来帮忙。迪克并不想要任何帮助。

"你来掌舵，桃乐茜，让船迎着风前进。我把锚放下去，然后把帆放下来。"

听起来容易。桃乐茜让圣甲虫号驶向风口，迪克把锚放了下去。尽管圣甲虫号的帆一直在拍打，但船仍在滑行，直到锚拉住船头让它转了个弯。当然，帆接着鼓了起来，船又前进了。但船又被猛地拉了回来。似乎是故意考验他们，这会儿风也变大了。圣甲虫号就像一头被拴住的山羊，四处乱撞。最后，迪克解开升降索，船帆落在他身上，帆顶扑通一声掉进了水里。

他从船帆下面迅速爬了出来。

"我的错，"他说，"应该等船停了再说。现在我做出这样的蠢事，把帆都弄湿了。"

"她们看不到，"桃乐茜说，"下次就没事了。"

"我不应该让这事发生的。"迪克说，"噢！我不应该解开缆绳的。"他正把帆收进船里，看见升降索的一头在他头顶飞来飞去。他想抓住它，但为时已晚。它已经穿过桅顶的滑轮，够不着了。"噢，好吧，"他说，

皮克特人和殉难者

迪克解开升降索，船帆落在他身上，帆顶扑通一声掉进了水里

"我本来想无论如何要把桅杆放下来的。"

"别急。"桃乐茜说。

之后事情就轻松多了,圣甲虫号很快停了下来,就像他们第一次在造船厂那边的栈桥看到的那样,桅杆被放在船上,旁边是桨和帆。

迪克喘了口气,静坐了一会儿,擦了擦他的眼镜。然后,他们试图记起南希之前所做的一切,开始自己组装船。他们花的时间比南希花的要长得多。中间还有一两个步骤的顺序弄混了,不得不重新来过,但最后一切都准备好了,帆也挂好了,桃乐茜在掌舵,迪克手里拿着锚绳。

"看起来还不错。"桃乐茜说。

"现在不要拉帆脚索。"迪克说,"别管它,等我把锚弄上来。然后转向左舷掌舵,缩短帆脚索,直到帆鼓起来。我会尽快把锚拉上来。"

"如果真出了什么问题,你可以随时再放下去。"桃乐茜说。

迪克看着桃乐茜,点了点头。他拽着锚索往上拉。圣甲虫号转向左舷,帆开始鼓起来,锚被拉了上来,他们出发了。迪克急急忙忙地把缆绳和锚收好塞在桅杆前,然后到船尾去掌舵。

"刚才没有人帮忙。"桃乐茜说。

他们逆风转了一两个弯,从小岛之间驶了回去。是的,一切都很好。圣甲虫号跟刚才航行得一样好,之前是两个专家帮忙安装了船帆。

"我们上哪儿去?"桃乐茜问。

"船屋。"迪克说,"蒂莫西可能在等着开工。"

"她们离开贝克福特的时候他还没捎来消息。"

"他现在可能捎来了。"迪克说,"或许他一直发愁没人教他怎么把信

装在鸽子身上。总之，我们应该去那里，让他知道我们已经有圣甲虫号了，只要他需要我，我就能来。"

他们经过长岛脚下，顺利绕过那块上面长着一丛灌木的小礁石，然后朝船屋港驶去。他们在一次抢风航行中失败了，但第二次成功调头，朝那艘曾经历过无数次冒险的蓝色老船驶去。桃乐茜跪在船中央，胳膊肘撑在划手座上，拿着望远镜观察船屋。

"看上去好像没人在那里。"她说。

迪克什么也没说。他正努力朝船屋的上风方向航行，这一刻他得全神贯注地观察帆和舵柄。

他离船屋的船头有十几米的距离，一眼就看到船上没有人。划艇也没有绑在护舷垫上。

"他可能去矿上了。"迪克说。

"或者去买东西了。"桃乐茜说。

"他没有让信鸽捎消息给我，否则他就会待在这里了。"迪克说。

"那我们去哪里都可以。"桃乐茜说。

"小心，"迪克说，"我得转帆了。等横杆打过来的时候，你要低下头……好了……"接下去一阵慌乱，由于他没有快速操纵舵柄，圣甲虫号迎着风转过来。迪克稳住了船，从船屋尾部的下方顺利穿了过去。

"我们去里约湾吧，"桃乐茜说，"我想买一本烹饪书。我忘了带吃的。"

但是看了一眼拥挤的海湾，游客们在划艇上胡乱挥舞船桨，一艘轮船刚刚离开码头，迪克做出了决定。一旦进到那里，一天也就过去了。

"别管什么吃的了，"他说，"我们驾船来一次真正的航行吧。"

"去'北极'？"桃乐茜建议，"湖的尽头肯定有一家书店。我们有时间走完全程吗？"

"现在是顺风，"迪克说，"我们应该把活动船板拉上来。"

桃乐茜把它拉了出来，插入销钉固定好。风在后面吹，帆很快鼓了起来，圣甲虫号沿着岛岸滑行到开阔的水面上，里约湾被甩在了他们身后。他们出发了，经过卡奇岛，驶向湖的尽头，他们只去过那个地方一次，当时他们在茫茫大雪中驾着雪橇，第一个到达"北极"。

在这个温暖的八月午后，感觉非常不同，山上是成片的紫色石楠，树林郁郁葱葱，他们前方没有冰，只有蓝色的湖水，头顶是一片湛蓝的天空。他们的速度比风还快，所以风似乎很小，那面圣甲虫旗在桅顶欢乐地飘扬，帆拉着这艘小船——他们自己的船——往前滑行，他们看到岸边的树在飞快地倒退，船朝着山丘疾驰。他们轮流驾船，让船保持直线航行，至少迪克现在不用担心他可能错过跟蒂莫西一起做化学试验的事了，他打算沉浸在航行的乐趣中，不去想其他事。他们经过贝克福特岬角之后，连桃乐茜都不再去想回到"竞技场"的殉难者正竭尽全力哄姑奶奶高兴的事，她想的是她的小屋和家务事，还有那本她想要的烹饪书，根本想不起来他们被迫过奇怪的隐居生活的事了。

她以一种最古怪的方式想起了那件事。她在掌舵，一艘大游艇载着一些人飞快地超过了他们，那些人向他们欢快地挥手。

"他们不知道我们是不存在的。"桃乐茜说。

"但我们知道。"迪克说。

"姑奶奶不知道就好。"桃乐茜说,"这就像戴着一顶隐身帽,除了一个人,没有人知道你是隐身的。"

这对具有科学精神的迪克来说有点难以接受。

"但是她不知道我们存在,"迪克说,"所以她不可能知道我们不存在。她只是完全不了解我们。"

"好吧,人们朝我们挥手的时候,好像我们和其他人一样,我只是觉得这很有意思。"

"其实一点也不奇怪啊。"迪克说,"好了,最好我来掌舵,可以吗?"他回头看了一眼尾波,发现船转了一个大弯,桃乐茜正想着其他事,而不是航行。

圣甲虫号不停地奔向前方,好像它也很享受被风吹着漂浮在波光粼粼的湖上。他们一直望着前面的湖,离里约越来越远,他们已经接近湖尽头的大山了,似乎比预想的要快。他们从远处看到的斑点正在变成一座座房子。长长的湖岸树木丛生,随处都是港口,他们驶了过去,那些港口消失在他们身后。

"我们没必要靠近轮船码头,"迪克说,"地图上显示这里有一条河。"

"我们能去吗?"

"可以试试。"迪克说,不到万不得已,他不想驶入其他船只之间。

"如果可以的话,"桃乐茜说,"我们离在'北极'时看到有灯光的地方会更近。现在你能看到那里的房子,那是一个固定的居民区。那里肯定会有书店。"

迪克驶向湖的另一边,沿湖岸寻找河口。

"不管怎样,总算到'北极'了。"桃乐茜指着插着旗杆的小凉亭说。

"那条河一定在这附近。"迪克说,"那些芦苇真烦人。"

"在那边。"桃乐茜大叫道。

穿过芦苇丛中的一片空地,他们看到一条平缓的狭长水道。

"我们来试试。"迪克说,"不过要我说啊,桃乐茜,这里可能不好转弯。我们最好快速地放下帆……"

桃乐茜开始降帆,但其中一根升降索从挂钩上脱落了,她紧紧抓住绳子,蹲在船底,因为她想起了之前帆是怎么突然落到迪克头上的。他们已经离开湖面,驶入了两边都是高高的芦苇的河道。

迪克尽量把船开到河中央。船终于驶出了芦苇丛。现在,河两边是高高的路堤,奶牛在牧场吃草。迪克希望风小一点,可是风似乎变强了,虽然逆着水流,但圣甲虫号的速度好像有点太快了。

"等我一看到好地方就马上停下来。"他说。他发现自己正紧握着舵柄。"手指!手指!"南希曾这样提醒过。这比在开阔的水域上航行糟糕得多。他认识到了所有水手都明白的道理,那就是航行到陆地附近才是麻烦的开始。他一时间想抛锚让圣甲虫号停下来,他甚至对桃乐茜说:"准备好抛锚。"

"我抓着绳子呢,没法把锚放下去。"桃乐茜说。

"应该没有必要。"迪克说,他不知不觉地咬紧牙关,眼睛紧盯着岸边。只要有一个好地方,他应该就能把船好好地靠岸。那边……那边正是他想要的地方,两丛灌木之间的一小块空地……

"前面还有一座桥!"桃乐茜喊道。

"松开升降索,桃乐茜……快!"

船帆落在了桃乐茜身上。

"快!快!尽量抓住那丛灌木。"

桃乐茜迅速从帆底下爬了出来,抓住一根树枝。树枝断了。她又抓住了另一根。但是圣甲虫号开始在水流中打转。桃乐茜不得不放开树枝的时候,迪克才及时抓住一根树枝。他抓过一根又一根树枝,半个身子都伸在船外,最后终于把船带到岸边。

"我不能松手。"他说,"我抓住树枝,你能上岸吗?"

桃乐茜慌忙爬上了岸。迪克一只手紧紧抓住树枝,另一只手拿着锚尽力伸出去。桃乐茜跪在岸上,从他手里接过了锚。

"现在是逆流,"迪克直喘粗气,"得把锚固定好。"

"下锚了。"桃乐茜说。

迪克松开树枝,把帆捆在一起,然后爬上了岸。桃乐茜使劲把锚杆往地里踩,让它插进去。迪克站在那里,双膝发软,浑身发热,就像刚在烈日下跑完一场比赛。他摘下眼镜,但双手抖得厉害,连擦都没想到要擦。

"我把一切都搞砸了。"他说。

"我们上岸了,"桃乐茜说,"而且没有撞船,甚至也没有刮擦。我认为南希也不会做得更好。桥那边有通往马路的台阶。房子也离这儿很近。我们去找找书店,再看看有没有什么吃的。"

"我们回去再吃也行。"迪克说,他想马上再次起航,忘掉刚才不专业的靠岸风波。

"那兔子怎么办？"桃乐茜说，"我真的得买一本烹饪书。"

"我留在这里，"迪克说，"为出发做准备。"

"我会尽快的。"桃乐茜说。一分钟后，她在过桥时朝迪克挥手，发现他没有看她，而是又爬到了船上，她不由得笑了，匆匆朝村子走去。

当桃乐茜带着烹饪书回来的时候，迪克已经又一次爬上了岸，在那里焦躁地等着。

"我买到书了，"她说，"还有一些小圆面包和巧克力。我们吃了再出发吧。"

"最好在航行的时候吃，"迪克说，"现在都准备好了。我已经想好了该怎么做。我们要花很长时间才能回去。现在没什么风，一会儿还要下雨。看看那些云。"

"书店的人也说要下雨了，但还没到时候。"

"不知道这意味着风会更小还是更大。"

"无论如何，下雨之前我们会赶回去。"桃乐茜说，她知道迪克已经下定了决心。两分钟后，她坐在船尾，迪克把圣甲虫号从河里划了出去。桃乐茜甚至不想说话。她知道在再次扬帆航行之前，他什么也听不进去。

一切都按迪克的计划进行。没有出现任何差错。没有一个环节需要返工，挂好帆之后，船开始飞奔，这是第一次漫长的回家之旅，迪克感觉好多了。

"幸好蒂莫西还没准备好让我去，"他说，"我们有很多练习的机会。如果在靠近船屋的时候弄得一团糟那就太可怕了。在河上就没那么要紧。"

他们逆风航行，一次又一次抢风调向，在湖上来回穿梭。他们吃了面包和巧克力。迪克掌舵，桃乐茜看着那本烹饪书俗丽的封面，上面印满了彩色拼图，有用褶边装饰的肉，有拖着一束长长尾羽的野鸡，有一块配着亮绿色欧芹的粉红色鲑鱼，有一只果冻，还有一只派和一只过度装饰的蛋糕。

"当然，我不会去尝试那种真正难的菜，"桃乐茜说，"就连苏珊也不会，在露营的时候不会。但这本书里有不少关于烹饪兔子肉的内容，还有煮鸡蛋的方法。书里说要三分半钟，如果想要嫩一点，三分钟就可以了。"

"书本总能帮不少忙。"迪克说，"要不是我们经常看航海书，情况会更糟糕。"

他正试着用手指轻握住舵柄，然后计算他们要经历多少次抢风调向才能到达贝克福特岬角。

桃乐茜翻到关于烹饪兔子肉的那几页。"炖，"她说，"油焖……煮……煨……大约有十几种做法……根据兔子的年龄，需要四十五到六十分钟……不知道那只兔子多大了……"

"嘿，"迪克说，"在我们驶入河道之前，估计她们早就在贝克福特吃完晚餐了。"

逆着微风航行和顺风而行是非常不同的。刚才似乎一眨眼工夫就到湖的尽头了，回来却花了很长时间。迪克正在全力以赴，转弯的时候船径直迎着风往前滑行，就像南希说的那样，这一切都给他带来很多快乐。

不过，厚重的乌云已经遮住了太阳，当他们终于驶进亚马孙河河口的时候，早就过了晚饭时间。桃乐茜接过舵柄，迪克把帆降了下来，然后他吩咐了一句，桃乐茜就开始拉主帆索。当横杆伸手可及的时候，她一把抓住帆，整张帆悄然落到了船上。

"很好。"迪克说。他拉起活动船板，拿出桨，开始划船。

"现在几点了？"桃乐茜问。

"九点十一分……噢，我看表的时候桨不小心溅上水了。"

"对不起。"

迪克继续划船，尽量不让船桨发出吱吱声。他们经过了船库。外面天色还亮，但是当他们看到那座房子的时候，注意到客厅里有微光闪烁，那是一盏灯或蜡烛。有人正在弹钢琴。

"南希？"迪克说。

"不是。这人会弹琴。南希弹出的杂音要多得多。那一定是姑奶奶本人。"

他们行驶到了船库和小灌木林中间，迪克在划船，桃乐茜看着那扇亮着光的窗户，这时突然响起铃声，他们吓了一跳。铃铛发出长长的"叮铃铃——"，而且还不止如此，好像有人在敲打一块镀锡铁皮。他们马上就明白是怎么回事了。钢琴声戛然而止。铃声还在响个不停。

"他送来消息了，"迪克惊呼道，"一只鸽子飞进了阁楼。我应该提醒南希把铃铛上的那块镀锡铁皮取下来的，别让声音那么响。"

门砰的一声关上了。

"不要停下来。"桃乐茜敦促道。

他们把船划进树荫下的时候,一直震天响的铃声突然终止了。

"南希跑出去把它切断了。"迪克说。

"她要怎么向姑奶奶解释呢?"桃乐茜说,"我是说那可怕的噪声。"

"我们应该把铃铛完全切断。"迪克说,"去年我们想让它尽可能发出大的动静,但今年根本不需要它发出声音。她们只要时不时去看看有没有鸽子回来。"

"这不是你的错。"桃乐茜说,"没有人能事事都考虑周全。"

"我们最好快点回家。"迪克说,"南希收到消息肯定会溜出来,转告我们。"

一两分钟后,他们划着圣甲虫号经过从睡莲上开辟的河道,然后穿过芦苇丛中的狭窄水巷。他们把旗帜放了下来,粗略地收起帆,转了个弯,把系船绳绕在一棵树的树干上,再把锚插进地里。他们沿着树林边潜行,上了马路,然后在夜色中匆匆走上那条小路。

屋外暮色朦胧,但小屋里要暗得多,桃乐茜点燃提灯,这才发现屋里有客人来过。

"是厨娘。"桃乐茜说,她借着闪烁的灯光看一张小纸片,"我错过了她。"她把小纸片递给迪克,他读了起来:

希望你们将就一下。如果需要什么,可以告诉杰克。

布雷思韦特太太

"看看她给我们带来了什么。"桃乐茜说。

包装箱上几乎放不下提灯了。上面有一打装在纸板盒里的鸡蛋、一包用蓝色纸袋装着的糖、一篮豌豆、一大条黑面包,还有两块煮好的排骨。

桃乐茜如释重负地吁了一口气。"我今晚不用做兔子肉了,"她说,"有这些排骨就可以了。我们最好也别费工夫做土豆了。"

"那我们快点吃晚饭吧。"迪克说。

他们生了火,匆匆做好了饭。迪克一直在听脚步声,希望能听到有人带着蒂莫西的消息从树林里飞奔而来。蒂莫西会说"早上来"还是"下午来"?现在圣甲虫号已经准备好了,他随时都可以出发。如果蒂莫西前一天来找他,那情况就太可怕了。但是信使一直没有来。晚饭过后,迪克在门口等着,桃乐茜在跳跃的火焰旁看烹饪兔子肉的方法。最后他们认为那两个殉难者天亮之前很难逃出贝克福特。经过长途跋涉,他们都累了,于是整理好吊床,上床睡觉,计划明天早一点吃早餐。

一定是在午夜时分开始下雨的。桃乐茜先是听到离她很近的地方有持续不断的滴水声,接着又听到屋顶上淅淅沥沥的声音,然后雨滴顺着烟囱落到火堆里发出嘶嘶声。

"迪克!"

"嗯。"

"滴到你身上了吗?"

"我之前就确定会下雨。"迪克说,成功预测天气变化让他很开心。

"可它滴到你身上了吗?"

迪克在他的吊床上坐了起来。

皮克特人和殉难者

"没有，"他说，"只有我把手伸得足够远才能感觉到雨滴。到时地板上会有个水坑。你身上也是干的吧？"

"是的。"桃乐茜说，"我们是不是最好放一口锅在地上接雨滴。"

"那样噪声更大，"迪克说，"地面不过是泥地。我们现在什么也做不了。我明天早上把水排出去，如果有时间的话，再修补一下屋顶。不过，桃乐茜，我们应该睡觉了。下雨也没什么关系。我们有雨衣，还是一样能去船屋。"

第十七章

等待消息

迪克最先醒来，没等睁开双眼，就伸手去拿他的手表和眼镜，昨晚他把它们放在了头顶的横梁上。还在下雨。雨滴从屋顶落下，溅在小屋地上的水坑里，那个水坑越来越大，不过他几乎没注意到。"桃乐茜，"他大喊道，"快，我们睡过头了。早就该起床了。"

桃乐茜一觉醒来，却有了完全不同的担忧。"不知道我们应该怎么做。"她说，一边看着源源不断落下的雨滴，一边听着雨点敲打屋顶的声音。

"她们一来，我们就得做好准备。"迪克说，"我还得把圣甲虫号里的积水处理掉。昨晚过后，肯定积了半船水了。"

"苏珊会怎么做呢？"桃乐茜问。

"在知道蒂莫西到底捎来了什么消息之前，她做不了任何事。他可能会说'马上来'。但我们并不知道。"

"我不是这个意思。"桃乐茜说，"你看看地上。如果继续下雨，我们可能不得不回贝克福特。噢，对了，我把那条长面包留在了桌子上，现在有水溅在上面了。"

迪克低头看了看地上。"引流排水，"他说，"这样就能解决问题。我马上弄好。如果我修一条排水沟，水就全部流到门外了。"

他从吊床上翻下来，一只脚踩到水坑里，开始用他的小刀在水坑和门之间修出一条狭窄的排水沟。"不需要很深，"他说，"只要足够宽，让水顺着它流出去就行。"他把睡裤卷到脚踝以上，继续又挖又刮，直到排水沟连到水坑边上。"我觉得这样就可以。"他说，积水裹着尘土，汇成一道泥流顺着小沟涌了出去。"回贝克福特？"他们不会让南希失望，尤其是现在。他们只要再隐藏几天，目前一切顺利，圣甲虫号也准备好了，而且现在蒂莫西也捎来了消息，几乎可以肯定的是他要找迪克去做他们必须完成的工作。他沿着水沟底部刮着，想让水快点流走。随着水坑越变越小、到最后不过就像地上湿了一大块的时候，不用桃乐茜说出来，他也知道，她感觉舒服多了。

"我们还有昨天剩下的牛奶，"她说，"去池子那边取回来，我们就可以吃早餐了，不等杰克了。"

"好。"迪克说，他离开排水沟，抓起一些干树叶和树枝，用火柴点燃。

"这里就交给我吧，"桃乐茜说，"你去取牛奶，然后装一壶水回来。"

桃乐茜又成了独自一人。迪克穿上沙地鞋，在睡衣外面套了一件雨衣，兴高采烈地跑到小河边，那里不再是涓涓细流，溢出来的水已经漫过小道。他从那个长满苔藓的洞上面搬起石头，发现洞里的水已经涨到牛奶瓶颈一半的位置了。他把水壶装满，匆匆赶回小屋，发现树枝噼啪作响，火也烧起来了，桃乐茜随随便便穿了件衣服，正从比较干燥的一头切黄油面包，这面包真的不像乍看起来那么潮湿。"它有一头一点也不湿，我还有一条没动过的面包。"等到他们吃完牛奶拌玉米片，壶里的水开了。迪克往嘴里塞了一些罐头肉和黄油面包，等茶水变凉的空隙穿好衣服，茶水还是烫到他的喉咙了。他带了一只苹果在路上吃，然后拿起

空牛奶瓶就走了。

"现在信箱里也许有一封信。"他说,"要是我能在杰克去贝克福特之前碰上他就好了,这样就可以让他把我的答复捎过去。"

桃乐茜为自己一时的软弱感到羞愧,之前她看到地上的积水和屋外屋里下个不停的雨,不知所措,现在她开始认真地做家务。天气好的时候,皮克特人的家务活做起来还是很轻松的,但到处都很潮湿的时候,做家务就没那么容易了。第一件事就是把东西弄干。她还有另一个烦恼。今天要烹饪杰克的兔子,她不能再拖下去了。而对她这个没有经验的厨师来说,那只兔子比大象还大。先得剥皮……更糟糕的是……她那本烹饪书根本没提及这些重要的问题。

当迪克在树林里闪来躲去的时候,雨已经变成了持续的毛毛细雨,而那条小路上也有了很多小瀑布。墙上的洞里没有信。迪克刚来得及看清洞里是空的,杰克就骑着自行车沿马路而来,他肩膀上披着麻布袋挡雨。太迟了,他已经去过贝克福特了。他小心翼翼地下了自行车,从车把前面的篮子里拿出一瓶牛奶,给了迪克,换回了空瓶子。

"太谢谢你了。"迪克说着,犹豫了一下。他应不应该让杰克回贝克福特去看看昨晚撞响铃铛的鸽子带来了什么消息?杰克对鸽子的事知道多少?南希又想让他知道多少?迪克决定最好还是别提鸽子。"她们没给我捎消息?"他问。

"没有。"杰克说。

"噢,"迪克说,"我还以为她们会捎来消息。"

"不过几步路就到了，要不要我骑回去问一下？"

"不要，不要了。"迪克结结巴巴地说。杰克打算帮忙，但最后很可能是帮倒忙。如果他问厨娘这个问题的时候，姑奶奶正好在厨房里点餐，那会怎么样？

"我的时间我自己能做主，"杰克说，"现在我已经送完牛奶了。"

"不用了，"迪克说，"我希望你不要去。"

"好吧。"杰克说，然后骑上自行车离开了。

有那么一会儿，迪克想等等邮差。后来他想起，下了那么多的雨，得把圣甲虫号里的积水处理掉。如果他现在就做好这件事，而蒂莫西的消息是希望他马上到船屋去，就会节省很多时间。桃乐茜待在小屋里，以防南希或佩吉去小屋。于是他把牛奶藏在墙后面，沿着那条又湿又亮的马路匆匆赶路。他爬过大门进到田野，踩着沙地鞋在草地上飞奔，最后穿过树林来到圣甲虫号的秘密港湾。

船里有很多水，甚至比他预想的还要多。他爬上船，抓住浮在船里的戽斗，开始往外舀水。舀水……泼水……舀水……泼水。他想起了汤姆·达钦在他的平底船里飞快往外舀水的动作。不过这是一只小戽斗，舀了很长时间似乎没什么变化。他跪在划手座上用力舀水，每隔一两分钟就换换姿势，把身体重心压在另一只膝盖上。他的手臂酸痛，背也很疼。奇怪的是，他很享受这件事。他付出的努力越多，圣甲虫号似乎就越属于他自己。昨天，他驾驶它的时候，只想着别犯错误，它跟其他任何一艘陌生的船没有什么不同。然而现在，尽管他感觉自己的背好像再也直不起来了，汗珠不停地落在眼镜上，雨水也模糊了镜片，但它是他

自己的船，不是别人的。迪克休息了一会儿，擦了擦眼镜，细雨再次模糊镜片之前，他可以更好地看清这艘船。他希望雨停下来，这样他就能把湿漉漉的船帆晾干，让船舒舒服服的。

他又开始干活了，先用一只手舀，然后换另一只手舀，直到戽斗再也不能装满水。最后，他没有用海绵也把船弄得很干了。他把底板放回原处，站在上面环顾四周，看看还能做些什么。他抬起头，透过细雨看见一片蓝天。把帆升上去一会儿也无妨。在贝克福特小灌木林的庇护下，皮克特港几乎没有风。于是，他把升降索扣在帆桁的环索上，开始用力拉，当红帆升起时，他突然被贮存在船帆褶皱里的水淋得浑身湿透。没关系，又学会了一件事。不过糟糕的是，那么多水灌进了他的雨衣。他站在那里抓着升降索，看着水滴从红色的帆上流下来，沿着横杆滴到他的脚上。

突然间，又下起了大雨。芦苇丛之间原本静止的水道上冒起了大泡泡。大颗的雨滴溅在湿漉漉的划手座上。迪克放下船帆，把它松松垮垮地捆在斜桁旁。雨下得这么大，等开船出发时就会有更多的水要舀出。这时，他想起他还不知道到底是什么消息。也许现在南希已经到小屋了。他看了看表，发现早晨已经过去，就像被施了魔法一般。他跳上岸，飞快地往家跑去。

今天不太走运。他刚穿过大门来到马路上，一辆汽车停在了他身旁。

"你就像一只落汤鸡。"一个声音说，他看见医生正从驾驶室的窗户往外瞧。

他不好告诉医生他正在赶时间、不能停下来，所以只好等在那里，听医生向他询问小屋的情况，让他把湿衣服脱下来弄干，医生还威胁他说，如果他或桃乐茜感冒了，无论南希多么想让他们离开，他们都必须回贝克福特。医生还把他刚才看到的情景取笑了一番。"还有一件事，"他说，"南希得为她的游戏付出代价。看到那个小海盗坐在椅子边上，用两只胳膊把一绞毛线展开，小佩吉不停地绕着走，姑奶奶吩咐她一定不要把毛线绷得太紧，我心里就乐开了花。"

"南希给我捎消息了吗？"迪克插了一句。

"我没有给她机会。"医生说，"我已经良心不安了，所以当我看到南希试图和我对视的时候，我就赶紧望向别的地方。"

这真是糟透了。医生还在说个不停。最后，他说他要去看另一个病人。他踩下离合器，开车走了，还从车窗伸出一只戴手套的手挥了挥。迪克没有看见，他已经开始拼尽全力赶路了。

如果他再早一分钟，就刚好能在信箱那边遇上南希。果不其然，他看见一样褐色的东西，闪了道白光，消失在道路拐弯处的贝克福特围墙那边。他无法确定那是什么，也不敢大喊。如果是其中一个殉难者，而且她还去过小屋，那么桃乐茜已经知道消息了。他差点忘了牛奶，但很快又想起来了，然后，以防邮差已经送来了信，他急忙往墙洞里看。没有信，不过有一张纸条。是南希写的，而且写得很草率。上面没有骷髅标志，除了用铅笔写的几个字之外，什么都没有：

紧急消息。必须见你们。别离开小屋。我一脱身就会赶来。

上面没有签名。迪克看了两遍，然后匆匆走上小路。水流沿着小路倾泻而下，但是他的沙地鞋已经湿透了，而且走小路要比穿越树林更快。

迪克冲进小屋，发现桃乐茜正坐在三脚凳上，那本烹饪书打开放在她前面的包装箱上。火正在熊熊燃烧。吊床已经收起来了，毯子也挂在了横梁上。桃乐茜已经做了她能想到的一切，如果苏珊住在一座屋顶漏雨的小屋里，她也会这么做。

迪克没有注意到这些。"桃乐茜，"他气喘吁吁地说，"她们中有人来过吗？看我在信箱里找到了什么。"

"没人来过这里，甚至连杰克也没有来。"

"我碰到了杰克，"迪克说，"我已经拿了牛奶。你看看南希是怎么说的。我还见到了医生，他告诉我南希想让他捎信，但他没给她机会。她一定是趁他刚走就出来了。我看到有人回到她们的围墙那边了。然后我在信箱里发现了这个。"

"没事，"桃乐茜边看纸条边说，"这只是意味着她们要来这里，不想让我们去别的地方。"

"这说明她们已经收到消息了。我确定她们收到了。可是如果蒂莫西现在就需要我，为什么南希不说呢？我已经把圣甲虫号里的水都舀出来了，我可以马上出发。"

"医生怎么说的？"

"他有点烦我们和这些事，就跟那天一样。他还说南希和佩吉在团毛线。"

"现在是她们的午饭时间，"桃乐茜说，"幸好我还没开始做兔子肉。

那要花很长时间。等到姑奶奶一躺下思考怎么变个法折磨她们，她们就能上这里来。你想想她竟然让南希船长团毛线。嘿，迪克，你已经湿透了。"

"我忘了帆里有很多水。"

"你没有开船出去吧？"

"没有。只是把帆升起来，然后又放下去。我已经把船里的水舀出去了。我随时可以出发。"

"你现在湿透了，不能出去。你最好穿上睡衣，然后我们把你的衣服弄干。我挑一罐罐头汤热一热。"

不一会儿，迪克就脱下衣服，换上了睡衣。桃乐茜再次把烹饪兔子的事推迟了，她松了一口气，合上那本烹饪书。兔子的毛被雨淋湿了，看上去很吓人。她把兔子拿了进来，挂在小屋的木栓上晾干。当然，任何一个皮克特人都会喜欢烹饪兔子，但现在不是给兔子剥皮的时候，因为南希随时都会跑来让他们处理一些紧急事项。她做了一顿简单的饭菜，打开一罐番茄汤，在锅里加热了，然后是黄油鸡蛋和沙丁鱼。准备这些东西的同时，迪克的衣服已经在壁炉前冒着热气，迪克不停地翻转衣服，想让它们快点变干。

"两点了。"饭后，他们吃苹果的时候，迪克说道。他走到门口，站在那里听动静。

时间流逝。有两次他以为听到脚步声了，但两次都让他失望了。只有涨满雨水的小溪发出的声音和屋顶不停滴下的雨水，多亏了他的排水沟，那个小水坑没有蔓延成湖，而是流到了门外。

毛毛雨断断续续地下着，几缕阳光透过湿漉漉的树林照射进来，不过从南方飘来了更多的乌云，蓝天只出现了片刻。迪克心神不宁。他想看看那本航海书，但无法集中精力。即使有一只啄木鸟在附近的树上啄个不停，他也忍不住去想，如果早上就知道消息的内容，现在他可能已经在船屋里做真正重要的工作了。

"我很快就会弄好。"最后他抬头看着屋顶上的洞说道。他把睡裤卷到膝盖上，穿上雨衣走了出去，口袋里塞满了苔藓，然后他从小屋后面爬上屋顶，屋后的陡坡让他很轻松就爬了上去。他用苔藓堵住他能看见的几个洞，更妙的是，他发现屋顶附近有一块大石板移位了，他把它挪回了原位。就在这时，又下起了雨。迪克从屋顶溜了下来，回到小屋里。雨哗哗地落到屋顶上，但再也漏不进屋里了。他把椅子搬到之前滴水的地方，坐在那里，一滴水也没落到他的头上。

"嗯，这是件好事。"桃乐茜说，"我们能把东西真正晾干。"

但在这段时间里，根本没有人从贝克福特跑出来。已经四点了。四点半的时候，桃乐茜说："不管她们在忙什么，这会儿肯定要和她一起喝下午茶。没喝完茶她们是不会来的。也许她们根本就无法逃脱。不管了，我们也喝茶，然后，无论发生什么，我们都必须把杰克的兔子剥好皮。"

"还不行，"迪克说，"要到很晚才天黑，如果不得不剥到一半就停下，那会很可怕。"

五点过去了，六点、七点过去了。迪克越来越沮丧，他又穿上衣服，那上面有一两处地方被烤焦了。小屋不再漏雨，也不再潮湿。挂在横梁上的毯子又温暖又干燥。桃乐茜下定了决心。"现在不会有人来了，"她说,"她们要吃晚餐,然后她会让她们弹钢琴。我们要到明天才会知道消息的内容。我不能再拖了。我要去做那只兔子。"

迪克一直在浏览那本有关鸟类的书,不过他完全看不进上面的字或图片。也许他应该整个下午都在船屋里工作。蒂莫西不可能发来信息,只是告诉他不要去。浪费了一整天。但桃乐茜是对的。现在什么都不会发生了。他合上书,开始把心思放在兔子的事情上。桃乐茜早就想到了这个问题。

"烹饪书上,"她说,"兔子等动物似乎出生的时候都没有毛,随时可以烹饪。我们到底怎么剥皮呢?皮克特人不会买图片上那种现成的兔子。他们是怎么做的?杰克又是怎么做的?"

"皮克特人会用燧石刀剥皮。"迪克说,"不,我觉得是青铜刀。"

"好吧,我们来剥皮吧。"桃乐茜说。

"我们必须先把它的内脏弄出来。"迪克说。

"我知道,"桃乐茜说,"但是到底怎么做呢?是先剥皮,还是后剥皮?"

"后剥皮,"迪克说,"我见过挂在店铺里的家兔和野兔,它们都有皮,但内脏都没了。"

桃乐茜打了个哆嗦。"真希望我们之前请杰克来做这件事。"她说。

"从科学上讲,"迪克说,"这应该很容易……我的生物书里有一张图……"

"别管那个了。"桃乐茜说,"你要试一试吗?"

"我试试吧,"迪克说,"肯定能用某种方法把皮剥掉。"他掏出他的

小刀，打开了它。

"不能在这里，"桃乐茜说，"不要在这里做这个……会弄得一团糟的……去树林里……快点，趁着还没下雨。"

迪克拎着兔子的后腿走了出去。桃乐茜急急忙忙地翻看烹饪书。时间一分一秒地过去。迪克回来了，脸色铁青。

"迪克？"桃乐茜开口说，迪克知道她想问兔子的事。

"不，我没有弄好……不过就差一点了……这比我想象的要糟糕得多。"他将兔子放在包装箱上。

"里面的内脏，"他说，"大部分都被我扔掉了，但还有一些。有三样东西像心脏。我想其中有两个是肾脏，还有一些松弛的发黑的组织……"

"我跟猪一样笨啊，迪克！"桃乐茜说，"我不应该让你一个人去做这些事。"

"我们来剥皮吧。"迪克说，"我试过了，但没成功。两个人一起应该没问题。"

没尝试过给兔子剥皮的人不可能知道兔子的皮跟它的肉粘得有多牢固。有的部分很容易剥开，但它的四条腿和头部一定让不少皮克特人感到头疼。迪克开始了，自然是从他已经切开的中间部分着手。场面一团糟，但剥皮是如此之难，以至于在最初的一段时间里，桃乐茜都忘了这乱糟糟的状况，她扯着兔子的皮和身体，好像除了把它们分开，世界上就没有什么重要的事了。

"要是我们能把它从里面翻出来就好了，"她说，"但它就像一只两头都有手指的手套。"

"我们来看看你书上的图片。"迪克说。

"可是那个已经处理好了。"桃乐茜说。

"它也没有脚。"迪克不久后说道,"我们最好先把它们切下来。"

然后他们就有了主意,单独剥掉兔腿上的皮。等他们把后腿的皮剥下来之后,事情开始变得更有希望了。这就像一种拔河比赛,桃乐茜抓着后腿,而迪克用力扯兔子皮。

"剥下来了,剥下来了。"迪克说,"就像你说的,现在我们已经把两头都有手指的手套分开了。"兔子皮一点点被剥落,就好像把足球衫从里到外翻转着脱了下来。然而,兔子头卡在了里面,就像运动衫经常卡住头那样。他们只好用小刀使劲切。

"终于完工了。"迪克说,"你想把它像书上那样绑起来吗?"

"不了,"桃乐茜说,"没有必要。不过我们最好还是先把它切开。我不想把它全部煮了或者全部炖了,但我肯定会把它做好。如果你能把它的腿切下来,我就去切洋葱。书上说煮兔子肉的时候要放胡椒粒和洋葱酱,炖的话要放丁香、红葡萄酒和培根。但我认为皮克特人才不会为这些东西烦恼呢。"

"杰克也不会,"迪克说,"他说他妈妈告诉他洋葱才是最重要的。"

等他们切好兔子肉放进锅里,加水没过它们,再把切好的洋葱、一点盐、一些牛奶、几块土豆和一罐豌豆放进去的时候,已经九点了。由于缺这个少那个,不可能完全照着烹饪书上的任何一个菜谱做,所以桃乐茜只好借鉴了一下,她盖上锅盖,把锅放在炉火上。

"好了,"桃乐茜说,"'根据兔子的年龄和大小煮四十五到六十分

钟'……这是煮的时间。'大约一个半小时'……这是炖的时间……我们到时最好戳一下看它熟了没有……'足够三到四个人食用'。我真希望其他人都在这里。杰克也行。"

迪克去小溪边给锅和水壶装水的时候，雨已经停了，但黑压压的乌云从南边移过来，感觉像要打雷了。天黑下来时，他们又听到了屋顶上噼里啪啦的声音。

"如果只是打雷下雨，"迪克说，"早上就会放晴。你认为她们中的一个会在早餐之前溜出来，跑到这儿来吗？南希说是急事。"

"想也没用。"桃乐茜说，"她们会尽快赶来的，但现在想这些也没用。我们等到明天再看。"

他们把温暖干燥的毯子铺到吊床上，点上防风灯，从逐渐减少的柴火堆里拿了几根木柴放进壁炉里。水在锅和锅盖之间冒泡，嘶嘶作响。桃乐茜看了看锅里，用叉子戳了戳，想起他们两个都应该上床了，但决定还是应该先吃晚饭，兔子就是他们熬夜的一个好理由。毕竟他们费了那么大劲，如果为了几分钟时间而毁了它，就太愚蠢了。

十点半，桃乐茜最后小心地戳了一下锅里，觉得兔子肉已经熟了，于是把锅端了出来。这时门外响起嘎吱嘎吱的脚步声。不一会儿，门口来了一个人，浑身湿漉漉的，身穿泳衣，在摇曳的灯火下闪着光。

"真见鬼！"南希说，"你们这里很暖和啊。天哪！好香的味道。"

皮克特人和殉难者

南希身穿泳衣,浑身湿漉漉地出现在门口

第十八章

"海豹"到访

"嘿，佩吉，不要做个听话的笨蛋。你给我保持安静就可以了。"南希在她们漆黑的卧室里恶狠狠地低声说。

"但你不能穿着泳衣出去。"

"我不能穿别的衣服出去。回来的时候浑身湿漉漉的，更没法解释。很快又要下雨了。"

"但如果她听到你出去了怎么办？"

"不会的。她这会儿已经睡了。而且我已经把门锁上了。你睡你的觉就行。如果你听到了她的动静，就发出呼噜声。"

"但是……"

"我必须去见迪克，你知道我必须去。"

南希准备好了。她用泳帽罩住头发，穿上沙地鞋，把睡衣放在床上。她的衣服整齐地叠好放在椅子上，准备随时接受检查。她悄悄走到窗前，往外看了看。天已经黑了，但还没黑透。她能听见雨水从房檐的排水槽不停地往下滴。这场雨浪费了她们一整天。收到蒂莫西的消息已经超过二十四小时了，她却没有机会见到那两个皮克特人。因为医生对她的暗示视而不见，她没能让他捎信，所以只好亲自跑去他们的信箱放了一张纸条，然后又跑回来，那一路真的很惊险。南希把蒂莫西的信衔在嘴里，以便腾出两只手。她坐在窗台上，伸出一只脚试了试雨。

"去睡觉，佩吉。"她低声说道，"该死，害怕的应该是我，不是你。

回去睡觉吧。"

她在窗台上转过身来，摸了摸蔷薇格架，摸到了。架子嘎吱响了一两声，但没什么大不了的。两分钟后，她就蹑手蹑脚地绕过了房子一角，房子里很安静。

一到马路上，她拔腿就跑。树林里太黑了，她只能沿着小路径直往上走，她一会儿踩在石头上，一会儿又踩到水池里，因为水源源不断地从小溪流进水池，水池里的水已经没过脚踝。她浑身湿透，就像从河里出来的一样。她穿着泳衣还不要紧。在这样的情况下，叫醒迪克和桃乐茜也没关系。她从树林里咯吱咯吱地走出来，来到那片空地，通过窗户和敞开的门看见了火焰发出的红光，她知道她不用叫醒他们了。

"我今天一整天都没有机会到这里来。对了，那是什么味儿？"

"我们的晚饭。"桃乐茜说，"是杰克给我们的兔子。你来得正是时候。"

"蒂莫西捎信说他已经准备好了吗？"迪克问。

"佩吉也来了吗？"桃乐茜问。

"蒂莫西准备好了，佩吉没来。"南希一边说一边伸出湿漉漉的胳膊，看着水从她的指尖往下滴，"必须有人留下，以防发生什么事，而且两个人一起时，情况总是更危险。"

"只要门一响，监狱长就知道有人越狱了。"桃乐茜说。

"门！"南希轻蔑地说，"我是从我们的窗户爬出来的。那是唯一安全的方法。想想看，如果她碰巧从她的卧室出来，看见我穿着泳衣下楼，

那可就惨了。当时我看他们搭建格架的时候，我就知道那只花架会派上用场。好了，别浪费时间了，我怎么出来的不重要，重要的是你们怎么进去。"

"但我们不用进去啊。"桃乐茜说，"昨晚我还以为回到你们那里是唯一的办法，可迪克想办法不让屋顶漏雨了。尽管昨天滴了一点雨，但并没有滴到我们的吊床上。我整天都生着火，东西也都干了。"

"你们不知道发生了什么，"南希说，"我们也没法告诉你们。真是糟糕的一天。首先，我们去吃早餐迟到了，然后，因为雨下个不停，姑奶奶的脾气非常坏。整个上午，事情一件接一件。医生来了，我想吸引他的注意，让他告诉你们，但他太坏了，不想看见我。我们也不在意，因为我们觉得下午就可以脱身了。后来我溜了出去，给你们留了一张纸条，以防错过你们。到了下午，姑奶奶来了兴致，一直不去睡觉。天还在下雨，她就让我们读那本讨厌的书……书本身还好，但是当你大声读书的时候，有人不停地打断你，说你哪个词的发音不对，或者重音错了，然后你又不得不把一个句子重复六七遍，任何一本书都会变得面目可憎。然后是喝下午茶，喝完茶，我们又要弹一曲夏米娜德……跟读书一样糟糕……你们明白……音长总是不对……'露丝，重新弹那两个小节。''露丝，你必须用心记住二分音符和全分音符的不同。''露丝！行板并不意味着断奏，就像弹钢琴并不总是要弹出强音。''露丝！'哼！晚饭后，她又开始织毛线……我们在那里心急火燎地想来告诉你们下一步我们要怎么做。好了，终于到了睡觉的时间，我等了她半个小时，给你们看这个……"

她张开左手,给他们看揉成一团的纸。

"尽管我用拳头攥着它,但它还是湿了。如果不把它弄干,也许一碰就成碎片了。"她握着那团纸蹲在壁炉前,想把它烤干。

"信鸽,"她说,"是昨天晚上来的。"

"我应该提醒你切断铃铛的,"迪克说,"它肯定弄出了很大动静。"

"你怎么知道?"南希急切地问。

"我们听到了,"迪克说,"我们刚从河里上来。"

"但那是在晚饭之后啊。"

"我们回来得很晚。"桃乐茜说,"我们越过'北极',去了湖的源头。"

"非常棒的首航。"南希说着把那团纸从一只手换到另一只手,"嗯,如果你们在河上就听到了,那么你们肯定能猜到房子里的情况。姑奶奶差点吓得蹦到天花板上。我飞速冲了出去,老厨娘在那里直喘粗气。因为经历过去年的事,她知道是怎么回事。我把电线从电池上扯了下来,又飞快赶了回去。姑奶奶跟佩吉说她哈罗盖特的房子有一只电铃坏了,响得停不下来。'我们得找个人去看看。'她说,'你让它停了吗?'是的,当然,我让它停了。她说可能其他所有电铃都坏了,所以她按响客厅的电铃,老厨娘忙不迭地跑了进来,她又说没什么事……她只是想确定电铃能正常响。厨娘看看我和佩吉,我瞪了一眼厨娘,她爽快地走了,没有出卖我们。之后我没有冒险去看鸽子,但早餐之前我赶紧跑了出去。两只鸽子都回来了。蒂莫西给两只鸽子都绑上了同样内容的信……说明信很重要。他绑信绑得真不怎么样。"

"不过信里怎么说的?"迪克问。

"现在已经很干了,但是要小心。"南希说,"天哪,我身上都被烤干了。"

迪克拿起那团纸,用颤抖的手指把它抚平。蒸汽模糊了他的镜片。他没有摘下眼镜,只是轻轻擦了擦,然后开始读出来。

"大声点。"桃乐茜说。

他读道:

已经为迪克准备好了,他随时可以来。但如果没有吉姆书房里的一些东西,我就没法开始。酸:盐酸、硝酸和硫酸。氨水酊剂。试管。两只小坩埚。移液管(如果他有的话,就拿两根)。酒精灯——村子里一盏也找不到,但如果吉姆没有的话,我想我可以用煤气炉代替。过滤器。滤纸。石蕊。化学天平。邓肯的《定量分析》第二卷。迪克知道它们在哪里。很抱歉打扰你们,但我答应过吉姆,在他回来之前完成化验工作。我把两只鸽子都送了回去,以防信从其中一只鸽子身上掉下来。

蒂莫西·斯特丁

"很好,"迪克说,"明天一早,我们就把东西带给他。你能把东西送到圣甲虫号上吗?它停在港口,船里的水已经舀出来了……不过,当然了,现在里面肯定有更多水了。"他又读了一遍清单,"其实东西真不算多。只是拿那几瓶酸性物质的时候千万要注意瓶口的方向。"

南希又拿起那张纸。"移液管是什么?"她说,"我们不知道。还有石蕊？化学天平？滤纸？我们不知道哪些在书房里，哪些不在。我们根本找不到这些东西。即使看到它们也认不出来。现在肯定也不能叫他亲自来拿这些东西了，因为上次我们在马路上撞见他，姑奶奶看见他偷偷溜走了。到时我们就得解释，而一旦开始解释，事情就没有尽头了。到时一切都完了。"

"那几瓶酸性物质在有玻璃门的橱柜的最上层，上面都有标签。"迪克说，"化学天平肯定就在那附近。我没见过，但肯定在那里。石蕊试纸可能在一本小册子里。他们通常就是那样卖的，需要的时候就撕一页下来。移液管……"

"告诉我也没用。"南希说，"你不去，我们永远都找不到。你得进去给他拿那些东西。"

"但是这也意味着要解释啊，"桃乐茜说，"你不得不告诉姑奶奶迪克是谁。"

"见鬼，"南希说，"肯定不能做任何解释。解释就会出错。绝不能让姑奶奶知道这件事。只有等她上床睡觉的时候，我们才能去拿那些东西。这就是我刚才说的困难在于你们怎么进去。但我们都想好了，入室盗窃是唯一安全的方法。"

"入室盗窃？"桃乐茜瞪大了眼睛。

迪克摘下眼镜，眨了眨眼，用那双近视眼盯着火看。"他必须拿到那些东西。"他说。

"当然啦。"南希说，"我知道你会明白的。其他事情都很顺利。姑奶奶绝不会猜到是你。你们已经拿到圣甲虫号了，我们也掩护了蒂莫西，

她现在快活得很，把我们管得服服帖帖的，而我们一直表现得像天使，到最后她会对妈妈很满意，而不是生气。唯一会破坏整件事的就是吉姆舅舅回来后发现你和蒂莫西没有为他做那些化验。"

迪克伸手去拿他的雨衣。"我准备好了。"他说。

"我也要去。"桃乐茜说。

"不行，"南希说，"不能在下雨时入室盗窃，因为在地板上留下的水迹会暴露行踪。再等一天也没关系。这场雨不会下个没完的，明天就会天晴。到时还会有月亮，不会像今晚这样，你们也不用在黑夜里摸来摸去了。我会把书房的窗户打开。里面有厚厚的窗帘。你们一进去就拉上窗帘，然后就可以用手电筒了。你们只要把东西收集好，带到这里来，第二天早上再开船带着它们去船屋。噢，对了，问问蒂莫西，我们能不能在姑奶奶走的前一天都过去。我想我们到时能休息一天。这样你们就有整整两天时间做化验。你们进去后不要关窗户，那会发出很大的噪声，所以我得让窗户一直开着。我会在她下楼吃早餐之前溜过去把窗户关上。没有人会知道你们来过房子附近。"

"这要冒很大的险。"桃乐茜说。

"没办法。"迪克说。

"窗户离地面有多高？"桃乐茜说，她脑海里已经浮现出他们往窗户里爬的情景。

"你们在外面的小路上就可以把膝盖放上窗台……容易得很……好了……就这么定了……我知道能够指望你们……噢，兔子肉闻起来好香。"

"已经做好了，"桃乐茜说，"我们正要吃晚饭。烹饪书里说的一些东西我没放进去，因为我们没有，但那些东西也不那么重要。对了，我用勺子吃，这样你就可以用我的叉子。"

"我用手抓着吃就好。"南希说。

"我们也可以。"桃乐茜说。

在红色的火光下，两个皮克特人和来访的"海豹"一起吃着杰克的兔子，他们确信在厨房里做的兔子都没有这个好吃。迪克等了很久才吃上这顿晚餐，他已经饿坏了。桃乐茜吃着她第一次做的兔子，感觉就像在读她第一本书的校样。南希很享受，她觉得兔子肉很好吃，而且因为这两个皮克特人做得像模像样的，她就更喜欢了，她很开心，仿佛这顿饭是她自己做的一样。

"我相信甚至连苏珊也没做过兔子肉。"她说，"我知道我们没做过。等燕子号来了、我们都去探险的时候，我们就去抓兔子做着吃。这比吃罐头好十倍。"

"做兔子肉很容易，"桃乐茜说，"烹饪前的准备工作才是最麻烦的。"

"我们还没有找到科学的方法。"迪克解释说。

"告诉我们贝克福特怎么样了，"桃乐茜说，"你确定姑奶奶没有怀疑？"

"我昨天以为她起疑心了，"南希说，"但还好没事。她完全想错了方向。她不知怎么想的，以为是燕子号船员在附近，我们要去见他们。"

淅淅沥沥的雨已经停了几分钟了。突然，他们被轰隆隆的雷声吓了一大跳。南希还跳了起来。

"打雷了。"她说。

"我以为会早一点打雷的。"迪克说。

远处又传来另一阵雷声，雨点重重地打在屋顶上。

"我得走了，"南希说，"佩吉一定很害怕。这是她唯一害怕的事情。当然，她还怕姑奶奶。她不能忍受打雷的时候就她自己一个人。我得走了，要不就会有麻烦。暴雨也要来了，这意味着不会下很久，明天就会放晴。天哪，我全身都被烤熟了。又要洗一次澡。如果她明天下午躺下睡了，我们就去皮克特港见你们。如果我们没去那里，你们知道怎么做。等到大家都睡了之后再行动。到时你们会发现书房的窗户开着，不要弄出动静，不会有事的。"

她向门口走去。

一道闪电照亮了外面的空地。南希已经消失了。

南希在小路上飞奔，水花四溅。月亮在乌云后面时隐时现，天还是很黑。刚才在小屋她身上已经干了，但暴雨很快又让她浑身湿透。这雷真烦人。时间十分紧迫。她非常清楚，打雷的时候不能指望佩吉。又一道闪电照亮了湿漉漉的树林。一声惊雷让她绊了一下。她跌倒了，但很快就爬了起来，继续往前奔跑。

这烦人的雷。尽管这确实意味着天气会放晴。要是等到她回去了再打雷就好了。她几乎听见了佩吉的尖叫声，光着脚直跺地板。她试着回忆打雷的时候姑奶奶有没有和她们一起待过。姑奶奶知道佩吉害怕打雷吗？天哪，如果她真的知道，如果她被雷声吵醒，然后穿过楼道去训斥佩吉害怕打雷是愚蠢的行为，那可怎么办？害怕打雷确实愚蠢，但这是佩吉的一个弱点，而南希身为海盗，对此也无能为力。唯一能做的就是陪着她。而她现在却不在佩吉身边。

到了马路上，她就可以跑得更快。当她匆匆绕过房子的拐角时，又一道闪电照亮了草坪。现在，她悄悄地踮着脚尖，沿着碎石小路飞快地往前走，找到花架，开始往上爬。又是一道闪电，接着是轰隆隆的雷声。她觉得她听到了佩吉的声音。她的手摸到了窗台。她一头栽进了房间里。

"南希！南希！"佩吉低声说。

"没事，你这个怕打雷的笨蛋。"南希一边小声说道一边脱泳衣。她把衣服拧干，把泳帽包在里面，然后把这团湿漉漉的衣物放在窗台的一个角落里。

这时，她听到客房的门开了。她把湿沙地鞋塞进柜子下，一把抓起她先前搭在椅背上的睡衣，套在湿漉漉的身上，飞快钻进了被子。

"南希……我要去你床上！"

"你先闭嘴。"

有人在转动门把手。

"露丝……玛格丽特。"是玛利亚姑奶奶的声音。她们听见她在试着打开上锁的门。

"你快去让她进来……我没法去。"

由于佩吉既害怕打雷又害怕姑奶奶，所以一直犹犹豫豫的，但她还是起身打开门锁，然后赶紧溜回床上。姑奶奶拿着一支点燃的蜡烛走了进来。火焰差点被窗外的风吹灭了。

"你们晚上不应该锁门,"姑奶奶说,"我必须把钥匙拿走。噢,玛格丽特,我以为你会在露丝的床上躲着雷声呢。露丝睡了吗?"

"没睡。"南希装出一副睡意蒙眬的样子说道,她整个人都藏在被子里,只有鼻子露在外面。

"打雷下雨的时候,你们应该关上窗户,"姑奶奶说,"地板上积了好多水。"

她拿着忽明忽暗的蜡烛走到窗前。南希竖起耳朵听,时间一分一秒地流逝,她害怕姑奶奶发现窗台上的那团东西。如果现在出现一道闪电……但没有闪电。她听到窗户被关上的声音,接着听到姑奶奶从门上取走了钥匙。

"你们晚上不应该锁门。想想看,如果发生火灾,而钥匙卡住了,你们就会被困在楼上。"

南希险些告诉她说外面有蔷薇格架,不会有这样的危险。

"晚安。"姑奶奶说,"我以前听说玛格丽特在打雷的时候总是要和别人一起睡。我很高兴看到她长大了。晚安!"

她说完就走了。

突然,房间又被白光照亮了。接着又是一声比上次更近的雷响。佩吉一下子就下了床,钻进南希的被窝。

"太可怕了!"她低声说。

"确实可怕啊,"南希说,"她差一丁点就看见我的湿泳衣了。"

第十九章

"我们以前从没当过窃贼"

后来，迪克和桃乐茜发现很难记起从南希走后到第二天晚上的这段时间里发生了什么，他们只记得南希跑进雷雨中，然后第二天深夜月亮升起，告诉他们是时候开始行动了。

南希走后，他们很快就睡了，但他们躺在吊床上一直在想要做的事情。他们听到雷声渐渐消失，然后雨停了。醒来时，他们发现阳光灿烂，杰克拿着牛奶在门口笑着。他们告诉他兔子肉已经做好了，他尝了一下，说应该多放点盐。"现在你们吃了鳟鱼，也吃了兔子，"杰克说，"还要做的就是放一根夜钓绳吊鳗鱼。今天你们到桥上来，我教教你们。"他们跟他说今天去不了，但又不敢多说什么，生怕泄露了他们的重要计划。早上，迪克把圣甲虫号里的水舀干净了，然后在太阳底下晒干了船帆。下午两点，他们吃完剩下的兔子肉，到了港口。南希和佩吉也来见了他们，但只待了一会儿，只是为了确保一切照计划进行。然后他们等着月亮升起，这样就不用在外面打手电筒，也不会因为没有手电筒而被绊倒。到时窗户是开着的。"我们可以从花架上下来帮忙，但这样做很蠢，真的。人越多，动静越大，就越有可能被听到。迪克一个人进来就可以了。""但如果他被抓住了呢？""我们会一直躺在床上待命，随时准备救援。但他不会被抓住的。你们只要悄悄地进行，就不会出问题。"南希说，然后她们就径直回到姑奶奶那里大声朗诵，她和佩吉都穿着白色连衣裙，没有穿便装。迪克和桃乐茜不知不觉度过了下午。迪克想去看鸟，桃乐茜想看她的烹饪书，但他们都没有看成。桃乐茜想过上吊床睡觉，因为昨晚没睡好，还可以确保晚一点不会困，但是都没用。他们吃了晚餐，桃乐茜做的这顿晚餐很不错，她热了牛排腰子布丁。然后，太阳下山，夜幕降临，迪克拿出三脚凳来到小屋门口，坐在那里，听猫头鹰叫唤，看月亮升起。

时间慢慢地过去，守在门口的迪克终于看到高高的山顶泛起了青白色的光。"它升起来了！"他一边说一边回头看向小屋，桃乐茜正借着火光在练习本的最后几页写着什么，因为要做家务，她已经有段时间没写东西了。

"我们要等月亮真正升起来才能行动。"桃乐茜说。

"反正这里也照不进很多月光，"迪克说，"因为我们在山的这一边，还有那么多树。但是贝克福特马上就会有月光了。"

"这得冒很大的险，"桃乐茜说，"真希望我们可以不去。"

"如果南希把窗户打开了，我很快就能弄好。"

"如果她忘记了呢？"

"她不会的。但就算她忘了，我们也知道哪一间是她们的卧室。我们扔土过去，直到弄醒她。"

"不过你一向扔不准。"桃乐茜说。

"我知道。"

"我也不行。如果她起床开窗，肯定会吵醒其他人。她说开窗不可能不发出噪声。"

"她不会忘记的。"迪克一边试手电筒一边说,"桃乐茜,我觉得你的电池比我的好。"

"你最好拿着它。对了,迪克,还有一件事。我们要做窃贼了。"

"我们不是入室盗窃,"迪克说,"那是弗林特船长想给蒂莫西的东西。"

"如果我们被抓了,那就是入室盗窃。"

"我们可以解释。"

"但这恰恰是我们不能做的。"桃乐茜说。

月亮一直往上升。天空越来越亮,从树林俯瞰下方,他们可以看到长长的石墙把河那边的田地分隔开来。

"现在行动吧。"迪克说着拎起手提箱,箱子已经被清空,准备用来搬运战利品。

"我准备好了,"桃乐茜说,"只要再放几根木头,让火一直烧到我们回来。"

他们穿过空地。迪克听到桃乐茜喃喃自语:"悄悄地,屏住呼吸,千万别让人逮住……"

"噢,听我说,桃乐茜,弗林特船长要求蒂莫西使用那些东西。"

"真正的窃贼不会想那些事的。"

他们小心翼翼地走着,不是害怕触犯法律,而是因为在暗淡、变幻的光线下走路并不容易,他们沿着树林里的小路往前走。一天的暴晒已经让小河的水位下降了,水也不再泛滥,但他们还得注意脚下,以免踩到剩下的小水坑。他们来到了马路上。月光倾泻在贝克福特和它四周的树上。走到大门口，他们被窗户里射出的一道亮光吓了一跳，他们担心屋子里有人还没睡，后来才看清那只是玻璃上反射的月光。

他们竖起耳朵听。屋子里没有一点动静。

"贴着这边的树下走。"迪克说，他们悄悄地穿过阴影，绕到了草坪边上。月光照亮了房子的那一侧，他们一眼就看到，离他们最近的一楼的那扇角窗大开着。

"她没有忘记。"迪克说，"不要在碎石路上弄出声音。"

"停……停！"桃乐茜小声说，"我肯定听到了什么声音。"

"她们早就都睡觉了。"迪克低声说。

他蹑手蹑脚地从树林那边穿了过去，站在开着的窗户下。他伸手进去，沿着窗帘摸索，好不容易摸到了窗帘中间的缝隙，他把其中一块窗帘拉开三五厘米。没错，窗帘后面一片漆黑。他感觉桃乐茜的手放在了他的胳膊上。

进屋

"我把手提箱留在这里。"他压低声音说,"等我把东西递出来,你就把它们放进去。把它们放好,这样我们搬箱子的时候,那些瓶子里的液体就不会洒。"

"进去的时候一定要小心。"桃乐茜低声说。

"我用手扶着你的肩膀……没错……别动……"很快,迪克就跪到了窗台上。不一会儿,他就把脚伸进了屋里去找地板。他触到了地板,然后拨开窗帘钻了进去,窗帘在他身后合上了。他站在漆黑的房间里,摸出手电筒,不由自主地屏住呼吸。他打开手电筒,焦急地环顾四周。

没错。弗林特船长书房里的一切都和他记忆中一样,高高的书架、玻璃容器、放化学仪器的架子、挂在墙上的武器,还有一块远古时代的巨型鱼的颚骨。即使在这种紧张的时刻,当手电筒照到他们为弗林特船长一直想养的犰狳做的笼子时,迪克还是笑了,他还看到了蒂莫西的名字,提提把它写在了门上。他想起弗林特船长把那只笼子当鞋柜用。想到蒂莫西,迪克又笑了,因为那只笼子是为他设计的。然后他从口袋掏出蒂莫西捎给他的那张纸,上面是他所需物品的清单。尽管他把清单背得烂熟,但还是用手电筒照在上面,读了出来:

酸:盐酸、硝酸和硫酸。

他知道这些东西在哪里,就直接去找它们,接着在清单上打钩。他把东西一样样拿到窗台,交给桃乐茜。

"不要露出手……手……手电筒。"桃乐茜小声说,虽然这是一个暖和的八月夜晚，她的牙齿却在打颤。

"对不起。"迪克说。

"氨酊。"

他找到了就把它拿到窗前，这次他记得从窗帘伸手出去之前先关掉手电筒。桃乐茜抓住他的手腕，拉了拉。

"楼上有人醒了，"她低声说，"我肯定听到了什么。"

"可能是南希，"迪克悄悄说，"我已经尽可能快了。"

他再次打开手电筒，继续对照清单找东西，这样就能确保没有遗漏。试管。他发现一只架子上有十二根试管，最后决定全部拿走。他把它们放在桌子上。他又找到了小坩埚。只有一根移液管，而蒂莫西要两根。酒精灯，他找到后也放在了桌子上。很好，如果他们只能用煤油炉给试管加热，那就会非常麻烦。过滤器。滤纸。他把那本石蕊试纸的小册子放进口袋。找了一圈化学天平之后，他把手电筒放在桌上，让光照向房间里面，这样他能看到一点光，而外面看不到，然后，他一件接一件地把东西拿到窗户边，拨开窗帘递给桃乐茜。

"你差不多了吧？"她低声说。

"除了天平和书之外，其他所有东西都拿到了。"

他又返回去，拿起手电筒开始寻找天平。问题是他之前从没见过它。当然，他知道这是什么样的东西。他找遍了放置化学仪器的玻璃橱，但还是没找到。他在放瓶子的架子上又找了找。然后开始满屋找，还看了看书架顶上。到目前为止，他这个"窃贼"做得还不错，但就在这时，他犯了第一个错误。这样的错误也可能发生在真正的窃贼身上。也许由于时间仓促，他走得太快了，也许狲狳的笼子比他想象的要宽，他的鞋尖重重地撞到笼子的一边，那只几乎空荡荡的大箱子发出了像鼓一样的声响。

"不好！"迪克说着迅速移开，用手电筒东照照西照照，寻找小黄铜棒、小链子和天平的玻璃皿，应该还有砝码。

突然，手电筒的光落在窗帘之间，桃乐茜的手正在那里挥舞。

迪克走到窗户边。"怎么啦？"

"快出来，"桃乐茜小声说，"有人在楼上点亮了灯。"

"如果是南希，我希望她能下来。"迪克说，"我找不到天平。"

"那不是她们的房间，是客房。"桃乐茜说。

"好吧，"迪克说，"我们差不多拿齐了东西。只有天平和那本定量分析的书还没有找到。我一个人就可以把它们带走。如果有人来，我就开溜。你提着箱子回到树林那边。不要让瓶子发出响声。我很快就来……小心碎石路……"

他又返回去找天平，很快就找到了，它就在壁炉架角落那只装满洗管刷的量杯下面的扁平抛光木盒里。他很懊恼，因为一开始没有想到会在一只盒子里找到天平，里面还有砝码什么的。他把盒子放在桌子上，开始找最后一样东西，就是邓肯的《定量分析》第二卷。如果蒂莫西告诉过他书是什么颜色的就好了。

他打着手电筒沿三只书架找到了四本其他有关分析的书，但都不是他要找的那一本，就在这时，他听见楼梯咯吱作响。有人下来了！桃乐茜是对的，他必须开溜。但已经找了三只书架，他确信自己不用一分钟

就会找到那本书。如果他们不需要它，蒂莫西也不会让他拿的。他拼命地找着。

突然，他听见脚步声从大厅里穿过……去了厨房……又去餐厅……然后是客厅……接下去就要来书房了……他应该拨开窗帘逃走，还是在花园里等着，过一会儿再回来找那本书呢？但如果进入房间的人不是南希，发现窗户开着，那他回来的时候窗户就可能被关上了。不，他必须躲在房间里。躲在桌子下面？可桌子上甚至都没有桌布垂下来让他藏在里面。他的视线落在身旁那只笼子上。他打开印有蒂莫西名字的门，用手电筒照了照里面。笼子里放着靴子和鞋子，但不是很多。他小心翼翼地把里面的一些东西迅速拿了出来，放到地板上，然后把脚伸进去，接着整个身子钻了进去。随后他把笼子门关上，关掉手电筒，在黑暗中等待。

有人在开书房的门。现在没时间去想从窗户逃走的事了。那人在转动钥匙，接着就站在了敞开的门口。迪克通过他藏身之处的一条缝隙看到房间里亮灯了。他听见有人走了过来，但那脚步声不是南希的。接着他听见有人不耐烦地小声嘀咕着什么，有些人怪罪别人做错了事的时候就会发出这种声音。他听见窗帘环发出微弱的声响，然后窗户被猛地拉了下来，接着是金属扣件的咔嗒声。那人又从地板上走了过去。灯熄灭了，门也关上了。钥匙在锁里转动。那人穿过大厅，走上咯吱作响的楼梯。

迪克深深地吸了一口气，一开始，他觉得似乎过了一个小时。他躺在那里竖着耳朵听，左腿有一点抽筋。笼子里没有空间伸展，因为害怕把挤在里面的靴子和鞋子弄出声音,他无论如何也不敢动。即使他尽可能地保持不动,躺在黑暗中,每次呼吸的时候,也无法阻止那两只靴子还是鞋子或别的什么东西相互摩擦,皮革贴着皮革发出刮擦声。他因为腿抽筋而咬紧牙关,楼梯的咯吱声消失后,他又等了几分钟。幸好他让桃乐茜带着箱子和其他东西走了。刚才来房间的一定是姑奶奶本人,如果桃乐茜还等在月光下的窗外,那么姑奶奶打开窗帘迎面看到的就是她的脸。

他一点一点地把自己从笼子里挪出来,当靴子移动并发出黑夜里雷响般的噪声时,他停下了,屏住呼吸。安全出来后,他坐在地上,用力揉搓小腿,然后揉了揉膝关节内侧。这是缓解抽筋的方法。他伸出腿,尽量把脚趾往上翻。很好,不再抽筋了,尽管站起来的时候他还是感觉到了一阵抽痛。房间里再次寂静无声。

他打开手电筒,环顾四周。一切都和之前一样。装有天平的小盒子还放在桌上,那是他放上去的。没有什么变化,只有他知道厚厚的窗帘后面是一扇紧闭的窗户。

突然,他听到楼上传来说话声。

"不,露丝,我只想确定你在床上。有人很粗心,把书房的窗户打开了。"那一定是姑奶奶。然后他听到有人含含糊糊地说话……不知道是南希还是佩吉。接着又是姑奶奶的声音:"不,你不用下去了,我已经关好了。早上我必须和厨娘说说这件事。"

他关上手电筒,生怕有一丝光线从书房的门下面漏出去。

他听见楼上先关了一扇门,接着是另一扇。姑奶奶一定回到了她的

卧室。现在怎么办？南希和佩吉肯定认为东西都被拿走了，他和桃乐茜已经安全离开。而桃乐茜还在花园等着，不知道发生了什么。他还在这座房子里，要找到那本书、打开窗户才能逃出去。可南希说过这扇窗户非常棘手。他蹑手蹑脚地朝窗户走去。不，他必须先找到那本书，在最后一刻才能打开窗户，以防弄出声音。无论发生什么事，他都必须拿到那本书，否则整个"偷窃行动"就白费了。蒂莫西可以去里约买化学品，但买不到那本书。书和天平是最重要的。

他又转身走向书架，用手电筒照着书脊。他已经找遍了这只书架，还有上面那只。于是他沿着下一只书架找。上面有采矿的书、关于秘鲁的书，还有关于荷属东印度群岛的书。最后，他终于找到了它，那是一本灰色的书，挤在两本书中间。他把它抽了出来，确定是这本后，把它放在桌子上，听了听，又悄无声息地溜到窗前。

他想推开窗帘，发现要够到窗帘上的挂钩就必须先爬上窗台。那只挂钩怎么也打不开，他不得不冒险用手电筒照亮它，看看那东西到底是怎么回事。很快挂钩就打开了，咔嗒一声，那声响比他想象的更大。现在要打开窗户了。他从窗台上滑下来，抓住底部的手柄，试图往上提。他猛地一拉，嘎吱一声，手柄上去了几厘米。他又试了试，但那东西卡住了。他不顾一切地用力一拉，窗户弹了起来，嘎吱嘎吱，接着发出一声巨响，似乎震动了整座房子。南希说过没人能悄无声息地打开那扇窗户，她是对的。

迪克迅速推开窗帘，拿起那本书和装有化学天平的盒子。他刚要从窗户出去，一个声音从他上方某个地方喊道："是谁？"

246

他等了等，听到楼上有门打开了。她是不是又要下来？迪克伸出一条腿，接着伸出另一条腿，他庆幸地发现月亮已经偏向了一方，尽管草坪上依然很亮，但房子一侧有一道狭长的阴影。他哧溜一下跑到碎石路上。

"站住，我看到你了！我有枪，我要开枪了！"

"噢，玛利亚姑奶奶，您不能开枪！"那是佩吉的声音，因害怕而异常尖锐。接着又传来南希的声音，几乎是在大喊："不过，玛利亚姑奶奶，您没有枪啊。"

迪克飞快地跑着，也不在乎什么声音了，他绕过了房子的拐角处。桃乐茜拿着手提箱在树荫下等他。她几乎说不出话来。"迪克……噢，迪克！"

"她不可能看清阴影中的我。"迪克说，虽然此时他也不太确定。

"我看到她在窗户边，"桃乐茜小声说，"她拿着一盏灯。你做什么了？窗户关上的时候，我以为她抓住了你。"

"快点，"迪克说，"我们得走了，大家都醒了。"

瓶子在手提箱里叮叮当当地响。

"我拿箱子，"迪克说，"你拿这些。不管发生什么，我们都不能打破瓶子。"

他们在贝克福特大门口回头看了看，发现窗户里的一盏盏灯把楼梯照得通亮，这次不是月亮的反光了。不一会儿，前门的玻璃后面透出了灯光。

"窃贼"们没有再说话，匆匆逃出大门，然后尽可能不出声，踮着脚

尖沿马路一侧的阴影走着。他们爬上了通往树林的小路，迪克这才开口说话。

"我们现在没事了。"他说。

"不过她去弗林特船长的书房里时，你在哪里？"

"我犯了严重的抽筋。"迪克说。

"那你在哪儿？"

"我的左小腿抽筋了。"

"我问你当时在哪儿？"

"我钻进了我们为蒂莫西做的笼子里，那时我们还以为蒂莫西是狍猔的名字呢。"

桃乐茜在树下等了那么久，而迪克一直在房子里，还差点被姑奶奶搜查到，那时她真的想哭，现在却突然笑了，不是她平常的浅笑，而是像那种停不下来的咳嗽一样，笑个不停。

迪克抓住了她的胳膊。"桃乐茜，"他说，"别笑了。"

"对不起。"桃乐茜说。

回到小屋，迪克点燃防风灯，打开手提箱。所有东西都好好的，他把箱子靠在墙上，这样瓶子就是竖着放的。

"我们都拿到了。"他说。

桃乐茜跪在地上，对着壁炉里的灰烬吹起火来，她已经往里面加了一些新树枝。

"我们是不是最好去睡觉？"迪克说，"明天应该还要早起。"

"经历了刚才的事，"桃乐茜说，"我可没法睡啊……至少现在还睡不着。我去做一点可可。我相信苏珊也会这样做。只是苏珊绝不会半夜入室偷东西。"

树枝烧了起来。没过几分钟，水壶下就燃起了大火，桃乐茜在他们自己家里温暖的火光中，忘掉了恐惧，刚才等在树下听到书房窗户被关上，而迪克还在里面，她真的很害怕，现在她又恢复了原来的样子。这将是一个非常不错的故事！

"他们躲开子弹，带着心爱的战利品逃走了。窃贼们安全地逃离追捕，回到老巢，对着钻石项链和金链子大饱眼福……"

"如果我早点找到那本书，"迪克说，"我早就出来了。不过我找了很久才找到天平。我应该一开始就去找它，其他的东西没那么重要。"

他们做了可可，一边搅拌一边慢慢地加入热水。

"我确定她们都会这样做。"桃乐茜说。

"做什么？"迪克啜了一口饮料问道。

"我说的是窃贼的老婆们。"桃乐茜说，"我肯定窃贼带着赃物回家的时候，她们都准备好了热可可。"

"真希望我们出来的时候，她没有听到任何动静。"迪克说。

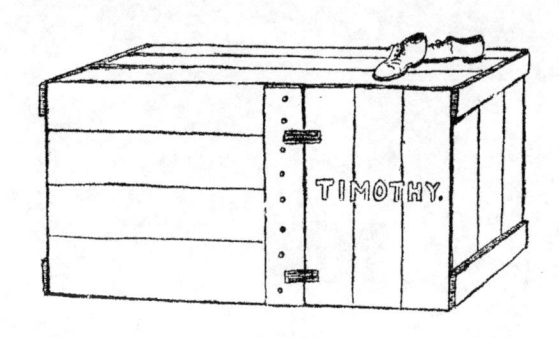

第二十章

警　察

"窃贼"们直到凌晨一点多才上床睡觉，早上醒得很晚，不过等他们起床穿好衣服、烧开水准备吃早餐时，杰克才带着牛奶赶过来，而且还带来了爆炸新闻。

"你们晚上没听到什么动静吗？"他问。

"听到什么？"桃乐茜问道，她已经给他准备好了空瓶子。

"老妈妈李思维特说有窃贼闯进了贝克福特。"

"什么！"桃乐茜说。迪克没说什么，只是盯着杰克。

"她知道，她儿子是警察。"杰克说，"我还问了贝克福特的布雷思韦特太太，但她什么也不肯告诉我。"

"布雷思韦特太太是谁？"迪克问。

"就是厨娘。"桃乐茜说，"继续，杰克，她都说了什么？"

"她让我该干吗干吗，她不能透露消息给我，"杰克笑着说，"所以我完全可以确定是出事了。可惜的是，你们在这里错过了。你们什么都没听到吗？我估计窃贼没办法才弄出那么大动静的。真希望我看见了他们，我一定会拿枪把他们打死……这样……"他拿起那只空奶瓶做出瞄准的姿势，仿佛那是一把手枪，"然后我就能从警察那里获得一枚奖章。"

"你……你认为他们会抓到窃贼吗？"桃乐茜问。

"当然会。"杰克说，"呃，前年我们的羊被偷了，他们一直追到肯德尔镇才抓到那个家伙。我现在要走了，我得告诉爸爸小心他们，给枪

上膛。"

说完，杰克匆匆离去。

他站在小屋门口的时候，桃乐茜一直忍着不去看那只手提箱，大部分"赃物"就装在里面，箱子靠在墙上，是昨晚迪克放在那里的。现在杰克走了，她和迪克就死死地盯着它，还瞥了一眼装着化学天平的木盒和邓肯的《定量分析》，那两样东西都放在壁炉上方的架子上，一览无余。

"我们应该把它们藏起来的。"桃乐茜说。

"他没看到它们。"迪克说。

"假设警察来找……"

"我们得赶紧把它们送到蒂莫西那里。"

"早餐都准备好了。"桃乐茜说。

迪克拿起盒子和书，把它们和手提箱里的其他东西放在一起，然后把箱子放到另一只箱子旁边，用他吊床上的毯子把两只箱子盖上。"我们别洗餐具了。"他说，"如果我们早点起床，现在已经把东西送到船屋了。"

匆匆吃完早餐之后，他们关好小屋的门，穿过树林走到马路上。他们不敢走小路，害怕警察可能会上来，碰见他们拎着手提箱。他们翻越围墙之前停下来等了等，竖起耳朵听脚步声。他们什么也没听到，于是穿过马路，翻过那扇通向田野的大门，溜进了贝克福特小灌木林的边缘，来到皮克特港，没被任何人发现。他们把箱子放在船中央靠着活动船板，

这样瓶子的瓶口就会朝上。他们把船从柳树旁推开，驶出芦苇丛，穿过睡莲中的航道。

桃乐茜拿起了桨，迪克则靠在船尾，把船舵固定在它原来的位置上。

"风正好。"迪克发现船舵在轴销上自由摆动之后，抬头看着天空说道。

"为什么这么说？"桃乐茜说，"南希说在河里用活动船板是不安全的。"

"就是这个意思。我们不需要活动船板。如果把帆升起来一点，船就会悄无声息地被风吹着驶出这条河。船桨吱吱呀呀的，声音太大了。"

"那是因为它们是新的。"桃乐茜说，她一直拼命想让船桨不发出声音。

"我们把桨收起来，"迪克说，"半分钟我就能扬起帆。"

"只要姑奶奶不往窗户外看就没问题，"桃乐茜说，"动作要快。我们已经驶进河里了。"圣甲虫号顺着水流漂离了章鱼潟湖。

"好了，"迪克说着快速跑到船尾，并把升降索交到桃乐茜手里，"现在拉它。不是全部升起来，只要把帆拉上去一点，让它迎着风走。等我们驶出去了，再把帆升起来。"

桃乐茜拉了拉。帆桁上去了，转了一圈，而横杆还在船舷上缘。

"这样就可以了，"迪克说，"就这样拉着，如果有什么问题，你可以松开。船行驶得很顺利。"他们现在已经到河上了，飞快地经过了小灌木林。

"我们马上就能看到那座房子了。"桃乐茜说。

"船没有发出一点噪声。"

但是,当那座房子出现在修剪一新的草坪后面时,他们俩还是忍不住瞥了一眼昨晚的"偷窃现场"。

他们倒吸一口气。似乎所有人都聚在房子前面。他们看到了南希和佩吉、看到了老厨娘,还看到了姑奶奶本人,她正用她的手杖指着书房的窗户跟一名警察说话。而两个"窃贼"正从他们眼前驾船驶过,带着手提箱和所有的"赃物"。

就在这时,风开始变小。也许是因为船被树林遮住了一部分,圣甲虫号不再快速掠过水面,它越行越慢,只不过是随着水流在漂。两个"窃贼"总想着警察或姑奶奶会转身看到他们。

"只有几米远了,"迪克悄悄地说,"而且就要起风了。"他向上游瞥了一眼,看到了水面上的涟漪。他驾驶着继续漂流的圣甲虫号,试图保持原来的航向,以免起风的时候,风吹着帆会发出噪声让所有人都听到。

很好,很好,他的脖子后面又感觉到风了。那一小片船帆正在鼓起来。再过一分钟,他们就会驶到船库的那一边,从众人的视野里消失。房子前面到底发生了什么?那个大个子警察正趴在地上检查地面。是在看碎石路,迪克想。幸运的是那不是花坛。其他人都看着警察。突然,佩吉转过头,看到了他们。迪克好像看到她张大了嘴,不过没听到她喊叫,而是猛地咳了一阵。厨娘、姑奶奶和警察都没有注意到,但是,就在圣甲虫号驶到船库那一边的安全地带时,他发现南希肯定看见船了。南希正看着姑奶奶和警察,但她的一只手在背后画着圈。他们很快就安全了。圣甲虫号已经越过船库,越来越快地向湖泊驶去。

"你看见南希了吗？她是什么意思？"迪克问。

"她的意思是让我们继续往前走。她高兴得不得了。她猜到我们已经把东西搬到船上了。但是迪克，如果那个警察在树林旁边发现了我的脚印，那可怎么办？"

"他可能不会看那个地方。"迪克说，"总之我们什么也做不了，只能把东西拿给蒂莫西。"

"但这不仅仅是入室盗窃的事。"桃乐茜说，"如果我们被抓，一切就暴露了。南希就得交代她为我们打开窗户的事，蒂莫西也得解释，然后姑奶奶……"

"听着，桃乐茜，你过来掌舵，好吗？我要把帆全拉起来。不，你先别放开升降索，直到我抓住它。"

这一次他们没有忘记任何步骤。先放下活动船板，然后把帆拉了起来，桃乐茜掌舵，圣甲虫号绕过了贝克福特岬角。

"我得把横杆放下来一点。"迪克说。

"不会有问题的。"桃乐茜说，她回头看了看，就好像希望看到警察划着贝克福特的小划艇来追他们。

"现在好多了，"迪克快速弄好索具之后说，"朝长岛这边走。现在是西风，船肯定会走得很顺利。"

"你来掌舵吧。"桃乐茜说，"不管怎么说，我们把东西都拿到了。"

他们不再交谈了。只要圣甲虫号载着货物，最重要的就是把它开到目的地，然后把货交出去。他们两人时不时回头看一眼，看到岬角越来越小。没有人在后面追他们，但他们并没有感到安全。岬角后面发生了什么？警察有没有在树下的软泥上发现他们的脚印？南希和佩吉会不会说漏嘴？每次桃乐茜往后看时，都希望看到有人站在岬角那里，那个警察正通过望远镜观察，并告诉姑奶奶："小偷在那边！"或者他会给总部打电话？他们会不会遇到一艘划艇或快艇从里约湾飞快驶来，船上有一队身穿蓝色制服的警察匆匆忙忙地准备拦截圣甲虫号？"箱子里是什么？"警察会问。他们会被当成罪犯抓去里约吗？在不知道那些人到底发现了什么的情况下，他们要怎么回答才安全？

"现在是圣甲虫号最快的速度吗？"桃乐茜问。

"我不知道。"迪克说，"现在这样是横风行驶，书上说你必须把整张帆都拉起来，但又不能把帆绳拉得比你想的还紧。我正在努力找最佳的位置。如果是南希或者汤姆来驾驶它，速度肯定会更快。"

也许南希和汤姆·达钦掌舵会做得更好一点，但迪克已经做得相当不错了。湖水在圣甲虫号龙骨前端的下方翻腾。现在船有一点倾斜，但不是太厉害，它的尾波很长（不过没有那么直）。里约和它拥挤的湖湾消失在长岛后面。他们经过了一座座更小的岛。一艘船载着一群人在一个小湖湾钓鲈鱼，他们几乎没看到这艘船，圣甲虫号匆匆赶路，那艘船很快又不见了。圣甲虫号来到长岛远处的开阔水域，迪克调转船头驶上了新航线，前往船屋港。

"对不起，对不起！"他惊呼道，"嘿，看看那些瓶子有没有事。"

他又调转船头，这次几乎与原来的航线成了直角，随之而来的一阵风把船帆甩了过去。桃乐茜的头险些撞到横杆上，手提箱也被刮倒在地。迪克差一点让船迎风驶去，但他及时阻止了，勉强躲过第二次变道，然

后他慢慢松开帆绳，再次稳住了船。

"我的错，"他说，"对不起。"

桃乐茜连看一眼箱子里的东西都感到内疚，但她很高兴地发现里面的东西都没被打破。

圣甲虫号顺着风直奔那艘蓝色的老船屋。

"没有旗帜，"迪克说，"但是前几天也没有。"

"如果他不在，我们该怎么办？"

"他可能去找我们了，因为我们昨天没带东西来。"

"他可能撞见了那个警察。当心，迪克，那艘轮船会撞翻我们。"

那是一艘大轮船，甲板上挤满了乘客，正从里约驶向湖的下游，他们顿时有了很多想法。迪克判断了一下船速，觉得圣甲虫号能轻松超过大轮船，并且沿航道一直往前走。他想得很对，但他忘了紧随在船尾的大波浪。轮船越过了圣甲虫号的船头，乘客们兴高采烈地朝小船挥手，接着圣甲虫号很快就被波浪甩了出去。迪克和桃乐茜拼尽全力抓住船，无助地看着行李箱倒下，从船的一边滑向另一边。

"好吧，如果现在它们还没摔碎的话……"当船终于停止颠簸的时候，迪克说。

轮船上的人还在挥舞着手帕。

"他们认为我们这样做是为了好玩。"桃乐茜痛苦地说道。

"看看箱子里的东西吧。"迪克一边说一边再次稳住了圣甲虫号。

这是一个奇迹。刚才震得厉害，但没有任何东西被打破，连瓶塞也没掉出来。等桃乐茜把所有东西都收拾好、再次把箱子靠在活动船板上

的时候，他们已经接近船屋了。

风直接吹向湖湾，船屋靠着系船浮筒停泊在湖上，就在他们正前方。

"他又不在这里。"迪克说，他发现船屋旁边的护舷垫上没有停靠划艇。

"我们还是把东西放在这里吧。"桃乐茜说。

就在这时，船屋摆动了一点，他们看到了停在船尾的划艇。"很好，很好，"迪克说，"没事了。桃乐茜，你能不能解开升降索？我不打算沿着侧边把船开过去……对……快……不要完全松开它。双手交替着往下……还不行……等到帆拍打起来……我会告诉你什么时候……"

他猛地拉下舵柄，圣甲虫号一头扎进风中，帆拍打起来。他拉紧主帆索。"好了……桃乐茜……就是现在……往下……往下……我是说把帆放下来。"

帆降了下来。

"没关系。"看着桃乐茜在帆下面手忙脚乱，迪克说道，"没关系，只是有一点点掉进了水里。不管怎么说，帆下来了。"他把帆和桅杆捆在一起，然后准备好桨架。虽然忙得上气不接下气，但他很开心。他把桨拉出来放在桨架上，开始划船。"噢，麻烦了，"他说，"我忘记活动船板了。"他把活动船板拉上来，用一支桨划船，另一支桨往后拨水，就像他看到汤姆·达钦急速调转山雀号时做的那样，小心翼翼地把圣甲虫号带向船屋。

"我们绝不能撞上去！"他大声说，"桃乐茜，准备好，别让它撞上去。"

Arthur Ransome

"你们好呀!"

高高瘦瘦的蒂莫西弯着腰从舱门里走了出来,怕撞到头。

"噢,太好了。"桃乐茜说着,慌忙去找圣甲虫号的系船绳。

"我好像是听到了一点水花声。"蒂莫西说。本来还为水花声感到相当羞愧的迪克突然为自己的举动感到高兴。现在蒂莫西在船屋的甲板上,无论是用带钩的撑篙还是系船绳,靠岸都要容易得多了。

"嘿,桃乐茜,"蒂莫西说,"如果你把系船绳抛过来,我就能接住。"

她把系船绳抛了过去,可蒂莫西不是弗林特船长那样的水手,而桃乐茜也没练习过把绳子卷起来再抛过去,这样卷起来的绳子才能依靠重量飞过去。绳子扔到了船屋那边,但蒂莫西没有接到,他们看着绳子的一头滑进了水里。

"我把船再靠近一点。"迪克说,桃乐茜又把系船绳拉了过来,幸好南希和佩吉不在这里看。

第二次接绳子时,蒂莫西接住了,像所有未出过海的人一样,他刚接到绳子就开始拉起来。

"请不要拉!"迪克大喊道,"挡开,桃乐茜,否则我们会撞上。"

"对不起,"蒂莫西说,"你们这些水手得告诉我该怎么做。"

他们一起努力把圣甲虫号安全地停靠在船屋边小梯子旁的护舷垫上。

"南希把我要的东西送来了吗?"蒂莫西问。

"都在我的箱子里。"迪克说,"我在你的清单上标出来了。"

蒂莫西俯下身子,迪克小心翼翼地把箱子递了上去。蒂莫西一下子就打开了它。

"没有破损。"他说,"而且你把天平拿来了,还有那本书。太谢谢你了。我一直很想要这些东西。你们上来吧。"

"你还没开始做化验?"迪克问。

"没有这些东西就做不了。"蒂莫西说,"你要来帮忙,是吧?"

他们爬上了船,蒂莫西提着箱子,带头走进船舱。他马上打开箱子,把东西拿出来放在桌子上。他的客人们简直不敢相信这就是一年前他们看到的那间整洁的船舱,现在舱内乱糟糟的,某种程度上比"北极"探险者们在那里忙着用羊皮做帽子的时候还要糟糕。一张大地形测量图钉在两扇窗户之间。船舱两边的长座椅上铺满了纸。桌子的一头放着像是前一天的早、中、晚饭吃剩的东西,另一头则摆满了盘子和碟子,每只里面都放着一小堆铜矿石,上面还有一张写着数字的小纸条。

"有点像化验师的店铺。"蒂莫西说,他给箱子里的最后一件东西找位置时碰巧看到了桃乐茜的脸,"但是,我们不能在吉姆的书房里做化验……对了,关于借东西,南希在老夫人那里有没有遇到什么麻烦?"

"是我拿到了那些东西。"迪克说。

"那老夫人不介意吗?"

"她不知道。"迪克说。

"可是你进去拿东西的时候她没看见你吗?"

"没有。"迪克说,刚才桃乐茜向他使了一个眼神。

"我们现在可以开始了。"蒂莫西说,他拿起信鸽送过去的清单,在迪克用铅笔做记号的东西上用墨水笔打了钩,"你把东西都带过来了。"

"你要开始了吗?"迪克问。

蒂莫西瞥了一眼时钟。"最好马上开始。不过,我们得弄点东西吃。"

"我来弄吧。"桃乐茜说。

"你比我弄得好。"蒂莫西说,"从那扇门进去,你能找到很多吃的。我们吃什么都可以。"他拿起那本定量分析的书,开始翻页,寻找他想要的一个公式。

桃乐茜走到前舱,发现厨房的情况很糟糕,如果是苏珊的话,肯定会大吃一惊。她回头看了看,蒂莫西正在看书,她和迪克对视了一眼,示意他过去。迪克跟着她进了门。

"他不知道入室盗窃的事,"她说,"我们最好什么都不要说。"

"不管怎么说,"迪克说,"那不算入室盗窃。他拿到了东西,弗林特船长说他可以使用它们。"

"我很高兴我们把东西都交出去了,"桃乐茜说,"但我真的很想知道贝克福特发生了什么。我们吃黄油鸡蛋吧,"她接着说,"他有很多鸡蛋和黄油,我会做这个。但煎锅脏兮兮的,而且没有一只干净的盘子。你回去和他待在一起吧,我清理一下。苏珊如果看到厨房是这样的情况,才不会做饭呢。"

迪克回到主舱,发现蒂莫西正忙着工作,从书上抄东西。他看了一会儿,然后又回到桃乐茜那里。"他还没准备好,暂时用不上我。"他说。

"你把那条毛巾拿过来。"桃乐茜说,"我已经把煤油炉点燃了,水也很热了,我来洗,你来擦。"

足足过了一个小时,蒂莫西才再次想起他们。突然,他们听到他砰地放下书,不一会儿,蒂莫西弯着腰从门里钻进了前舱。"嘿,"他说,

"现在两点了，你们一定饿坏了。"然后他看见迪克正在擦拭最后一堆干净的盘子，桃乐茜正焦急地把鸡蛋打进盆子里，与此同时，他还看见一大块黄油正在炉子上的煎锅里融化，"你们太好了，"他说，"把这里打扫得这么干净。恐怕我会破罐子破摔。"

"这是在做黄油鸡蛋，"桃乐茜说，"但可能会有一些蛋壳。"

"没关系，"蒂莫西说，"有人做饭就行了，只要不是我，改变一下很好。我们一吃完它，迪克和我就可以开始工作了。"

没过多久，他们围坐在桌子的一头，在一堆样品、瓶子和化学仪器中腾出放盘子的地方。他们吃着黄油鸡蛋，喝着弗林特船长留下的从商店买来的姜汁啤酒，听蒂莫西讲那座新铜矿上发生的事情，去年夏天他们和燕子号、亚马孙号船员一起勘探金矿，结果找到了新铜矿。一切都非常顺利，蒂莫西要在弗林特船长的书房里分析的样品都在这里，他打算在他的搭档回来之前完成工作。就在他们快吃完饭的时候，又出现了一个尴尬的场面。

"那个老夫人有点烦人。"蒂莫西说，"但现在没关系了，她把我们想要的东西都给了我们。她不可能像南希想的那么坏。"

迪克和桃乐茜对视了一下，想起了昨晚的事，仿佛再次看见了那个警察在姑奶奶的指引下寻找他们踪迹的可怕画面。

"其实并不完全是这样，"桃乐茜开口说道，"你也知道……"

她被舱门边一声欢快的叫喊打断了。

"船屋，啊嘿！"

"谁说我们会撞到油漆上？你们甚至都没听到我们上船。"

穿着白色连衣裙的南希和佩吉冲了进来。

"姑奶奶吃了一片阿司匹林,然后去睡觉了。"南希说,"谢天谢地。你昨晚把东西都拿上了吗?都在这里?干得好。我们已经把警察弄得晕头转向了。"

第二十一章

他们发现了我们

"警察？"蒂莫西盯着新来的客人说，"什么意思啊？"

南希笑了。"情况一度看起来相当糟糕，不过现在没事了。对了，你们真拿到了所有东西？我们看了一圈，但没发现少了什么。"

"他都拿上了。"桃乐茜说。

"很好，虽然你在她关上窗户后又回来打开有点傻气。你打开窗户干什么？我告诉过你那扇窗户会弄出很大动静。"

"我没有办法。"迪克说，"我试着轻轻地打开，但它卡住了，然后又突然弹开了。"

"那你为什么还管它？"

"没有其他地方可以出去啊。"迪克说。

"我的天哪！"南希惊呼道，蒂莫西挨个看了看他们，完全不懂他们在说什么，"天哪！你不会是说你当时就在里面，亲眼看着她到处查找？"

"我看不到她，"迪克说，"但我知道她在那里。"

"但她为什么没看到你？"南希说，"她拿着一盏灯啊。"

"我知道。"

"可是除了窗帘后面，也没别的地方可以躲藏。因为她要关上窗户，所以肯定会看那里。"

"我在蒂莫西的……我是说犰狳的……你们知道的……那只鞋柜里。"

南希张大了嘴巴。"天哪！"她喘着气说，"你在那里面……你和她都

在书房里！"

"听到她关窗户的时候，我还以为他被抓住了呢。"桃乐茜说。

"天哪！"南希又惊呼起来。她拿起那只装着化学天平的扁平木盒，"她到底说对了。听着，这是你拿走的其中一样东西吗？她在里面关窗户的时候，它是不是在桌子上？"

"我想是的。"迪克说，"没错，我听见她下楼之前刚找到它。然后我去找书，就把它放在了桌子上。当时我们已经把其他东西安全地拿走了。"

"天哪，我们不知道这件事还真幸运。就是那只盒子让萨米安心了。他问姑奶奶里面有什么，她不知道，然后他问我们，我们当然也不知道。"

"萨米就是那个警察。"佩吉解释说。

"究竟发生了什么？"蒂莫西说。

"入室盗窃。"南希说，她的声音既严肃又欢快，"只能这样做。你知道的，迪克是唯一一个认识你要的那些东西的人，所以他不得不进去拿它们。我们不能在光天化日之下把他带进家里而不告诉姑奶奶，我们当然不能那样做。到时我们还得跟她说你的事，所以只能入室盗窃了。我把窗户打开，让窃贼进来，他进去了，然后就出事了……"

"我们听着很害怕。"佩吉说。

"一点也不恐怖，"南希说，"至少在听到动静之前没什么好怕的。"

"我不小心踢到了蒂莫西的……鞋柜。"迪克说。

"就是那个声音，是吧？"南希说，"唉，接下来发生的事情就是姑奶奶走上楼梯平台往我们的卧室里看了看。我们当然都在睡觉。然后我们听见她下楼了，于是马上起来做准备，如果最坏的事情发生了，我们就冲下去解释。如果非这么做不可，那情况一定是相当糟糕的。我们装作天使哄她高兴的计划就全破灭了。"

"天使！"蒂莫西小声嘀咕道。

"实际上是殉难者。"桃乐茜说，她听到了蒂莫西的话，"你不知道她们过的日子有多可怕。"

"然后我们听见她把下面的窗户关上了，但没有说话的声音，所以我们以为窃贼已经逃走了。我们唯一关心的就是迪克是否有时间去拿所有的东西。我们听到她锁上门，又上了楼。她直接来到我们的房间，这次我们都很清醒，当然是因为楼下的动静。她说有人，意思是我们中有人粗心大意忘记关窗户了，然后她就怒气冲冲地回客房了。接着……砰的一声，那扇窗户真的打开了。我们想不明白发生了什么，但听到这样的动静之后，也不用假装没有听到，所以我把佩吉拉了出去。灯光从客房门下的缝隙里透出来，我想我们最好还是进去，于是我们进去了，姑奶奶正探身窗外，说她要开枪。她说有人在花园里。当然她没有枪。我说得很大声，担心躲在下面的迪克以为她有枪。不管怎么说，就算是装模作样，她也挺能冒险的。我从没想过她还有冒险精神。"

"你们也知道，她是你们的姑奶奶。"蒂莫西笑着说，"不过，听着，南希，如果我之前想到事情会变成这样，肯定不会要那些东西了。"

"开玩笑！"南希说，"你必须拿到那些东西，而偷是唯一的办法。迪克和桃乐茜做得非常好。只是有点倒霉，踢到了你的笼子……但也有一

268

点好处，迪克发现了它，还及时钻了进去。"

"我很高兴它是有用的，"蒂莫西说，"我一直觉得那东西在我这里就是浪费。"

"噢，它对你来说太小了。"南希说。

"就是对我来说也有点小啊。"迪克说。

"她说要开枪的时候你不着急吗？"佩吉问。

"是的，有一点，"迪克说，"特别是她说她能看见我的时候。然后我想起墙是在背阴处，她无论如何也看不到下面，除非她有长颈鹿那样的长脖子……或者鸵鸟的脖子。"他补充说。

"我一直等着枪响。"桃乐茜说。

"嗯，这事办得非常成功，"南希说，"而且他们现在很安全。唯一的问题是，厨娘要辞职不干了。她再也忍受不了了。她在第一天就想辞职，然后因为牛奶的事情又想一走了之。"

"但那就糟糕了。"桃乐茜说。

"如果她坚持的话，那真的会很糟糕。"南希说，"我们只要让她把话收回去，但在姑奶奶离开之前，说什么也没用。"

"继续说，"蒂莫西说，"后来发生了什么？警察是怎么介入的？一旦他们插手，就不知道会查出什么了。"

"你都知道些什么？"南希说，"你以前被他们通缉过吗？"

"只是在秘鲁。"蒂莫西说，"你们的吉姆舅舅是不是从没跟你们说过我和他当时……唉，别提这个了。继续说吧，我们现在的情况有多糟糕？"

"一点都不糟糕,"南希说,"情况好得很。多亏了姑奶奶说她确定看到了窃贼。"她停顿了一下。

"继续说。"蒂莫西问。

"好吧,就算有人被警察通缉,那人也不是迪克。"南希咧嘴笑着说,"这是一方面。她说那是一个瘦高的男人,戴着一顶破毡帽。她说以前见过他,那人见到她就溜走了,行为非常可疑……"

"但我当时并不在那里啊,"蒂莫西说,"而且我只见过她一次。"

"嗯,她甚至描述了你的穿着。灰色长裤,膝盖那里松松垮垮的,棕色外套,不是很合身,可能是偷来的。"

"我的天哪!"蒂莫西说。

"没事的。"南希说,"萨米这个警察还真厉害。他问姑奶奶是否能在月光下确定颜色,她只好解释说她是在白天看到的,说你当时在'流浪'……对,她用的就是这个词……在马路上鬼鬼祟祟地流浪。"

"可是……"蒂莫西说。

"那么她根本没有看到迪克。"桃乐茜说。

"她不可能看见。"迪克说。

"接下来……"

"这是什么时候的事?"

"今天早晨。"南希说,"她半夜给警察打了电话,但他们一个人也没派来。今天早晨,我们刚吃完早餐,萨米就来了。我想他们派他来是因为他知道贝克福特,他的母亲就住在附近,还是我们妈妈的老保姆。"

"希望他认识你们。"蒂莫西说。

"噢，是的。"南希说，"这事简直太精彩了。因为他马上就说这可能是我们在玩什么把戏，然后姑奶奶大发雷霆，她问他是不是把她当傻子。她告诉他，下楼前看到我们俩在床上，她关上书房的窗户又上来的时候我们还在。她跟他说她第二次听到窃贼进来时，我们还在床上，而当她看到窃贼匆匆离开时，我们就在她的房间里。萨米神情严肃地听她讲，在笔记本上写写画画，说他想弄清楚一点，那人是不是进来了两次？姑奶奶说当然了，而且她可以作证。然后她就开始絮絮叨叨地说起她关窗户的时候，那个带有吉姆舅舅名字的木盒在书房的桌子上，等窃贼逃跑之后她第二次下来时，木盒却不见了。而萨米不愧是一流的警察，他问她盒子里面有什么，她说不知道，她还问我们，我们也不知道。幸好我们对那些化学用品从来不感兴趣，当然，除了烟花之外。实际上，我们甚至都不知道盒子在那里。那里面到底是什么啊？"

"化学天平，"迪克说，"用来称重的。"

"嗯，姑奶奶不知道。后来警察让她把被盗的东西列一份清单给他。这让她相当为难。'银器？'萨米问，'还是鸡鸭鹅什么的？那是他们通常会偷的东西。'我们全都挤进了书房，到处寻找，但是没有人发现丢了什么。我们开始担心迪克和桃乐茜没有把东西拿走。姑奶奶还在继续说那只盒子。萨米在他的笔记本里写下'失踪物品'。我们看到了。他还在下面写了'小木盒，内容不详'。'上面有詹姆斯·特纳先生的名字。'姑奶奶说，然后他也把那句话记了下来……"

"真烦人，"蒂莫西说，"我必须躲远一点。"

"你最好躲远一点，"南希说，"姑奶奶真的把你描述得非常详细，但是，他们当然不会找到这里来。"

"谁知道呢。"蒂莫西一边说一边处理那只盒子，好像那样东西突然变得很危险，"听着，她知道吉姆把他的船屋借给我了吗？"

"她从来没提过这事。"南希说，"她为什么要知道？吉姆舅舅不会写信告诉她，我们也没出卖你。没事。而且她见到你也认不出你，只知道你是一个流浪汉。不管怎样，让我把萨米的事讲完。"

"继续说吧。"蒂莫西说。

"我们看到他在花园里搜寻。"桃乐茜说。

"我知道。"南希说，"看见你们驾驶圣甲虫号溜出来的时候，我们都高兴坏了。那时我们才觉得可能你们拿到了所有东西。我们差点认为你们已经失败了。嗯，萨米从房间里面看了看窗户，问姑奶奶有没有关紧窗户，她说关紧了。然后萨米仔细检查了闩锁，打开窗户，尽可能认真地看了看，说没有看到有人从外面强行拉开闩锁的痕迹。'但我告诉你，这个房间都被洗劫空了。'姑奶奶恶声恶气地说，'我关上了窗户，锁上了门。我得再次开锁才能进去。这只能说明那个人是个惯犯。嫌疑人就在周围，为什么警察不趁着他们还有可能闯进别人的房子之前把他们逮捕？那种聪明又狡猾的流氓，我看一眼就知道他不怀好意。'"

"我上岸都不安全了。"蒂莫西说。

"躲着姑奶奶就可以了，"南希说，"萨米那边没有问题。你听听接下来发生的事情。我们走进花园，萨米盯着小路看，但那里全部都是坚硬的碎石，没有任何痕迹。然后他发现了很多脚印，就在树下的小路旁。我们以为一切都完了。"

"那是我的。"桃乐茜说。

"让我看看你的脚。"南希说,"没错,正好一样。我们太走运了。萨米一发现这些脚印就又回到了他的第一个推断上。他像一名法官那样看着我,让我把脚放到其中一个脚印上。当然,我的脚太大了。'我不是跟你说过她们俩都在床上吗?'姑奶奶说。萨米没有回答她。他又让佩吉试了试她的脚,结果是吻合的,完全吻合。真幸运桃乐茜长了一双大脚。更幸运的是我们都穿着同样的沙地鞋,鞋底都有一个十字形图案。这让萨米安下心来。姑奶奶一个劲地说我们在床上,最后她脸色发青,但萨米觉得他更了解情况。他非常有礼貌,这让她比以前更生气了。他说任何人在月光下都有可能看错,但他认为可能根本没有发生盗窃。姑奶奶问是否这就是大家交税后能得到的全部,一般情况下,他们会激烈地争吵起来,但老萨米还真了不起。他说他会报告所有的细节,会留意可疑人物,还希望她一列出失踪物品清单就立马交给警长。我暗地里朝他使劲眨眼,就是为了让他更加确定那事是我们玩的把戏。萨米只是盯着我,但什么也没说,然后他就走了。上午余下的时间我们和姑奶奶在书房里翻箱倒柜,想知道到底丢失了什么,但是,当然了,她从没想过有人会拿走那些可恶的化学用品,吉姆舅舅划船比赛获得的奖杯都在那里,还有一两枚奖牌。姑奶奶越想越气,但不是生我们的气,可怜的老厨娘一直说她确定书房的窗户从来没有打开过,最后我们吃午餐的时候都没有说话,姑奶奶说她头痛,吃了一片阿司匹林就去睡觉了。我们觉得问问她能不能驾船出去玩也无妨,她说我们觉得可以就可以,但下午茶不能迟到,于是我们很快就来了这里,甚至等不及换掉这身讨厌的连衣裙。

现在我们得赶回去，继续装天使。听着，后天的事情没问题吧？"

"我们忘记问他了。"桃乐茜说。

"后天我们也来这里吗？"南希说，"这是我们计划要做却还没做的一件事。我之前还放出话说我们要出去玩一整天，她说我们一直都表现得非常好，如果没问题的话，我们可以在她离开的前一天出去，因为那天她要收拾行李，没办法督促我们写暑假作业。当然，这是在'入室盗窃'之前。现在她可能会改变主意，但我不明白为什么。我会再问问她，确定一下。"

"你们来就是了，"蒂莫西说，"只要别把警察带来。我和迪克到明天晚上应该就能完成我们的工作。"

"很好，"南希说，"我再问问她，然后我们会给迪克和桃乐茜捎一张便条，这样他们明天来的时候就能告诉你了。"南希说着已经走出了舱门。

"你们不喝柠檬水什么的吗？"蒂莫西问。

"没时间了。"南希说。

"你们现在要回去吗？"桃乐茜说。

"必须回去。"南希说。

"我们这就开始工作。"迪克说。

"嗯，为什么不呢？你们又不能和我们一起去。我们七点半吃晚饭，在那之前你们不要把船开到河上。当她在舀汤或者告诉我们不要边吃饭边说话的时候最安全。但如果今天她看到有人靠近房子，可能会叫住他们问个清楚。她只吃了阿司匹林，我打赌她醒来的时候还会发怒。只要

她不改变主意，放我们一天假，那就无所谓了。"

几分钟后，亚马孙号准备扬帆起航，佩吉和南希把船推离船屋，开始迎风驶出船屋港。

"蒂莫西，别担心，"南希喊道，"一切都非常顺利。"

"是我的错。"蒂莫西看着小白帆越走越远，说道，"吉姆提醒我要提防着，我真不应该让那个姑娘陷入危险。"

"但是你没看到吗？"桃乐茜说，"她一直在做的事就是让特纳小姐开心，不挑起任何事端。"

"好吧，伙伴，"蒂莫西对迪克说，"我们动手吧。首先要把所有样品称重，分成相等的若干份。"

"我先把盘子收拾掉。"桃乐茜说。

第二十二章

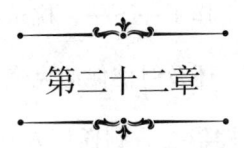

计划赶不上变化

那天剩下的时间和接下来的一整天里，除了在路边墙上的信箱里发现了殉难者留给他们的一张简短便条，皮克特人再没有收到来自贝克福特的消息。迪克和蒂莫西工作了一下午，桃乐茜则在看书，试着打扫了一下厨房，给他们泡了茶，还及时催促迪克晚上七点半赶回河口。他们把圣甲虫号开到河上，一路没有看到任何人。他们把船留在秘密港口，然后回了家，在信箱里发现了殉难者的纸条。"后天我们可以来。告诉蒂莫西。运气好的话，我们一早就会出发。"他们多少有点希望厨娘当晚能来，但又庆幸她并没有来，因为她会提起盗窃案，而他们这两个真正的窃贼会发现一边听她讲那些事一边保守秘密是非常困难的。第二天，他们在小屋的门上钉了一张纸条，告诉杰克留下牛奶并带走空瓶。他们早早地吃过早餐后就出发驶向船屋。这一整天都是在船屋上度过的。迪克和蒂莫西在船舱里工作，因为化学品的气味很浓烈，桃乐茜没有待在里面，而是在甲板上看书。喝完下午茶之后不久，工作就完成了，至少迪克能做的都做完了，蒂莫西就让他们离开了。

"你确定我帮不上什么忙了？"迪克问，他刚才开心地做化验，使用试管和酒精灯溶解这个、蒸发那个，用精确到足以称一片羽毛的天平称微量沉积物，早已忘了盗窃和姑奶奶那些事了。

"不了，"蒂莫西说，"你已经帮了很大的忙，如果我一个人做的话，估计要花一倍的时间。我现在要做的是计算出化验的结果，然后把数据

皮克特人和殉难者

在船屋上工作

写在报告里给吉姆看。如果今晚能完成这项工作，明天我就会有空。到时南希和佩吉在身边转悠，就别指望工作了。"

迪克和桃乐茜又回了家，没有被人发现。他们吃了晚饭，安心地上床睡觉。没有消息就是好消息。南希是对的，那个警察已经认定根本没有发生盗窃案。姑奶奶从没猜到皮克特人的存在，她一定对殉难者非常满意，否则绝不会让她们有一整天的自由时间。明天，他们将一起航行，也许会偷袭船屋，甚至去野猫岛。而后天，姑奶奶就要走了。现在不会出什么差错了。

第二天早上，也就是盗窃案发生的第三天，他们醒来时，除了杰克像平常一样送来了牛奶，其他事情都没有按照计划进行。首先，一点风也没有。这意味着圣甲虫号和亚马孙号不仅不能比赛驶到船屋，甚至根本就没法航行了。迪克仔细看了看天空，连一朵最小的预示着起风的云都没有。桃乐茜让迪克去马路上，他及时赶上了正去往贝克福特的邮差，但没有给皮克特人的信。他回到小屋，发现桃乐茜已经匆匆洗完了餐具，她决定在出发之前收拾好屋子。她让迪克再拿些柴火进来，准备晚上回家时生火。

"可是桃乐茜，"迪克说，"我们应该驾驶圣甲虫号离开那段河道。"

"她们绝不会这么快就准备好的。"桃乐茜说。

"她们说了'一早'就出发。"迪克说。

"那是当时她们以为我们都能航行。"桃乐茜说，"而且，姑奶奶肯定会叫她们打扫一下房间，或叫她们摘一些花放在客厅里。"

"她们来了。"迪克说,"我早就告诉过你,她们一直在等我们。她们上这里来是想知道我们为什么还没准备好。"

然而站在小屋门口的既不是南希也不是佩吉。

"你能接住吗?"蒂莫西问,他一耸肩,把一只沉甸甸的背包从肩上卸了下来。

"她们应该已经出发了,"迪克说,"可能已经在湖上了。"

"我确定她们没有。"桃乐茜说。

"如果可能的话,我想阻止她们。"蒂莫西说。

"发生了什么可怕的事吗?"桃乐茜问。有那么一瞬间,她似乎看到警察在搜查船屋,蒂莫西撒腿逃跑。

"不,不,"蒂莫西说,"什么也没发生。只是我觉得昨天我们得出的两个结果有一点奇怪,我想再去矿上取一些样品。你们介意我们去矿上而不是去船屋吗?"

"不介意。"迪克说。

"我们很想去,"桃乐茜说,"而且她们也不会介意的。现在没有风,不能航行。"

"我去看看能不能见到她们。"迪克说。

他及时爬上岬角顶上的瞭望台。南希和佩吉正穿过草坪往船库走去。她们没有穿白色连衣裙,而是穿着普通的短裤、衬衫,戴着红帽子。迪克想,姑奶奶一定是病了躺在床上,但这样穿过草坪也是相当冒险的,因为她可能会从窗户往外看。

出于同样的原因，他不敢朝她们挥手。有什么好办法能让她们抬头看呢？他记得白天猫头鹰不会出现，他也不敢不经练习就冒险学麻鹬叫，那就只好学鸭子叫了，尽管鸭子不可能出现在岩石和石楠丛里。他嘎嘎叫了几声，声音不大。然后他又叫了几声。南希抬头看了看，犹豫了一会儿，然后径直朝船库走去。

迪克离开瞭望台，往下跑到河边，想在她们出去的时候拦住她们，从房子里也看不到他在那边。

他还没跑到芦苇丛就听到她们把船开出来了。然后他听到了嘎嘎的叫声，比他叫得好多了，船沿着芦苇丛边上行驶，南希划船，佩吉站在船尾。

"啊嘿！"他轻声叫唤，船头就直接朝他过来了。

"当时没法回应你，"南希说，"她就站在客厅的窗户边。你把圣甲虫号留在哪里了？我们没看见你们经过。"

"计划全变了，"迪克说，"蒂莫西在我们的小屋里，我们不打算去船屋了。他得从矿上再取一些样品。我们都去高岗上。"

"那好吧。"南希说，"今天风平浪静的，开船出去太浪费了。本来要扬帆航行，改用桨划就没什么意思了。"

"那些三明治总算可以派上用场了。"佩吉说。

南希笑了。"姑奶奶让厨娘给我们做了三明治，我们又不能说不需要，不然她就会问我们去哪里弄吃的东西。"

"蒂莫西有一只很大的包。"迪克说。

"如果去矿上，我们肯定会很饿的。"南希说，"但是听着，我们要把亚马孙号留在哪里？不能把它弄回船库，否则她可能会看见我们离开。从房子那里可以清楚地看到船库的门。我们必须把它拖上岸。"

迪克很想再去矿上看看，他很感激其他人不介意改变计划，他帮着把船拖上了岸。他们小心翼翼地穿过马路，没有经过贝克福特走上那条小路，而是直接钻进树林，绕到小屋那里。迪克第一个跑了进去。

"我跟她们都说好了，"他说，"她们一点也不介意，因为今天没风。"

"干得好。"蒂莫西说，"嘿，你们好啊。老夫人没有改变主意，还是放你们出来了？"

"这事有点古怪，"南希说，"我以为她会在最后一刻犹豫，但她没有。我们要出去的时候，她还很兴奋，任何人都看得出来。你可能会认为她在搞什么鬼，希望我们别碍事。当然，这不可能，她除了收拾行李还能有什么鬼。"

"警察那边还有什么麻烦吗？"蒂莫西问。

"噢，没有，"南希说，"警察那边完全没有问题。萨米昨天早上来了，问姑奶奶有没有列出失踪物品的清单，当然没有，所以她对着警察大发脾气，又把你的样貌描述了一遍。"

"等明天她走了之后，我会非常高兴的。"蒂莫西说。

"她现在又有了一个新想法。"佩吉说。

"很好。"蒂莫西说。

"她开始自己做侦探了。"南希说，"不，没事。她根本没听说过皮克特人。她昨天一早上都在寻找线索，还让我们帮忙，我们非常愿意帮她。她把吉姆舅舅的书房翻了个底朝天，然后大骂警察，说他们是蠢货，竟怀疑是我们搞的鬼,而她告诉过他们她看到我们俩都在床上。下午她又出去查看了那些脚印。"

"她会发现我们的。"桃乐茜说。

"她才不会,"南希说,"但她比以前更有兴致了。你们记得我之前说过的话吧?她一度以为是燕子号的船员来了,而我们要去见他们。嗯,她又有了同样的想法。她觉得有一点尴尬,自以为看到了窃贼,甚至还向萨米描述了他的样貌,但喝完下午茶后,她好像想通了。现在她认为燕子号船员就在附近,是约翰和苏珊偷走了东西。我们想不明白她为什么又开始念叨他们,之前我们还为他们的事吵了一阵……"

"嘿,"蒂莫西说,"吵架?我以为你们不会吵架。"

"不是南希的错,"佩吉说,"是姑奶奶自找的。"

"并不是真正的吵架,"南希说,"事情是这样的。当时我们正在做侦察,她突然说我们进步很大,我们挺高兴,因为我们一直很努力就是为了让她这么想。装了这么多天的天使有什么好处,难道是白费力气?但后来她就问起去年夏天她来的时候,在湖的尽头附近露营的那几个孩子是谁,当然我得告诉她那是沃克家的孩子,她说她认为他们一定把我们带坏了,他们没来是件好事……好了,我问你,谁听到这样的话不会气炸?想想看,苏珊、约翰、提提,甚至罗杰还会带坏别人?当我生气地说他们是我们的朋友的时候,她当然也很生气,说他们总是让我们吃饭迟到等一堆这样的废话,而且她还告诉妈妈让我们远离他们,说什么这样对我们更好。'所以你们也不要跟他们玩了。'她说,眼神里透着一种假惺惺的关爱。我说妈妈也喜欢他们,所有认识他们的人都喜欢他们。

她冷静下来了,有一段时间没再提他们。然后昨天晚上,她重新去看了看桃乐茜留在那棵树下的脚印(我们不小心在上面也踩了几步),之后她就又开始提他们。她突然说:'我想沃克家的孩子没有待在附近吧?'我说:'我还真希望他们在呢,可他们还有一个星期才会来。'后来,我们吃晚饭的时候,她又说起他们。她说:'你确定那些孩子还没有来吗?'她一边说一边用锐利的眼神盯着我。我说:'再过一个星期就来了,玛利亚姑奶奶。'然后她说:'啊!'"

"你是说她不相信你?"桃乐茜愤慨地说。

"她没说她不相信,但听起来像是那样。"佩吉说。

"她不敢说。"南希说,"不过你们也知道原住民有了想法之后会多么固执。现在她有两个想法,内心正在进行一场拉锯战。你们看,她把那个嫌疑犯硬塞给萨米,几乎说服自己确实在月光下见过他。然而现在她又觉得是燕子号的船员干的。这样更好,她越想把蒂莫西绳之以法,或越担心是燕子号的船员干的,就越不可能发现我们的皮克特人。"

"沃克家的孩子一点事都没有,"蒂莫西说,"但我就不一样了。还有,如果她开始打听孩子们的事,可能会有人向她泄露真正的目标。"

"这里没有叛徒,"南希说,"总之不会有事的。她的火车明天下午两点出发,今天早上她已经开始收拾行李了。昨天侦查了一天,她下午肯定会躺下休息。她不可能有时间去打听了。"

"对了,"迪克说,"如果她站在窗户边,一定看到了你们穿着这身衣服穿过草坪。"

"她告诉我们可以穿,她同意了我们的所有要求。我告诉她,假期里

妈妈总会让我们穿舒适的衣服，然后她就说：'我不喜欢看到你们穿这样的衣服。那些衣服最不合适了。'我说只要我们穿着那些衣服出去她就看不到了，她说：'好吧，你们想穿什么就穿什么。'后来，就在最后我们要出去的时候，她又提起燕子号的船员。她说：'你们确定不是去见沃克家的孩子？'然后我说：'我跟您说过他们还有一个星期才会来这里。'事情就是这样。她甚至没有问我们要去哪里。"

"如果她问了，你怎么回答？"蒂莫西问。

"我们会告诉她，我们要开船去湖上，去吉姆舅舅的船屋。而我们本来就是这样安排的。"

"幸好我及时阻止了你们。"迪克说。

"嘿，"南希说，"要是你们错过了我们，会发生什么？"

"我在舱门上留了一张纸条，"蒂莫西说，"下午我就会从矿上回来。"

"哎呀，"南希说，"原住民真没良心。你邀请了我们……至少你说我们可以来。"

"如果他必须去矿上，"迪克说，"那也没办法。"

"就是这样，"蒂莫西说，"工作第一。我们出发吧。"他把那只硕大的背包从地上拿起来。

"那里面装了什么？"南希问。

"我们的干粮。"

"你不能背那么多。"南希说，"我们的背包里没装什么，除了几块三明治。"

"我们也有背包。"桃乐茜说。

"大家带着各自的东西。"南希说，"如果太重，就把东西吃掉，这样就不用带什么了。来吧，把东西倒出来，看看都有些什么。"

"我们吃不完那些东西。"桃乐茜说。

"当然能吃完。"南希说。

"我想也不会太多，"蒂莫西说，"但是我要告诉你们，我没拿火柴。我的已经用完了。我本来想在来这里的路上去村里的，但又怕你们已经出发了。"

桃乐茜从储物柜里拿了满满一盒火柴给他。

蒂莫西从口袋里掏出烟斗，里面已经装满了烟丝。他点燃烟斗抽了起来，与此同时，他们把东西分别装进不同的背包中。"昨天以来的第一口烟。"他说，"我用最后一根火柴点煤气炉做晚饭了。"

"走吧，"南希说，"矿上探险。我们徒步去金矿区。就跟去年一样好玩，除了燕子号的船员不在，蒂莫西成了我们的伙伴，而不再是讨厌的对手。"

他们出发了，爬到森林顶上，沿着丘陵穿过亚马孙河上游的山谷，进入矿区。

第二十三章

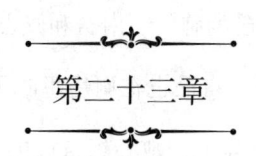

姑奶奶亲自查看

客厅铃声响起的时候，厨娘正背靠椅子坐着，双手交叉放在胸前，不停地打盹。她几乎没有听见铃声。早上她一直在帮特纳小姐收拾行李，很难熬，还得尽量克制自己的脾气。南希和佩吉带了几包三明治出去了。她给特纳小姐送去了午餐，自己也在厨房里吃了几口饭，现在，特纳小姐回卧室了，房子里也安静了，她心想自己的身体也有权利放松一下。铃声再次响起。厨娘起身了。铃声又响了，她急忙跑了出去，发现特纳小姐穿戴整齐，站在客厅门口。

"我想要辆车。"特纳小姐说。

"但是，"厨娘结结巴巴地说，"小姐，您不会想要开车吧？特纳先生和特纳太太不在的时候，只有比利·李思维特可以开车。"

"请你马上把他找来。"特纳小姐说。厨娘就出去找比利·李思维特了，他正在他母亲小屋后面的地里挖土豆。他的母亲李思维特夫人，也就是布莱克特太太的老保姆，从她的大儿子警察萨米那里听说了关于盗窃案的所有情况，她很高兴能和厨娘聊一聊。她也听说了特纳小姐对警察的一些看法，作为警察的母亲，她有很多关于特纳小姐的话要说。但是，她的儿子比利很开心有机会开着那辆老爷车出去，而不是在地里挖土豆。他穿上外套，戴上那顶他做司机时喜欢戴的旧游艇帽，匆匆赶往贝克福特。等厨娘回来的时候，他已经发动了那辆老爷车，厨娘看着他驶出贝克福特的大门，他换挡的声音只比布莱克特太太开车时小了一点点。身体笔直地坐在后排座位上的正是特纳小姐。

"看都不看我一眼，"厨娘自言自语道，"好像认为我就应该这样跑着回来。她到底在做什么，开车往那个方向去？"她困惑地站在那里，看着那辆车摇晃着后轮，绕过了拐角处。她听着它哐当哐当地爬上小山坡，从另一边下去，开上了通往湖泊尽头的那条马路。她回到厨房坐了下来，不一会儿又开始打盹，她之前打瞌睡被特纳小姐吵醒了，然而这时她又被吵醒了，有人在用力敲打从院子通往厨房的那扇门。

"又怎么了？"她问自己，"就不能让我安静一下？"

"特纳先生的汽油在哪里？"比利·李思维特喘着粗气说，一根手指伸进游艇帽里挠头，"车库里的所有油罐都空了。"

"你们跑没油了吗？"厨娘说，"车呢？"

"在路上跑了一千六百米吧，"比利说，"本来跑得很好，发动机突然失灵，幸运的是，发动机很快熄火了。我试了重启，然后才想起去看油箱。"

"可是特纳小姐呢？"

"她坐在那辆破车里，看上去非常生气，等着我回去。我把车推到路边就走了，没管她。特纳先生的汽油呢？"

"如果这些油罐是空的，那你在这附近就找不到油了，最近也得去湖的源头。"

比利发疯似的看了看四周。"不是她说了什么，而是她的样子，太吓人了。"他咕哝道。

厨娘突然笑了起来。"坐下，"她笑着说，"嗯，我真想去看看她。"

接着又认真地说，"你最好走吧，比利小子。"

"我的自行车要换后轮，"比利抱怨说，"周六晚上我的脚卷进了辐条里。"

"你最好骑南希小姐的车，"厨娘说，"我会跟她说清楚的。你把特纳小姐留在路边，一分钟也不要耽搁了。这些天我们为了讨好她，真是拼死拼活。"

他们穿过院子，比利从鸽棚下把南希的自行车推了出来。

"车胎会扁的。"他低声咆哮着从自行车上取下打气筒，又给车胎充了气。然后，他一只手拿着油罐，骑上自行车飞快地离开了，上车的时候膝盖还差点撞到车把。

一个在肉店干活的男人正开车回湖泊尽头二十多千米外的小镇。他给湖区各家各户送完连骨肉、牛排、背脊肉、牛腰肉之后，货车几乎空了。他只剩下几户人家了。那天晚上，他作为团队的一员要参加一场重要的飞镖比赛，他开车的时候仿佛看到了圆靶就在前方。他脑海中想象自己前三镖分别投中了双倍分区最高分、二十分和六十分。啊，他要是在比赛的时候能投中就好了。他似乎听到了酒馆里的人跺脚为他喝彩。他暗自笑了，就在这时，他拐过弯来看到了一辆老爷车，后排坐着一位老太太，车停在狭窄的马路上，他的车几乎过不去。

他把脚踩在刹车上，放慢车速，发现他能以相隔两三厘米的距离把车开过去。也不知道老爷车的司机上哪儿去了，真遗憾没有机会当面说说那个把车停在这种地方的司机。他贴着路边的欧洲蕨把车开了过去，蕨草把挡泥板上的灰尘都刷了下来，这时，一把没撑开的阳伞突然在他面前晃动。他连忙停车。

"你要沿着这条路去什么地方？"那位老太太问他。

当然，这不关她的事，但他还是告诉了她。

"你会经过斯温森农场吗？"

"是的。"

"如果你能把我带去那里，我将不胜感激。"

"没问题，夫人，"他说，"上车吧。爆胎了，是吗？"

"不是，"老太太说，"没有爆胎。"

她下了车，那个男人见她上车不方便就把货车往前开了一两米，自己也下车，打开了另一侧的车门。

"好了，夫人，"他说，"您把伞给我。先扶住，我在后面推您一把。"

"很抱歉给你添麻烦。"老太太说，她按照他说的做了，很快就坐在了货车前排。

"今天天气很不错。"那个男人说着上了车，发动了引擎，"就今年这个时候来说。"他加了一句。

他不知道老太太怎么了，她坐在那里一声不吭，当他侧头看时，发现她双唇紧闭。"有人要倒霉了。"他自顾自地说。

他沿着蜿蜒曲折的马路继续行驶，有时靠近湖边，有时离开湖边，经过小灌木林或是向湖边倾斜的田地，其间还时不时路过一座座房子或农舍。那个老太太似乎并不想说话。他想，她有心事。他又试着跟她聊天气和游客，说八月的雨和游客都很多，但没有什么效果。于是他耸了耸肩，默默地往前开。突然他从马路上拐了下来，穿过一扇敞开的大门，驶上一条林间小路。

"可这里是吉尔岩啊。"老太太说。

"没错，"他说，"我得给他们送羊腿肉。"

"我想我要下车了，"老太太说，"请你停车。"

"您认识吉尔岩的桑顿小姐吗？"他问。

"我现在要下车了。"老太太说。

"斯温森农场就在附近，"他说，猜想这个老太太不希望被人看到她坐在肉铺货车的前座到吉尔岩的后门，"没有几步路了。但如果您不想走路的话，等我把羊腿放下再来接您。"

"谢谢。"老太太说，然后他下了车，把她扶下车。

"谢谢。"她又说了一遍，然后出发了，走回大门那里。

古怪的老女人，那个男人心想。他爬上车，开到了那座房子前。他在屋里和厨子为了上个星期的羊腿肉吵了几句，他还跟厨子说没有骨头的肉不叫肉，他没有提起他车上的乘客。他待在那里的时间比他预想的要长得多，他很高兴老太太没在这里听吉尔岩的厨子说他坏话。但是当他离开时，他加快了脚步。他想再去接老太太，说不定她还能给他小费，也可能没有，至少他可以给她机会，即使只有六便士，在大热天买杯啤酒喝也不错。

然而他的乘客并没有在吉尔岩的门口等他，他也没有在大门到斯温森农场的路上找到她。"她跑得可比你想的要快。"他自顾自地说，但他并不介意。毕竟，他刚开始捎她的时候并没有想到六便士。他继续上路，

脑海中又浮现出飞镖靶。他把最后一只包裹送到湖泊尽头的村子里,就再也没想起那位老太太了。

爷爷跟玛丽·斯温森说她漂亮极了,简直和画上一样,奶奶提醒玛丽要去给姨妈送信,于是她跟两位老人道别,然后穿上最好的衣服,挎着一只柳条篮子从农场出发了。每年,她都要去姨妈家待一个星期,姨妈嫁给了普勒斯顿那边的一个农夫。老人们每次都担心她会错过火车,所以她总是提前很久出门,从从容容地把船划到湖对岸的村庄,把船交给一个老熟人船夫,然后从码头坐公交车到火车站。这条线路很快,还不用换乘,如果她从湖泊尽头的火车站出发,就必须换两次车,绕过河口。她沿着村子里的小路穿过树林,停了一会儿,确保她的钱还在钱包里。她想起了杰克,他总是为她出门而大惊小怪。就让他思念一个星期吧。玛丽·斯温森开心地笑了,她走到马路上,看见布莱克特太太的姑姑特纳小姐朝她走来。

玛丽·斯温森一眼就认出了她。她小时候就非常害怕特纳小姐。她提醒自己,她现在已经长大了。她过了马路,穿过小灌木林,来到她的小船上,她朝特纳小姐微笑,夹杂着一种莫名的好意、怜悯和恐惧。

"玛丽!玛丽·斯温森!"特纳小姐说。

"是我,特纳小姐。"玛丽说。

"你们农场里来了一些小孩,对吧?"

"没有,今年没有。"玛丽说,"奶奶年纪大了,爷爷又不能走动,最近我们不接待游客了。"

特纳小姐用她的阳伞戳了戳地面。"也许不是住在屋里，而是在附近扎帐篷露营。你认识我说的那些孩子。前年夏天我在贝克福特时，他们总是害我的侄孙女们吃饭迟到。我想他们是沃克家的孩子。"

"噢，他们，"玛丽说，"不，今年没见过他们。"

"我的侄孙女们今天早上没有来这里？"

"没有，特纳小姐。如果沃克家的孩子回来了，他们很可能就在岛上。他们住在另一边的霍利豪依。那年他们的船出了问题，所以才来我们房子后面的山谷里露营。"

"在岛上？"特纳小姐说着朝湖那边望去，由于马路和湖之间隔着茂密的小灌木林，她看不见湖。

"如果他们来了，就会去那里。"玛丽说，"布莱克特太太的两个女儿可能会和他们在一起。他们一般都会去岛上，除非他们去特纳先生的船屋。特纳小姐，如果您想去找他们，我可以捎您过去。或者我路过的时候跟他们打个招呼，叫他们开船来接您。"

"你要去湖上吗？"

"我还有不少时间，"玛丽说，"我要去度假了。"她解释说，"用不了几分钟，我就能把您送去岛上。"

"如果可以的话，那就太感谢你了。"特纳小姐说，她面无表情，玛丽一时间怀疑自己是否做对了，不知道特纳小姐的侄孙女们看到她会不会高兴。

玛丽在前面带路，沿着小路穿过小灌木林。谁会想到老特纳小姐能一个人走这么远的路？玛丽觉得最好别让她一天内再走一次这么远的路

了，还是坐孩子们的船回家更好。

她们来到湖边，玛丽解开船链，把篮子放在船底板上，扶特纳小姐上船，然后把船撑开，不一会儿，她就稳稳当当地向小岛划去。

"没生火，这可不像他们的风格。"走到半路的时候，玛丽说。

特纳小姐看着那座岛，什么也没说。

玛丽把船划到了岛的最南端，越过岩石看到了南希、佩吉和她们的朋友用过的小港口。港口是空的。她继续往前划。"那边还有一个地方。"她说，但是，当她把船划到更远的海岸时，很快就发现那里根本没有船。

"不，如果没有船，他们就不可能在这里。"她说，"他们应该在船屋。"

"可我侄子不在那里。"特纳小姐说。

"他的朋友在。"玛丽说，"那天我经过时，看到甲板上有人。"

"现在有人住在那里？"

"我听说是斯特丁先生，他和特纳先生一起在高岗的矿上工作。特纳小姐，我带您去那边。我也还算顺路。如果他们不在那里，您可以跟我一起走，村里有一个船夫会送您去贝克福特。今天很热，走路很辛苦。"

"如果可以的话，那就太感谢你了。"特纳小姐说。玛丽又伸出桨，稳稳地划着，动作从容、平静，这对生活在水边的湖区人来说再自然不过了。特纳小姐笔直地坐在船尾，沿着岸边到处看。

"船屋里也没有人。"玛丽拐进船屋港的时候说，那艘蓝色的老船屋停在系泊浮筒上，"反正没有孩子在这里。他们有一面旗帜，不管他们谁在这里，都会挂起那面旗帜。特纳先生在等他们的时候会挂上旗帜，那位先生也可能会这么做。"

"我觉得我们还是进去看看吧。"特纳小姐说。

"好的，特纳小姐。"玛丽说，现在她开始担心错过去火车站的公交车了，于是加快了划船的速度，不一会儿就把船靠在了船屋边上。

"这里没人呢。"她说着站起身来，往船舱窗户里面看。

"真奇怪，"特纳小姐说，"也许我弄错了。"

玛丽开着船驶向船屋尾部，正要坐下再次划桨时，她看到了一样白色的东西。

"舱门上有一张小纸条，特纳小姐。"她说，"也许他们给您留了口信。"

"你去看看写了什么。"特纳小姐说。玛丽一只手攥着系船绳，爬上了小梯子，她看了看那张纸条，大声读给仍坐在船上的特纳小姐听：

你们不要客气，等我回来。蒂莫西。

"反正他们会来，"玛丽说，"他还把钥匙留在门上了。"

特纳小姐突然把她的伞戳到玛丽面前，玛丽接过伞，在她爬上船屋的时候拉了她一把。

"我等他们。"

"好的，这样最好。您回去经过那些小岛的时候很容易错过他们，到时他们还会觉得遗憾。"

"太感谢你了，玛丽。"特纳小姐说。

"不客气,"玛丽说,"现在我得走了。"

"希望你不会迟到。"特纳小姐说。

"不会,我没问题的。"玛丽说,但她知道自己没有多少时间可以浪费了,于是很快划出了船屋港。过了好几分钟,她还能看到特纳小姐站在甲板上,然后她走进船舱,消失了。船屋看起来和以前一样冷清。"她进去之后应该会好好休息,"玛丽说,"毕竟是个可怜的老人家。"然后她看到轮船从湖泊尽头驶了过来,她知道如果她没有在轮船前面赶到码头,就会错过公交车,那辆公交车就是等轮船来码头,接船上的乘客去火车站的。

好险!玛丽差点错过公交车,当她来到栈桥的时候,身体已经热得受不了了。那艘轮船翻转着螺旋桨正从码头旁边驶过。公交车也在一旁准备出发。玛丽将系船绳一把塞进她非常熟悉的那位老船夫手里,请他帮忙照看船,说她会在一个星期后回来,然后挎起篮子沿码头跑去,她刚坐下来,公交车就开动了。还好,如果错过公交车和火车,对她的假期来说,那真是个糟糕的开始。在火车站,她要买票,并在其中一节直达车厢找自己的座位。玛丽去度假了,直到一个星期后她回来时才想起特纳小姐。

第二十四章

无忧无虑的假期

"真是太好了，好得令人难以置信。"南希说，她深深地吸了口气，从格林班克斯陡峭的半山坡上回望下方的山谷，探险队在坡上停下来休息。

"什么？"佩吉说。

"当然就是现在。你没意识到现在还是早上吗？而且我们不是在做假期作业，也没有修剪草坪，没有除草，没有缠毛线，没有插花，没有打扫客厅的装饰品，没有敲打那该死的钢琴，没有背诵马马虎虎的诗，我们可以说脏话而不被人用死鱼眼一直瞪着，也不用在吃晚饭之前回去，这就好像她根本不存在一样。"

"我们就假装她是一个皮克特人，"桃乐茜说，"换一下角色。"

"明天她就走了，如果她对我们不满意，也无所谓了。九天，算上明天是十天。我们没有吵过一次真正的架，除了厨娘要辞职之外。尽管她在这里，我们还是设法完成了所有重要的事。"

蒂莫西仰面躺着，双手抱在脑后。"入室盗窃的事差点就暴露了，"他说，"但这事也要怪我。"

"好了，你必须用那些东西。"迪克说。

"她走了，我还感到有点不对劲，"桃乐茜说，"不用再做皮克特人了。"

"也不再是嫌疑犯了。"蒂莫西说，"我真的不喜欢在警察面前畏畏缩

缩的。"

"也不用假装天使了。"南希说,"连续九天假装天使,真是太辛苦了。"

蒂莫西用怪异的眼神看了看南希,坐了起来。"让我们看看你的肩膀。"他说,"这些天你一直让迪克和桃乐茜躲着,还拉拢邮差、送奶的男孩、厨娘、我、警察、医生,把我们所有人都捆绑在一起,而且……让我们看看你的肩膀。"

"肩膀怎么了?"南希说。

"反正我没看到你的肩膀上长出什么翅膀,"蒂莫西说,"但如果发现你长着蹄子和尾巴,我一点也不吃惊。吉姆警告过我,让我注意你,以免有危险。我问他你可能会做出什么事,他说告诉我也没用,因为你每次做的事都是不同的,而且一次比一次糟糕。"

"吉姆舅舅是头猪!"南希说,"怎么了,桃乐茜?"

"我在想贝克福特现在发生了什么。"

"她在认真收拾行李。"南希说,"'厨娘,请把我的黑裙子拿来。厨娘,不是这样叠的。好了,把我的鞋子拿来。不,不,鞋头对着鞋跟。不,厨娘,我觉得裙子平放在上面会更好。对了,厨娘,我晚上要穿这些鞋子。'可怜的老厨娘一直忍气吞声,直到崩溃为止。她已经说过不干了,但是她不明白自己为什么受了气还不发作。我告诉过她只要再忍耐一天就可以了。"

"我希望翅膀能长在厨娘的肩膀上。"蒂莫西说。

迪克盯着他,想到拍打着翅膀的厨娘,突然笑了起来。

"我不在乎你怎么说,"南希说,"反正有生以来,我们从没在这么长的时间里这么听话过。"

"我们暂时不要提她了吧。"桃乐茜说。

"好主意,"南希说,"别提了。全部抹掉。好了。不提了……见鬼!我们出发吧。采矿探险队徒步前往峡谷。"

他们继续往上爬,来到高岗边上。被大火烧黑的土地已被绿色覆盖。他们聊起了那个恐怖的日子,那时大火肆虐,南希、佩吉、约翰、苏珊跟蒂莫西躲在矿里,然后他们从灰烬中冲过去救其他人。他们向右望去,看到的是干城章嘉峰。他们又说起"鼹鼠"穿过旧开采区到石板瓦匠鲍勃的采石场的事。他们笑着说,当"软帽子"蒂莫西出现的时候,他们避开了他,把他当成勘探的对手。他们还跟他说了晚上他们是怎么偷偷地从农舍的窗户观察他的事。

迪克暗自在想别的事情。"我忘记这里没有石楠了。"他说,"我得爬到另一边去,那里没有被烧焦。"

"去干什么?"蒂莫西问。

"找枯叶蛾毛毛虫。"迪克说。

"你找它干什么?"

"它不像古毒蛾那么有趣,"迪克说,"但我从没抓到过它。它以石楠为食,会冬眠,直到第二年春天才变成蝶蛹。"

"它长什么样啊?"南希问。

"棕黑相间的丝绒身体。"迪克说。

"没问题，"南希说，"我们都去找吧。"

"太谢谢了，"迪克说，"我还带了一只盒子。"

"很好。"南希说，"你一天做窃贼，一天做教授。"

"不是你发现了这座矿吗？"蒂莫西说。

"是罗杰。"迪克说。

"做个懒惰的家伙也不赖啊。"南希说，"哎呀，我真希望姑奶奶说对了，燕子号的船员在这里就好了。"

"幸好他们没来。"蒂莫西说。

"你不能把他们都变成皮克特人，"桃乐茜说，"反正你拿罗杰没办法。"

"如果我们人多了，就不可能做到这一点。"迪克说，"到处都是皮克特人，肯定会有人被抓。"

"噢，也对。"南希说，"他们很快就会来了，到时肯定会弄出什么动静。一直是这样。不会像现在这样，根本没什么动静。"

"只有入室盗窃。"蒂莫西轻声说。

"那也没办法。"南希说，"而且没有人被抓，将来也不会有人被抓。"

"她还没有走。"蒂莫西说。

"她在收拾行李了。"南希说。

"我们试着忘记她吧。"桃乐茜说。

之后相当长的一段时间里，没有人提起姑奶奶，也没有人提起皮克特人。殉难者和皮克特人都又变成了勘探者，他们穿过高岗上被火烧焦的荒原，前往他们发现的矿场。

"自从石板瓦匠鲍勃、蒂莫西和弗林特船长在这里正式开工后，你们就没见过这座矿。"佩吉说，"复活节假期后，我们也没见过。"

"从那以后，它发生了很大变化，"蒂莫西说，"那个老头是个工作狂。"

最后，他们终于来到峡谷的边缘。它不再是去年夏天的那条山涧了，但那个旧开采区被石楠遮住了一半，如果不知道矿场在什么地方，就可能错过它，那里看起来就像从来没有人涉足过。当然，石楠都已经被火烧掉了。但现在入口被一大堆碎石掩盖起来了。附近到处都是较小的石堆。小石堆中间已经被人踩出了一条路，那里有一辆手推车和一件像石头碾碎器那样的工具。

"你们把矿都开采出来了吗？"迪克惊呼道。

"还会开采出更多。"蒂莫西说，"而且我们已经开始从上面打井了。"

去年夏天蒂莫西在山坡的岩石上画了很多白点，现在都成了一小堆一小堆的灰色碎石。

一个长臂老人从入口前面的两堆石头中间走出来，在阳光下眨着眼睛。

"您好啊！"南希大喊道，"他就是石板瓦匠鲍勃。"勘探者们冲进了峡谷。

老人挥手让他们退回去。"你们现在不能进来，"他说，"我要点火了。"

"等一会儿。"蒂莫西说。

皮克特人和殉难者

他们发现的矿场

Arthur Ransome

大概二十秒之后，山里传来一声巨响，爆破引起的一团烟雾和灰色尘土从矿场的入口冲了出来。

"爆破了。"迪克说，"我们现在可以进去了吗？"

"最好等烟雾消散。"石板瓦匠鲍勃说。

"吃的东西怎么办？"蒂莫西说，"我不想让铜矿石和我的食物混在一起，而且过一会儿我还要用我的背包。"

"我们先吃完东西，再进去。"南希说。

"您吃了吗，鲍勃？"蒂莫西问老人。

"我正准备出来吃饭。"

"我还有一瓶啤酒呢。"蒂莫西说。

"我一般只喝凉茶，"老人说，"但也不介意来口啤酒。"

"他的意思是他非常喜欢。"南希私下里解释给桃乐茜听。

他们把背包里的东西全部拿了出来，包裹也都打开了。里面有厨娘为南希和佩吉做的三明治，还有蒂莫西带来的一大堆吃的……一包樱桃派、一只冷鸡、一袋橙子、四瓶柠檬水、两瓶啤酒和一只蛋糕。清空背包后，所有的东西都摊到了地上，这对矿工和勘探者来说可真是一场盛宴。

"但你没有在船屋做那只鸡和那些派啊。"桃乐茜说，她记得她在船屋的厨房忙活了好一阵，那里还是乱糟糟的。

"没有，"蒂莫西说，"鸡蛋和培根是我的储备品。放走鸽子的那天，我想到会有客人来，就订了一些东西。我在码头边的旅馆里有个朋友。本来昨天你们就能吃到这些东西，但他们直到深夜才送来，而且我当时差点就没拿到。你们也知道我一直在工作，那个送东西的男孩说他在岸上喊了半个小时。"

"幸好最后你听到他在叫你。"南希说。

蒂莫西打开背包外面的口袋，拿出两大块厚厚的巧克力。"我忘了罗杰没跟我们在一起。"他说。

"给他留着也没关系。"南希说。桃乐茜觉得南希道谢的方式跟老石板瓦匠鲍勃的方式差不多。

老石板瓦匠鲍勃喝了啤酒，但没有吃探险队带来的食物。他吃了自己带的面包和奶酪，这也是他喜欢吃的。"我采石采矿五十年了，吃饭就吃一点奶酪，我不喜欢吃别的。"

经过长途跋涉，他们已经很饿了，蒂莫西和老人一直在谈论采矿的事，等他们最后站起来的时候，大家已经把东西吃光了。

"你们现在要进去吗？"迪克问，"我们能进去吗？"

"欢迎。"老人说。

"谁有手电筒？"蒂莫西问。

"我们两个都有。"桃乐茜说。

"但电池快用完了。"迪克说，就在那一刻，他又想起了入室盗窃的那一晚。

"没关系，"蒂莫西说，"鲍勃有一盏很不错的灯。"

老人手里拿着一只乙炔灯笼。他把灯笼调亮，明亮的白色火焰几乎让他们睁不开眼，老人带领大家走进罗杰发现铜矿的那个旧洞穴里。

"那个嘶嘶声是怎么回事？"佩吉问。

"是碳化物上的水。"迪克说,这也引起了南希的注意,迪克知道她又想说他是"教授"了。他没有等着听她说出口,而是跟着蒂莫西和老人走进洞里。现在这个洞是当初他知道时的两倍大了。好像整个山洞又往深处挖进去不少,那堵新石墙的中央有一个隧道开口,隧道宽一点二米。洞穴里,灯笼的亮光跟铜矿石反射的火光交相辉映。迪克听到老人在跟蒂莫西说话,说他不太看好三号,但是四号和五号应该不错。"如果这里没有好东西,那我就不知道什么是铜矿了。"

"这个编号是什么意思?"迪克逮住机会问,"和我们在船屋上做化验的那几堆不同的样品编号是一样的吗?"

"是的,"蒂莫西说,"吉姆给不同的矿区编了号,我们要做的就是计算出可能的产量。这些东西变化很大,所以我需要一些新样品。其中两个结果似乎有点异常。"

"我们继续走吧,去看看刚才爆破的地方。"南希说。

"没什么好看的,"老人说,"等我把废石清理干净再说。"

"好吧,我们看看那边有什么东西。"南希说。

他们跟着灯笼穿过黑暗的隧道,灯笼发出的光亮大部分都被老鲍勃自己遮住了。

"没有任何支撑的东西。"迪克说,他想起了鳕鱼断崖下面的隧道和他们身后倒塌的木墙,当时他们都没法回去了。

"石头,石头,"鲍勃说,"这里全是硬东西。"

桃乐茜拿着手电筒最后一个进来了,她把手电筒照向粗糙的岩壁、洞顶和崎岖不平的地面。她想,没什么可看的,但如果老鲍勃、蒂莫西和弗林特船长为它付出了这么多心血，那么去年夏天的勘探一定很成功吧。不知为何，她不怎么相信他们的勘探最后还真的开采出铜矿石。尽管船屋桌子上的样品对她来说没什么意义，但对迪克来说意义重大。现在，她小心翼翼地走在新挖的隧道中，而不是在一条废弃的旧通道里，听着老人和蒂莫西谈话，她明白去年夏天的成就是真实的，不是虚假的。

"佩吉，"她说，"燕子号船员一定会非常高兴。"

"反正罗杰会。"佩吉说，"他不知说了多少遍他是怎么找到矿的，我们都听腻了。"

很快，他们无法再往前走了。隧道被一堆碎石堵住了。老人举起灯笼让他们看。"这就是能看到的东西。"他说，"刚才爆破得很好，我有一大堆东西要清理。如果你们想看看我们的新矿井，现在就可以出去，到山坡上去。"

"但这是怎么做到的？"迪克问，老人在隧道里往后退了一两米，抓着迪克的手指，让他沿着岩石上一条狭窄的凹槽摩挲。"就是这样，"他说，"这是剩下的钻孔。在墙上钻一个孔，把炸药筒装进去，塞紧了，再装上一根长引线，然后用火柴把引线点燃，人朝空旷的地方跑。唉，我现在需要的引线比我还是小伙子的时候长了。"

他们在隧道里往回走，在半明半暗的光线下穿过隧道外侧，走到了炽热的阳光下。

"好了，我们已经看过我们的铜矿了，"南希说，"虽然没什么可看的，但吉姆舅舅非常高兴，所以肯定没问题。"

"太有意思了，"迪克发自内心地说，"非常感谢您。"

蒂莫西笑了。"最好上去看看那些竖井。"他说。

他们爬出峡谷,来到山上,看到以前蒂莫西画白点的地方现在成了一个个通到山里的洞。迪克听着蒂莫西和老鲍勃谈论铁帽和硫化铁矿,结果意外找到了他一直想要的东西。他在那里认真听着,几乎没看到脚下的一丛石楠,这时有什么东西在紫色的小花朵里动了动。

"抓到了!"他大喊道。

"什么?"蒂莫西说,他吓了一跳,和老人转身去看。

"枯叶蛾毛毛虫!"迪克高兴地说。

"这是灯蛾毛毛虫。"老人说。

"其实不是灯蛾毛毛虫,"迪克认真地说,"灯蛾毛毛虫是灯蛾的一种。"他从背包里拿出他的盒子,用小刀切下一些石楠枝叶放进去,小心翼翼地把毛毛虫从石楠上捏起来,放进盒子里,然后在地上擦了擦手。

"你为什么要那样做?"南希问。

"因为它身上的毛。"迪克说,"如果一只手碰了它,然后再去碰另一只手或者脸,就会非常痒。"

"你这个教授啊。"南希说。

"你要几只?"佩吉问,"这里还有两只紧挨着。"

"三只就够了,"迪克说,"多了也没用。它们会吃掉很多石楠。哎呀,找到它们我太高兴了。我答应给学校的一个家伙一只,他会拿杨树天蛾跟我交换。他住的地方就有一些。"

抓毛毛虫、看矿井、听蒂莫西和石板瓦匠鲍勃聊天、看秃鹰在远处的峭壁上盘旋,他们几乎忘记姑奶奶了。皮克特人忘了他们隐身的事,殉难者也忘了她们的困苦。他们再次成为了勘探者、海盗、探险家和博物学家什么的，在阳光下眺望山丘，对脚下的世界无所畏惧。

今天还有很多时间呢，蒂莫西把样品装进两只小帆布袋，然后把袋子放进背包，他们跟老矿工告别，穿过高岗去看去年的营地。他们找到了提提的水井，里面还有水汩汩冒出呢。他们整理了一下井边的石头，其中一两块已经掉进去了，接着他们穿过树林去泰森太太的家。

当然，他们在那里谈到了去年山上的大火，说起鸽子是怎么及时送去消息把乔利斯中校和他的消防队员带了过来。泰森太太一边喝着茶一边听他们聊天。"是的，"她说，"你们那天为我们做了一件好事。我是说你们和你们的鸽子，之前我还责怪你们在高岗上放火呢。后来我很过意不去，我也跟你们的妈妈这么说了。布莱克特太太怎么样了？我听说她身体不舒服。"

"她现在没事了，"南希说，"后天就会回家。"

"我给她准备了一罐蜂蜜，"泰森太太说，"你们正好可以捎走。"

"非常感谢您。"佩吉说。

"其他人呢？"泰森太太问，"我们会很高兴见到你们所有人。"

"他们下个星期就会来。"南希说。

"希望他们来的时候是好天气。这边的夏天不像他们那边。呃，去年夏天还发生火灾了。我们很幸运，你们那么快就把乔利斯中校叫来了。当我听到他的喇叭声时，简直不敢相信，我还以为他们在湖的那一边，而我们什么也不能做，只能看着大火吞噬一切。"

最后，他们踏上了漫长的回家之路。他们不愿意分开，但想到殉难

者、皮克特人和嫌疑犯一起冒险走在马路上并不明智，于是他们跟之前去的时候一样，沿着掩藏皮克特人小屋的树林顶上往回走。他们从上方经过了小屋，因为南希和佩吉必须绕到河边把亚马孙号开回船库。然后他们一起慢慢往树林下面走去。

"你们两个走吧，"蒂莫西对南希和佩吉说，"我给你们一两分钟时间穿过马路。"

"今天真是美好的一天啊。"桃乐茜说。

"只要再过一个晚上，"南希说，"我们的好日子就会接踵而来。走吧，佩吉。我们还得换上漂亮的衣服去吃晚餐。这是最后一次了，记住，当她说她想听点音乐的时候，你一定要显得很热切。今晚，我们一定要表现得十分完美。"

"祝你们好运。"蒂莫西笑着说。

就在这时，他们听见下面的马路上有人在说话。

"我去仔细侦察侦察。"南希说着开始飞速往下跑，不停地在树与树之间躲避。

"我们最好在这里等着。"蒂莫西说，但佩吉已经悄悄跟在南希身后下去了。

"她们干这个比我们厉害多了。"桃乐茜说。

"南希滑倒了。"迪克说，因为下面突然传来树枝断裂的声音。

然后他们听到厨娘在喊："特纳小姐！特纳小姐！是您吗？"迪克和桃乐茜互相看了看，然后又一起看蒂莫西。他们三个人都听出了厨娘的声音中透露出的惊慌失措。

第二十五章

彻底消失了

"出事了。"桃乐茜说。

蒂莫西已经匆匆往下赶了。迪克和桃乐茜飞快地跟上他。他们刚好看到南希和佩吉翻墙来到马路上，厨娘正站在那里不停地扭着双手。一个穿着在花园里干活的工作服的年轻人站在她身旁，一手挠头，一手拨弄着一顶旧游艇帽。

"啊，谢天谢地你们回来了。"他们听到厨娘说，"姑奶奶没和你们在一起吗？"

"当然没有。我们去高岗了。"

"她不见了。"厨娘说。

"她去哪里了？什么时候走的？怎么会不见了？"

"要是我知道的话，就不会这么心急了。她是两点钟走的，现在已经七点了，比利是最后一个见过她的人……"

"嘿，蒂莫西！"南希大叫道，"噢，太好了，你也来了。"

"斯特丁先生最有办法。"厨娘说。

"但这到底是怎么回事啊？"蒂莫西问。

"都怪我。"比利·李思维特说着戴上了游艇帽，边说边摸，然后又拼命地挠头，"我忘了看油箱，而特纳小姐急着要走。"

"但她要去哪里啊？"南希说，"发生了什么事？"

"她吃完午饭，"厨娘说，"叫我去找比利给她开车。她急着要走，态度很生硬，拿着她的蓝色阳伞在一旁等着，我就跑到了李思维特夫人那里。等我回来的时候，比利正好开着车和她一起出去。车驶出大门口从我身边经过时，我绝想不到再也见不到她了，她当时就坐在车上，没往左右两边看。"

"但是她要去哪里呢？比利一定知道带她去了哪里。"

"她让我沿着湖边的马路走，要去斯温森农场。"比利说，"我被她骂糊涂了，因为出门时太着急，我只戴了一项司机帽，没想起要穿蓝色制服。我们还没走出多远，发动机就出了问题，然后车就不动了，她在那里问东问西，我有点生气，好不容易才找到原因。我把所有塞子都拔了出来，又塞了回去。油箱空了，这就是全部原因。她叫我跑回去取汽油，但车库里一滴油也没有了。"

"比利骑着你的自行车去了，"厨娘说，"从湖的源头那边弄了一罐油。"

"别管什么汽油了，"南希说，"你把她带去哪里了？"

"我回来的时候，"比利说，"那辆老爷车还停在路边，但里面没有人。她不见了。我把她留在车里的时候，她坐在那里看上去好像很乐意把扳手递给我。等我回来的时候，她却不见了。"

桃乐茜饶有兴趣地看着比利。就因为一个老太太在车里等得不耐烦，出去散步了，他就这么大惊小怪，还真好笑。但是，任何与姑奶奶有关的事都不是真的好笑。比利·李思维特看起来……怎么形容呢？桃乐茜问自己。她知道他肯定是那个警察的弟弟，但他看起来就像是姑奶奶的侄子一样，忧心忡忡。大家都能看出来，厨娘真的很害怕。

"你后来做了什么？"蒂莫西轻声问。

桃乐茜看见南希用奇怪的眼神瞥了他一眼。她不知道南希突然想起了上次发生火灾的情景，当时害羞的蒂莫西完全不再害羞，而是带头领着救援队冲过冒烟的石楠丛。

"我什么也没做。"比利说，"我把油倒了进去，然后坐在那里等她。我想，她也许去附近散步了。"

"然后呢？"

"她没有回来，一直没有回来，我觉得她也许是想让我开车去找她，所以我就开着车出发了，沿着马路找她。我开了大约三千多米，然后我想她可能走了另一条路，回贝克福特喝茶去了，我把自行车留在那里带着汽油往停车的地方跑的时候，她可能就坐在贝克福特。我想，天啊，她肯定要骂我，不如早点挨了得了，所以我调转车头，把车开了回来。现在它就在院子里。"比利转身把他们带到院子里，仿佛看到老爷车他们就能理解了。

对皮克特人和蒂莫西来说，从贝克福特大门进去是不安全的，但现在似乎没人记得了。他们都穿过大门来到院子里，盯着那辆老爷车，似乎他们也像比利想的那样。

"她坐在哪儿？"迪克问。

"后座，靠边的位置。"比利说。

迪克打开车门，仔细看了看，但没有发现什么线索。

"她说的是什么地方？"蒂莫西问。

"斯温森家。"

"那是哪里？"

"是一座农场，"南希说，"是我们的朋友。老斯温森先生过去是最棒的猎手，斯温森太太会做拼布被子。姑奶奶跟他们非常熟。有一年，燕子号船员就待在那里。不过他们没住在农场里，而是在农场上面露营。"

"你去那里问过了吗？"蒂莫西问比利。

"没有。我还没问就回来了。"

"应该去那里问一下。"蒂莫西说，"上车吧，我们现在就去那里问问。你最好也来，南希。如果她在那里，我就避开，往回走。"

"她已经走了很长时间了，"厨娘说，"不，还有比这更糟糕的呢。你们不会在斯温森农场找到她。她失忆了，肯定就是这样。她在到处瞎逛。很可能在山上。天就要黑了。"

"闭嘴，厨娘！"南希说着看了一眼佩吉和桃乐茜。

"我有一种预感。"厨娘说。

"她半小时内就会回来。"蒂莫西说，此时比利正在转动那根生锈的曲柄，发动了老爷车。蒂莫西已经坐在姑奶奶坐过的位置上，南希板着脸钻进车里坐在他身旁。比利·李思维特钻进前面的驾驶座，整了整帽子，把车开出了院子。

"对了，"迪克说，"你们觉得我们应该待在这里吗？"

"如果她回来发现了你们，那就太可怕了。"佩吉说，"我跟你们到小屋去，我们在那里等着。"

"你别离开贝克福特，佩吉小姐，"厨娘说，"我们还不知道她到底怎

么了。唉，女主人不在，就发生了这样的事。"

"我们还是走吧。"桃乐茜说。

"你们就在这里等吧，"厨娘说，"来我的厨房。"

"好的。"佩吉说，"他们把她带回来的时候，我们会从窗户看到。我们很容易就能让你们出去，而且你们可以躲在食品储藏室里，还有餐具室。"

"现在你们没什么好害怕的，"厨娘说，"他们首先要把她带回来。"

"别着急，亲爱的厨娘，"佩吉说，"她可能正和斯温森太太坐在一起，跟她说这里做得不对、那里又出了问题。"

厨娘不由自主地笑了。"很可能是告诉她那样做拼布被子是不对的。斯温森太太肯定也会挖苦挖苦她。"这个想法似乎让她感到兴奋。

"我们真的应该回到我们的小屋去，"桃乐茜说，"我还要准备晚餐呢。"

"你们就在这里等吧，"厨娘又说了一遍，"我会给你们准备晚餐。你们可以在我的厨房里吃。不过你们有权利在任何地方吃，你们是布莱克特太太邀请来的。唉，你们本不该去那个又旧又破的地方，要不是南希小姐把我弄得手忙脚乱，然后特纳小姐突然不请自来、让我很生气，你们也不会去那个地方了。"

"无论如何，我最好去小屋一趟，"迪克说，"去看一眼。"

"为什么？"佩吉问。

"就是为了确保她不在那里。"迪克说，"万一她发现了我们的事呢？万一她就坐在小屋里，等着我们回去的时候抓住我们呢？"

"胡说八道！"佩吉说，"她为什么要坐老爷车往另一条路走？"

"她并没有待在车里，"迪克说，"我觉得我最好去看看。"

"我认为她做得出来。"厨娘突然说，"如果她在那里，现在去找她也好。"

桃乐茜看着厨娘，明白如果她连这样的机会也不放过，说明是真的担心，生怕发生更严重的事。

"我们都去吧。"厨娘说。

现在南希不在，佩吉正尽力填补她的空缺，她坚决反对。"该死的！"她用南希式的语气说道，"如果她在那里，你们就更不应该走进她的魔掌了。我去吧，你们留在这里。我仔细侦察一下，如果她在那里，我就回来，然后我们等南希。南希会有办法的。"

"可如果她看到你了呢？"迪克问。

"我是去找她的，"佩吉说，"她看到我也没事。当然她没看到最好。但如果她看见你们的话，那就会糟糕一千万倍。"

"嗯，但我希望你能找到她，"厨娘说，"不过你要快点回来。我不想又有人走失。如果她和南希小姐一起回来，她肯定会问起你的。这不太可能，我总感觉问题比这严重。我刚才还在想，她明天就要走了，最艰难的日子已经过去了。以前她真够坏的，但是经历了盗窃和警察那些事之后……唉，她来的那天我就应该离开的，如果不是想到布莱克特太太，我早就一走了之了。现在你们进来吧，你们两个坐在从门外看不到的地方……虽然她这种人只会从前门进来。"

"我十分钟后回来。"佩吉说完就匆匆离开了。

桃乐茜和迪克跟着厨娘上了台阶，离开院子，进到厨房。他们在那里看厨娘忙前忙后，自顾自地嘀咕着，把刀叉猛摔在餐桌上，从储藏室里拿出冷藏肉，把土豆扔进炖锅里，还时不时停下来听，似乎她以为自己随时都会听到特纳小姐的脚步声从屋子里的某个地方传来。

"她可能在等人的时候看到了一只鸟，"迪克说，"为了看得更清楚，她就下车了，然后坐在那里看它，最后睡着了。"

"她不可能离马路很远，"桃乐茜说，"而且她根本不是那种对鸟感兴趣的人。"

他们听到院子里传来脚步声，但那只是佩吉回来了。

"那边没人，"她说，"我去过小屋了。"

"我们最好还是走吧。"桃乐茜说。

"等等南希。"佩吉说。

"但如果姑奶奶和她一起回来了呢？"

佩吉什么也没说，只是在一边听着，他们知道佩吉和厨娘一样，都从心底里觉得出了什么大事。

"他们走了很久了。"厨娘说。

天色渐渐暗了下来，最后他们终于听到老爷车微弱的喇叭声，然后是那辆旧车拐过贝克福特大门时发出的噪声。

"你们别动。"厨娘说，因为迪克和桃乐茜跳了起来，四处寻找地方躲藏，"如果他们找到了她，车就会在前门停下……不，我知道他们没找到。"那辆旧车嘎吱一声刹车，停在了院子里。比利·李思维特、蒂莫西和南希走下车。三个人的表情都很严肃。

"她没去过斯温森农场。"南希说。

"你不会觉得她已经发现了我们的事,然后生气走了?"桃乐茜问。

"我们还去湖的尽头打听了。"蒂莫西说。

"我们也想过,"南希说,"但我知道她绝不会从那个车站走,因为要换乘很多次。她从没试过。我们见到了行李搬运工老卡罗蒂,他说他已经三四年没见过她了。"

"他认识她,"佩吉向桃乐茜解释说,"很多年前,他在这里工作过。"

"要是我检查一下油箱就好了,"比利说,"大家都会因为这个怪罪我。"

"你把她留在那里的时候,她还好好的,"蒂莫西说,"不应该怪罪你。"

"说完了,我们开饭吧。"厨娘说,"你赶紧回你妈妈那里去吧,比利。她会担心你的。"

"要是萨米在家,我应该跟他说点什么吗?"

又要跟警察打交道。南希、佩吉、迪克、桃乐茜和蒂莫西相互看了看。

"如果她再不出现,我就得亲自给警长打电话了。"蒂莫西说。

他们在厨房的餐桌上吃了一顿沉闷的晚饭。在那个地方吃晚饭就足以表明事情有多么不对劲。迪克和桃乐茜觉得他们没有资格待在这座房子里。当然,蒂莫西更加有这种感觉,但他告诉厨娘,在找到特纳小姐之前他是不会离开的。南希和佩吉觉得,姑奶奶把所有时间都花在教训

她们身上，也比消失不见了好。

"如果她想离开，"南希说，"可以再等两天。如果在哈罗盖特或别的地方失踪，人们可能只会欢呼三声或说'安息吧'，然后庆祝一下。但她竟然在这里失踪了，我们可是一直哄着她开心啊，而且还有一天她就要光明正大地离开了……噢，天啊，天啊！到时妈妈会怎么说？"

"她会回来的。"蒂莫西说。

"她可能是故意的。"桃乐茜说。

"最好还是告诉警察吧。"厨娘边说边把一块蜜糖馅饼放在蒂莫西面前的桌子上，"他们会把她从水里打捞上来的。"

蒂莫西皱起了眉头。"不会发生这样的事。"他说。

"她当然有可能跌进湖里。"迪克说。

"但是湖边非常浅。"南希说。

"更有可能的是，她在等汽油的时候去散步了，"蒂莫西说，"然后她可能坐下来睡着了……"

"她总是在下午睡一觉，"南希满怀希望地说，"或者说几乎总是这样。"

"医生叮嘱她午睡的。"佩吉说。

"如果她过一会儿还不出现，我们就给那个医生打电话。"蒂莫西说。

"她又没突发疾病。"厨娘说。

"干等着也没用，"吃完晚饭后，蒂莫西说，"你们两个最好离开，去你们树林中的小屋。"

"你打算怎么做?"南希问。

"留在这里。"蒂莫西说,"吉姆和你们的妈妈不在,我最好在你们身边,以防需要我做点什么。一路上也没发现她的任何踪迹。如果她不马上回来,我就得打电话给警察了。"

"可是你会因入室盗窃被捕。"桃乐茜说。

"管他呢。"蒂莫西说,"我们得进行常规搜索,他们派来的人越多越好。这里到处是茂密的树林,只有警察能胜任这种工作。"

南希的脸突然亮了起来。

"乔利斯中校,"她大声说,"我马上就去给他打电话。他比警察好多了。这里已经很久没有发生森林火灾了,下这么多雨也不会发生火灾。他们有机会做些正经事一定会很高兴,而且他们有好几百人。"

"好几百什么?"蒂莫西问。

"消防员,"南希说,"去年你见过他们。他们接受了乔利斯中校的训练。他们会吹响号角,然后每个有车的队员都会载上尽可能多的人,去他们想去的任何地方。他们在很短的时间内就能搜遍整个树林,而警察们只会呆呆地在一旁做记录。"

"这个主意倒不错,"蒂莫西说,"但我们要先和警察谈谈。好了,我们走吧,你们四个都去。你们送他们两个回去,然后再回来。"

皮克特人和殉难者一起在树林里摸索着往前走。迪克点燃了小屋里的防风灯,桃乐茜准备生火。

"你们不去睡觉吗?"佩吉问。

"还不急，"桃乐茜说，"我们不可能睡得着。我知道为什么蒂莫西要把我们打发走。"

"为什么？"南希问。

"他认为真的发生了非常严重的事，不想让我们听到他要对警察说的话。"

"真希望我们今天没有出去。"佩吉说。

"我也希望是这样。"南希说，"当时她那么高兴地让我们走，我就应该猜到会发生可怕的事。那并不正常，就好像她想一个人待着一样。"

"你不觉得她发现了我们的事？"桃乐茜说。

"当然没有。"南希说，"如果她发现了，第一时间就会来这里，而不是去收拾行李。她从来没有想到过你们，否则就不会一直念叨着燕子号船员了。不，肯定是其他的事。"

"我们最好回去，"佩吉说，"万一她回来了呢。"

"如果她回来了，"桃乐茜说，"你们能不能……"

"如果有什么消息，我们会立刻跑上来告诉你们。"南希说，"即使这意味着要强行逃出来。"说完，她和佩吉在黑夜里匆匆离去，留下迪克和桃乐茜在小屋里。

迪克和桃乐茜坐在火边。他们帮不上什么忙，但是也不可能睡觉。迪克看了看他的毛毛虫，将盒子放在一个阴凉的地方，然后又回到火旁，试图看看《乡村什物杂记》中关于枯叶蛾的内容。上面有一张它们的漂亮图片，但他没有心思看，眼前浮现的是这样的画面：姑奶奶在草坪上说话；姑奶奶摔伤脚踝躺在地上等着被人发现；姑奶奶听到蒂莫西、南希和比利坐着汽车从她身旁经过，却不知为什么不能叫住他们。

"他们应该能找到她。"迪克突然说。

"他们能找到，"桃乐茜说，"只要他们能明白她的想法。可是没人知道她为什么出去。她吃了午饭才出去的。那时她应该躺下休息。为什么她反而出去了？而且还要坐汽车？如果我们弄明白这一点，事情就有了头绪。"

"我认为他们没有仔细寻找踪迹。"迪克说。

"马路上也不会有任何踪迹。"

"但她一定是离开了马路，草丛里会有足迹的。明天他们得找找看。"

"到时可能就晚了。"桃乐茜说。

"我知道。"迪克说。

午夜已经过去很久了，他们听到外面响起脚步声。南希和佩吉又从贝克福特上来了。

"我知道你们还没睡，"南希说，"蒂莫西还说你们已经睡了。"

"她回来了吗？"桃乐茜问。

"没有。"南希说，"厨娘开着门坐在厨房里，蒂莫西刚刚又沿湖边的路去找了。厨娘想让我们去睡觉，但我觉得还是上来告诉你们吧，警察明天一早就会来。我给乔利斯中校打电话了，他高兴得不得了。我就知道他会这样。当然，不是因为她失踪而高兴，而是因为他能有机会找到她，尽管妈妈说他年轻的时候也讨厌她。他要把他手下的人都带来。他说他们会把整个地方都搜一遍。他要把他能叫上的人都叫来一起找，除

非她晚上回来了。蒂莫西说警察认为她可能会回来。"

"如果她失忆了，就可能去任何地方，"桃乐茜说，"而且可能会觉得自己是别人。"

"她不会那样。"南希说。

"她可能病得很厉害，"佩吉说，"甚至死了。"

"不会的。"南希说。

"你不会觉得她是故意跑的吧？"迪克说。

"因为什么？"南希说，"她一直玩得很开心啊。成天作威作福，我们让她开心极了。"

"她不会故意走的。"佩吉说，"她已经收拾好所有行李准备回去了，厨娘还听到她打电话安排人下午一点接她去火车站，她告诉厨娘她想带些三明治。"

"她肯定出事了。"桃乐茜说。

"就在最后一天。"南希说，"我们一直应付得非常好，几乎已经习惯她了。而且……而且当她以为迪克是个大窃贼之后，就真的变得很有冒险精神。"

失踪的姑奶奶似乎与假期里擅自闯入贝克福特、我行我素的姑奶奶截然不同了。

"好了，"南希最后说，"你们现在最好还是睡觉吧。我们也要睡了，否则明天没力气去找她了。走吧，佩吉。晚安。天哪！再过几个小时天就亮了。晚安……"

"她说得很对，"当脚步声在月光下的树林里消失的时候，迪克说，

"我要睡觉了。睡觉的时候我会想着姑奶奶的事。我睡觉的时候经常想数学题,很管用。我经常那样做。睡觉的时候想着一道题,醒来时发现原来自己算错了。"

桃乐茜爬上吊床之前看了看外面阴森的树林。

"今天晚上很暖和,"她说,"这是好事。"

第二十六章

开始搜索

清晨，号角声吵醒了他们。接着另一声号角声响起，然后又是一声，汇聚成欢快的声音，每逢训练日，这种声音就在山林间回荡。现在声音从远处传来，直抵湖的源头。

"是消防员，他们来了。"桃乐茜说着从吊床上翻滚下来，走到小屋门口。太阳已经高高挂在天上，空地上点缀着斑驳的树影。

迪克伸手从头顶的横梁上取下眼镜，从吊床上滑了下来，走到桃乐茜身边。他想起了去年夏天的事情，高岗发生火灾，大火席卷了石楠和欧洲蕨，向树林和下面的农场蔓延。号角声意味着救援，而且是不会太迟的救援。这一次……

"她还没回来，否则南希会打电话叫他们不要出动。"他说。

"她在外面待了整个晚上，"桃乐茜说，"腿断了躺在那里，太虚弱了，没力气喊叫，甚至不能动。他们发出这么大的动静是好事。她也会听到他们的声音，知道有人正赶来救她。"

号角声再次响起。

"他们现在离这儿很近了，"迪克说，"一定靠近那座桥了。他们马上就会沿着马路过来。我们下去吧。"

"最好不要。"桃乐茜说，"我们等南希或佩吉从贝克福特上来。"

"如果有好几百人去找她，我们去看看也不要紧。我们应该沿着他们之前发现空车的那条马路边上去找脚印。"

"如果你真的找到脚印,那就太好了,"桃乐茜说,"然后大救星偷偷溜走,不留姓名……我可以编一个这样的故事,救人的人根本不能留姓名,因为他被警察通缉了。"

"消防员来了,"迪克说,他们下面的马路上传来了号角声,"至少有四辆汽车。听,还有更多车在路上……"

越来越多的号角声在远处响起。

"我们最好马上穿好衣服,吃早餐。你去拿杯子。从昨天的早餐起,它们就一直放在小溪里漂洗着。你也去洗漱一下,再把水壶装满。那是什么?"从贝克福特方向传来的一声低沉而洪亮的狗叫把他们俩吓了一大跳。

"那不是一条普通的牧羊犬,"迪克说,"不是……"

"是警察,"桃乐茜说,"他们带来了一条警犬。我想只要有人失踪,他们就会这样做。"

他们洗漱完毕,穿好衣服,一切准备就绪,但还是没有看到南希或佩吉的身影。水壶里的水已经烧开了,玉米片也准备好一段时间了,桃乐茜把锅装满水,推到火旁,准备放鸡蛋,这时,杰克终于拿着牛奶来了。

"你们听到动静了吗?"他喘着气说,"你们应该去贝克福特。他们派来了消防员和警察。警长还带来了警犬。我爸爸也带着我们的贝丝来了。它是一条很聪明的狗。还没人告诉你们吗?我妈妈说,那个老特纳小姐自己跑掉了。他们要去树林里找她,如果找不到,就会去湖里打捞。呃,

不过我希望他们会让我上船。"

"我确信她没有自杀。"桃乐茜说。

"我爸爸也是这么说的。他说她可能进退两难,躺在悬崖边上或被荆棘绊住,所以就像一只羊那样不能动。"

"就躺在那里等着被人发现。"桃乐茜说。

"他们可能会找到她,也可能找不到,"杰克说,"我要去看看。"说完他就急急忙忙地往下冲,也想加入搜索的队伍,甚至忘记了拿空牛奶瓶。

他们吃了早餐,再也等不下去了,于是小心翼翼地沿着小路朝马路走去。他们靠近树林尽头的时候听到下方传来了脚步声。原来是邮差,送来了一封写给桃乐茜的信。"我没有把它留在墙里,"他说,"我有话跟你们说。你们没看到特纳小姐吧?"

"没有。"桃乐茜说。

"她没和你们在小屋吗?"邮差说,"我觉得我要确认一下。我认为布莱克特家的那两个小姑娘会把她藏起来。她们有一些骷髅图什么的。有可能是绑架。把人囚禁起来或什么的。你们永远摸不透那两个家伙。"

"她们跟这件事没有一点关系。"桃乐茜说。

"这只是你的看法。"邮差说,"那个闯入贝克福特的人是怎么回事?萨米告诉我,那里根本没去过什么大人,只是她们两个家伙在搞鬼。如果我给你们送信的事和我对特纳小姐隐瞒说不认识你们的事被发现了,我肯定会有很大的麻烦。"

"但那本来就是寄给我的信,"桃乐茜说,"而且没有人会知道的。"

334

"如果他们发现了，我就惨了。"邮差说，"我已经告诉自己十几次了，我应该马上去告诉特纳小姐，你们两个和她们两个在搞鬼。但南希小姐反应太快了。她先是让你一只脚陷进麻烦，还来不及抬脚，就陷到脖子了。然后就发生了这样的事。警察来了，消防员也来了。他们会询问一个又一个问题，总会被他们问出来的。"

"如果他们找到她就没事了，"桃乐茜说，"她今天就要走了。"

"嗯，但他们能找到她吗？而且布莱克特太太明天就回来了。我看到那张明信片了。到时她会怎么说？她回来就要面对麻烦事。到目前为止，我什么都没说……"

"你现在不能把信的事说出去。"桃乐茜急切地说。

"我没有别的办法，只有保持沉默了。我担心的是别人会说出去。已经有太多人知道了。比如沃特斯米特的那些人。还有那个小杰克，他可是满嘴跑火车。李思维特夫人也一定跟布雷思韦特太太说了什么。她知道了，她儿子比利和萨米现在肯定也知道了。他们是一家子，只要有一个人开口就可以了，他们肯定就会说出去以保全自己，让其他人来承担罪责。我还以为没事了，因为特纳小姐今天要走了，而布莱克特太太要回来了。"

邮差沮丧地摇了摇头，又拖着重重的脚步沿小路向他之前停在马路上的自行车走去。

"我们不能让别人看见。"桃乐茜说。

"但如果我们不能被人看见，我怎么去找那些踪迹呢？"迪克说。

"没办法。"桃乐茜说。

她打开了信。这只是他们的妈妈寄来的一封普通的信，信里洋溢着欢乐，说他们的爸爸几乎快改完试卷了，他期待来北方，期待圣甲虫号船长和大副给他上航海课。信里希望布莱克特太太回来的时候一切都好，这样她就会为邀请他们而感到高兴。信里还说到时会给他们俩多带一些内衣来。

"要是她知道事情会变得多么可怕，"桃乐茜说，"她就不会这么开心了。"

更多的车辆从他们下面的马路上经过。

"我必须下去看看发生了什么事。"迪克说。

"我们根本不用去马路上。"桃乐茜说，"我们沿着树林走，这样就不会被人发现。我们尽量贴近马路，如果南希或佩吉来找我们，也能拦住她们。"

在马路上方二十米远的地方，他们在榛树林和小桦树林里穿梭闪躲。他们下面就是树林尽头的一排落叶松和松树。在铺了一层棕色针叶的光滑地面上行走本来很容易，现在却不那么安全了。他们来到了小灌木林边上，虽然他们不得不推开树枝，但只要坐下来不动，别人就看不见他们，而他们却可以通过树干中间的空隙看到下面的矮墙和墙那边的马路。

他们听到人们在贝克福特大门附近大声说话，每隔几分钟就有一辆汽车从马路上开过来。很快他们就看到一排车在那边等着。

"我不会再往前走了。"桃乐茜说。

他们趴在地上，透过落叶松林往下看对面的房子。他们看见一个矮矮胖胖的男人，肩上挂着一支猎号，上了一辆敞篷汽车，站到了座位上。

皮克特人和殉难者

贝克福特大门口

现场突然安静下来。

"那就是乔利斯中校。"桃乐茜说。

"我估计那些人都是消防员,"迪克说,"或者大多数是。杰克也在那里,就在乔利斯中校的车旁边。"

"安静点,迪克。听,他在说什么?"

中校尽管是个小个子,但嗓门很大,还很有感染力。

"听着,伙计们,"他大声说,"我们每五十米安排一个人,十个人一队,这样每队就能搜索五百米。我们从湖岸边开始,沿着树林往山上走。每个队长要时不时吹响号角,这样我们就能保持联系。一旦找到了她,离她最近的队长就吹一声长号,要尽力拉长声音,明白了吗?我们平时训练吹的那种声音是相互联系,找到她的时候就吹一声长号……像这样……"他把手伸进车厢,拿出一支又长又直的号角,那东西不像他用来向手下发信号的弯弯的猎号。他把它放到嘴边,吹了起来……拉长声音……一直吹。

"他会憋坏的。"最后迪克说。

但中校只是脸涨得通红,他坚持吹完了,即使从他们蹲伏着的地方,迪克和桃乐茜也可以看出中校觉得他这个年纪还能吹出一声好号。

他等了一会儿才缓过气来,然后大叫道:"走吧。你们清点好人数,每五十米安排一个人。"

引擎发动时发出一阵巨大的噪声,有一两个队长吹响号角召集他们的队伍。大家都挤进车里,汽车一辆接一辆地开走。

"南希在那里,"迪克说,"看看她穿了什么!"

"这是为了让姑奶奶高兴,如果他们找到她的话……她上了乔利斯中校的车……佩吉也是……她们根本不会上来找我们了。我们回去吧……"

"那辆蓝色的车是警察的。"迪克说,"嘿,你看看那条警犬。他们要把它带到老爷车离开的地方,从那里开始搜索。没必要再去找什么踪迹了。看,那个警察拿着一件斗篷还是什么的,那是她的,他要让警犬闻闻她的气味。"

"蒂莫西在那里,他刚从大门出来,这会儿正和乔利斯中校说话。他也要去。"

"不,他不去。他们走了。蒂莫西在后面停了下来。他害怕碰见姑奶奶。要是他碰见她,那就太可怕了。"

乔利斯中校的车上挤满了人,南希和佩吉坐在中校旁边,四个人挤在后面,还有两个人站在车两侧的脚踏板上,车跟在那辆带着警犬的蓝色警车后面走了。另一辆挤满人的车跟在中校的车后面。一车又一车的人开始行动了。他们看到杰克已经找好了一个位置。

"厨娘为什么在哭?"迪克说,他看到厨娘站在贝克福特大门旁,一边望着马路一边用围裙抹眼睛。

桃乐茜没有回答。不知怎么回事,看到那些车开走去找姑奶奶,她也忍不住要掉泪……绝对不行,她生气地告诉自己,但她忍不住了。

"我说,"迪克说,"我还没看到那辆老爷车。"

"蒂莫西会坐那辆车去。"桃乐茜说。

最后一辆车走了。他们看见蒂莫西在和厨娘说话,厨娘转身从大门进去了。蒂莫西一个人在路上,开始朝跟搜索队相反的方向走,几乎跑

了起来。

"他要去我们的屋子。"桃乐茜说,"拦住他。"

迪克冲出榛树林,飞快地穿过落叶松林。

"嘿!"他轻轻地叫了一声,然后提高一点音量又叫了一声。

蒂莫西很快停了下来,看了看马路两旁,终于看到了迪克,他跳过墙,走到树林里去见他们。他双眼很疲惫的样子,也没有刮胡子,看上去似乎一整晚没睡,确实如此,他只坐在厨房火炉旁的椅子上睡了几分钟。

"很好,"他说,"没有人看到你们吧?我正要上来把我们商量的事情告诉你们。是这样的。如果不能在我们预想的地方也就是路边的树林里找到她,那些家伙就会到处搜索,如果他们找到你们,他们肯定会问东问西。如果可以的话,我们不想对任何人做解释。我真希望南希没有……但现在说这些也没有用。我也有责任……"他用一只手拂过前额,"南希是好意,你们也是,如果没出什么事的话,那也无所谓。但是遇到麻烦时,他们总是会问一大堆预料不到的问题。你们最好离开。是的,是的,南希同意了。"

"你觉得特纳小姐没事吧?"桃乐茜问。

"她当然没事。"蒂莫西说,"她也许伤了脚踝,或是别的什么。医生说她的心脏没有任何问题。我之前还担心这个。她也许去拜访了一个朋友,然后在那里过夜。她随时都可能出现。你们不用担心了。最重要的是我们不能让她看到你们。也别让其他人看到你们。要是她遇到了你们,到时真的需要好好解释一番了。"

"但我们能去哪里呢?"桃乐茜问。

"只有一个地方,你们肯定不会碰到任何人。你们现在可以溜到你们的船上去。他们都往另一条路走了。周围没人,你们去就是了。开着你们的船到吉姆的船屋上等我。那里有很多吃的。除了火柴,什么东西都有。你们带上一盒火柴。钥匙在门上。你们溜出去吧。一旦到了湖上就不会有人来问问题了。到船屋去吧……把你们要带的东西装进背包里,这样还可以在那里凑合着过夜。不过得快点,我也会尽快赶过去。我会暂时替你们看守小屋。明白吗?"

"明白。"迪克说。

"好的。"桃乐茜说。

"你们很清楚,有一件事绝不能发生,那就是你们不能碰到那个老太太。"

第二十七章

绝不能发生的事

他们完全按照吩咐做了。桃乐茜把他们的睡衣、洗漱用品和两盒火柴装进她的背包，最后临走的时候还加了一个练习本进去。迪克担心他们几天都回不来，把装有毛毛虫的盒子、望远镜、圣甲虫号的旗帜和奈特的航海书都带上了。他们急急忙忙地把其他东西也收拾进他们的行李箱，然后锁上了箱子。他们在打包的时候还时不时听到远处传来的号角声。搜索开始了。他们最后环顾了一下小屋，看看是否忘记了什么东西。他们心怀一种抛弃老房子的奇怪感觉走了出去。迪克用绳子把门绑了起来，就像他们第一次看到它时那样。

"当然，只要他们想的话，可以从窗户进去。"桃乐茜说。

"或者解开绳子。"迪克说。

两个皮克特人离开他们住了十天的家，一路上没有说一句话，他们匆匆往树林下方走，来到了停泊在芦苇丛中的那个港口的圣甲虫号上。

他们用竿子把船撑进了潟湖，迪克拿起桨，快速朝河下游划去。他们离开树荫处，抬头望向整片草坪，要不是窗户上挂着窗帘，贝克福特就好像一座空房子。他们没有看到任何人。

"蒂莫西去找其他人了。"迪克说。

"厨娘在厨房里哭，"桃乐茜说，"她在想布莱克特太太，她不得不向布莱克特太太说明家里发生的事情。"

"我想那晚我本来可以从那扇窗户出去，"迪克说，"这样她就不会看见我了。但如果我出去了，她关上窗户后我就不能再进去了，我们就拿不到蒂莫西急需的东西了。"

"现在说这个也没什么用。"桃乐茜说。

"要是等到她回哈罗盖特就好了。"迪克说。

"如果她脚踝骨折了，"桃乐茜说，"她就会在这里待上很久，直到完全康复。"

他们经过了贝克福特的船库，上面的骷髅图都褪色了，再往河下游走三十米就看到了亚马孙号，船是前一天停在那里的。

"南希一定非常着急，"迪克说，"她都没下来把船停好。"

他闷闷不乐地划着船，直到来到湖上，把帆升起来，他们才暂时忘记了皮克特人和殉难者面临的麻烦。桃乐茜把舵安装好之后在一旁等着，准备掌舵。迪克把圣甲虫号调了个头，迎着南风往前开。离开港口之前，迪克已经做足了准备，他收起桨，抓住升降索。"好了，"他一边说一边把帆拉了起来，"保持左舷行驶……不……右舷抢风。我拉下横杆的时候你稍微放松一点。再拉紧一点。船跑起来了。"他放下活动船板，"很好。这是目前我们做得最好的一次。现在把旗帜挂起来，我早应该把它升上去的……"

"你觉得我们应该把旗帜升上去吗？"桃乐茜说，她的思绪一下子又回到岸上发生的事情上，她还想，如果他们有旗帜，也许应该把它升到旗杆一半的位置。

"没有它很难航行。"迪克说，"书上说你应该凭借脸颊感觉到的风去航行，但我确定我做不到……目前还做不到。你也不行。"

"那我们把旗帜升上去，"桃乐茜说，"我们当然可以升上去。我们不应该跟贝克福特有任何关系。我们就是驾驶一艘船，在湖面上航行。"

"好。"迪克说，然后把小旗杆绑在大旗杆上。这是唯一一件进行得不太顺利的事。不知什么原因，当他将旗帜拉上去的时候，小旗杆倒转过来，然后在桅顶缠住了。他又把它拉了下来。"拉上去的时候，我应该稍微向下用力，"他自言自语地说，"而且应该稳稳地升上去，而不是猛拉几下。"第二次，他顺利地把旗帜升上去了，白底绿甲虫旗在桅顶欢快地飘扬，似乎天下的烦恼都和它无关。迪克把主升降索的末端整齐地盘起来，把船桨放在两旁，两片桨叶在船头相接，然后转身去掌舵。

桃乐茜在一旁看着帆，看它是否鼓满了风，然后又看着旗帜，看船是否在逆风航行，迪克看到她那张认真的脸就改变了主意，在船中央划手座迎风的一侧坐了下来。桃乐茜表现得很好，大副就应该能像船长一样驾驶这艘船。

远处传来的号角声把他们俩都吓了一跳。他们已经有一段时间没有听到动静了。他们一度以为已经找到了姑奶奶。但他们记得那种情况应该吹一声长号，而这只是常规的号角声。在湖下游很远的地方，消防员们一个接一个地回应着，他们在互相发联络信号。然后又是一阵沉默。

"当心，桃乐茜，船要顺风航行了。"

"不好意思，我们转弯吧。"

"好。"

迪克用挑剔的眼神看了看船转弯时在水里掀起的旋涡，但没有说什么。

第一次抢风航行让他们横穿湖面驶到了对岸。桃乐茜掌舵的时候，不仅考虑吹到帆上的风，还想着搜寻姑奶奶的事，所以圣甲虫号航行起来并不尽如人意，等他们再次穿过湖面时，发现自己仍然离贝克福特岬角很近。

"最好还是你来掌舵吧。"桃乐茜说。

于是迪克和她换了位置。

"我要试试短距离的抢风，"他说，"然后我们沿着这一侧行驶。"

"别太近了，"桃乐茜说，"但只有足够近才能看清楚。附近还有很多其他船。我们只是其中一艘。我们想去哪里就去哪里。"

就这样，他们在阳光下迎着从南边吹来的微风，在湖面上迂回前进，同时观察着岸上的动静。但几乎看不清什么。他们看到树林下面的岸上到处是人。在靠近湖边的马路上，他们看到有汽车在等着，有时还能听到消防员互相回应的号角声。但是，如果事先不知道，他们绝对猜不到发生了什么不寻常的事。那些划着船的和驾着游艇的人在湖上穿梭，听到岸上的号角声，他们根本想不到就在他们附近，人们正在乡林里搜寻，搜寻一个人。

过了一会儿，他们听到了警犬的叫声，但突然又停了下来。

"警犬追踪到气味的时候会大叫吗？"桃乐茜问。

"我不清楚它们嗅到气味时为什么会这样。"迪克说。

"它们兴奋的时候可能会叫。"桃乐茜说。

他们航行到长岛和西岸之间时，又听到了警犬的声音，这次是从湖下游很远的地方传来的。

"那不是真正的吠叫，"桃乐茜说，"只是普通的狗叫。它还没有发现什么东西。"

这时，树林高处响起了号角声。

"她不可能走到那上面去，"迪克说，"我觉得他们应该在发现那辆车的地方附近找找脚印。他们一定是把警犬引错了地方。我真希望他们也让我们一起去。"

"他们不会的，"桃乐茜说，"你听到蒂莫西说的话了。如果他们找到姑奶奶的时候，我们和南希、佩吉在一起，她看见我们跟她们说话，她们就得解释，然后她们就完蛋了，而且她一定会对布莱克特太太大发脾气，邮差、厨娘、杰克、蒂莫西和医生也会被牵连进来。但是，唉，我真的希望她能平安地回来。"

"她不可能走远。"迪克说。

"杰克说他们要去湖里打捞。"桃乐茜说。

他们航行到长岛另一边，向湖对面望去，看到了停泊在避风港的那艘蓝色老船屋。

"我们先别过去。"迪克说。不知为什么，航行的时候，事情似乎没那么糟糕，一停下来就没有什么可做的了，除了想那件事。

"其实也不用那么急。"桃乐茜说，"现在我们在湖上，最重要的是别让人发现我们。"

他们继续在湖里来回抢风航行，不时地听到山陵下面陡峭的树林里传来相互呼应的号角声。

"迪克，"桃乐茜最后说，"也许我们最好去那里，整理一下行李。我

也应该准备一些吃的。他说我们随便吃什么都可以。"

"我们等一会儿再去航行。"迪克说。

"如果他们找到她的时候，她平安无事，蒂莫西肯定会直接回家。他不会让姑奶奶看见他的。我们最好把东西都准备好。"

迪克把圣甲虫号调了个头，放开帆绳，向船屋港他们的新藏身点驶去。

"自从我们驾驶起绒草号以来，还没有在船上睡过觉。"迪克说。

"是的。"桃乐茜说，但她并不期待在船上过夜。睡在船上取乐是一码事，但因为出了事而睡在船上则完全是另外一码事。迪克驾驶着圣甲虫号穿过湖面前往船屋港，桃乐茜回头看对岸，竖起耳朵听，她想听到一声长号，因为那意味着搜索结束、姑奶奶被找到了。她在想不知道有没有人想到要准备一副担架。

迪克努力不紧握舵柄，而是用手指来掌舵，努力摸索松开帆绳的最佳幅度，让圣甲虫号最大限度地利用风力，在这几分钟里，他完全忘记了姑奶奶的事。他没有开口说话，直到圣甲虫号驶入船屋港，船开始向南面的岬角靠过去，船身不再像之前那么倾斜，船速也减慢了。这时他说："桃乐茜，我想试试像南希那样靠岸，不先降帆。"

"你觉得你能做到不撞上去吗？"

"我要像在水下操控船尾一样驾驶它，"迪克说，"然后让船转弯迎着风，直到船帆拍打起来。它应该会停在船屋边上。你准备躲开，然后抓住梯子，好吗？小心横杆。我们迎风而上时，横杆会摆过来。"

"好的。"桃乐茜说。

"关键是把握好转弯的时机。"迪克对自己说。

把一艘小船直接停在大船船尾,然后在最后一刻让船转弯、贴到大船附近但又不撞上去,这需要经过练习和十足的信心。迪克转得太早了。

"不要紧,"他说,"我要调头,再试一次。"

他迎风航行,让圣甲虫号成功地改变航道,向船屋港驶去,准备再次靠岸。

"迪克,"桃乐茜说,"船屋里有人。"

"不可能,否则就会有船停靠在梯子附近。蒂莫西的船在对岸。"

"好像船舱窗户后面有什么东西在动。"桃乐茜说。

尽管迪克认为桃乐茜看走眼了,但在她说话的时候,他还是猛地把圣甲虫号转了过来。现在是左舷受风。他们再次驶离船屋,这时他们被水花声吓了一跳。他们回头一看,发现有人在船尾的甲板上将一张报纸抖落。

"小家伙!"

那人不再抖落报纸了。一个戴着像是白色大头巾的人正向他们招手。

"小家伙!"

"我马上就来,"迪克大声说,"得再次改变航道。小心,桃乐茜!"圣甲虫号转过身来,横杆也摆过来了,他第三次学着南希的方式朝船屋靠过去。

"我就知道有人。"桃乐茜低声说。

"为什么蒂莫西不告诉我们?"迪克说,"别说话,就一会儿。这次我肯定能做到。注意横杆。"

皮克特人和殉难者

他们被水花声吓了一跳

他再一次瞄准船屋的船尾,又坚持了一会儿,然后把他的小船调头驶进风中。有那么可怕的一刻,他以为会撞上去。虽然没有多少余地,但船还是毫发无损地靠岸了。

"抓住梯子,桃乐茜。船几乎不动了。我们做到了。"

桃乐茜抓住了梯子,但没有说话。她已经说不出话了。迪克抬头看到的那个人,她也看到了。船屋上的陌生人正在解开围在她头发上的毛巾,虽然他们从没有近距离见过她,但从远处见过,一眼就知道她是谁。

桃乐茜瞬间吓坏了,她想推离梯子,以最快的速度驾船逃离船屋。但这是不可能的。姑奶奶正在和迪克说话。

"小家伙,"她又说道,"你是本地人还是游客?"

"实际上是游客。"迪克说,"抓住,桃乐茜,否则船又要开动了。"

"你很熟悉这个湖吗?"

"不是很熟。"

"你知道在岛的另一边,湖的对岸,有一座叫贝克福特的房子吗?那里有一条小河……"

"我知道。"迪克说。

"如果你能带我去那里,我会非常感激你。我必须去那里一趟,然后再去赶火车。你送我去好不好?"

"好的。"迪克说。

"不好意思,你们等我一会儿。"姑奶奶说完走进船舱。

"迪克,"桃乐茜喘着气说,"你知道她是谁吧?"

"是她,"迪克垂头丧气地说,"但我还能说什么?我没法说别的了。"

"我们该怎么办？"

没有时间说更多了。姑奶奶已经戴上帽子从船舱里出来了。他们看到她转身，听见她把钥匙插进锁里转动的咔嗒声，然后看见她把钥匙拔了出来，又改变主意把钥匙放了回去。他们听到她瞥了瞥钉在门上的小纸条后哼哧了一下鼻子。她弯下腰把她的阳伞递给迪克。迪克接过来，也没有看，就把它放在船上。他眼睛盯着她仍然拿在手里的东西，一只扁平的长方形木盒，上面印着名字。她发现了那只装有化学天平的盒子。

"请你拿着这个，好吗？"

迪克用颤抖的手接过盒子，把它放在他的毛毛虫盒子旁边。

"好了，如果可以的话，你能不能扶我一把……"

"您转过身去，倒着下来会比较容易。"桃乐茜说，看到姑奶奶犹豫不决，她又急忙补充道，"至少我觉得应该是这样。"

姑奶奶倒着下来了。桃乐茜怯生生地抓住姑奶奶的一只脚踝，引导她把脚踩到一个划手座上。姑奶奶下到船上，在船尾坐下了。

迪克不知道该怎么办，因为她坐在那里，他就无法掌舵。

"你知不知道现在几点了？"她问。

迪克回过神来，看了看表。"十一点二十九分。"他说。

"到那里要多长时间？"姑奶奶问。

"如果风向不变的话，用不了很长时间。"桃乐茜说。

"我叫了一辆车一点钟到贝克福特来接我。"姑奶奶说。

一阵新的恐惧涌上桃乐茜的心头。如果南希、佩吉、厨娘或是蒂莫西想到给车站打电话，说因为姑奶奶失踪了不需要派车来了，那该怎

办？但她不能提这些。她看到迪克一副束手无策的样子。

"拜托您，"她说，"因为他要掌舵，所以您得挪一下。"

"我不习惯坐帆船，"姑奶奶说，"虽然我有两个经常驾船航行的侄孙女，你得告诉我该怎么做。"

"如果您就坐在这里，"迪克说，"那再往前一点，然后我可以坐在这个地方掌舵，桃……（他及时住口，觉得最好还是不要提名字）我姐姐可以坐在这边让船保持平衡。把船头推开……"

桃乐茜把船推离了梯子。

"非常抱歉，"迪克说，"您得当心那根横杆。下次不会了。至少，我会提前告诉您。"

"是我自己不好。"姑奶奶说。

圣甲虫号的帆鼓满了风，他们出发了。

就在这时，湖的远处又响起了号角声。

"很奇怪，"姑奶奶说，"现在不是打猎的季节，也不像以前那样训练了，但我觉得在过去的两小时里，我一次又一次地听到了号角声。"

第二十八章

三个人在船上

"那些号角声是怎么回事？"

姑奶奶问了这个问题，但桃乐茜不确定她是不是期望得到回答。她看看迪克，但他也帮不上什么。桃乐茜清楚迪克掌舵时脸上的那种表情，当他全身心投入某件事时，总是这种表情。他想着星星、采矿、航行、鸟儿，甚至毛毛虫的时候，她都见过他的这种表情。现在，他脸上的表情不一样了，她知道迪克非常不高兴地同时想着两件事。掌舵当然是其中一件事，但另一件事呢？

桃乐茜看着坐在船尾的姑奶奶，她坐的位置刚好留出了空间给迪克掌舵。她又看看迪克，发现他的眼睛反复地瞥向那只印着詹姆斯·特纳名字的木盒。"无论发生什么事，你们绝对不能碰见她。"蒂莫西是这么说的。而现在姑奶奶和他们一起在他们的船上，他们要带她去贝克福特，入室盗窃的赃物就放在她旁边。难怪迪克发现很难把心思放在驾船上。桃乐茜突然意识到，如果姑奶奶只是扭伤脚踝，或是骨折，也不会这么糟糕。她现在应该被人发现了，而且是其他人。这才是关键。如果她被其他人发现就好了。

这时，另一个念头让她为之一振。姑奶奶并不认识他们。他们绝不能让姑奶奶知道他们认识她。迪克会想到这一点吗？他随时都可能叫她特纳小姐，然后她就会问他是怎么知道她的。

"不知道他们在干什么。"号角声再次响起时，姑奶奶说道。

"他们在搜寻一个失踪的人。"桃乐茜看着迪克,清清楚楚地说道。然而没有用。她没有引起迪克的注意。

"有人失踪了?"姑奶奶问,她两边脸颊有点红,"你知道是谁吗?"

"我们听说是特纳小姐。"桃乐茜说,她紧紧抓住她坐着的座板,以免手指发抖。

"哼!"那两团红晕在姑奶奶的脸颊上扩散开来,她紧抿着双唇,"我就是特纳小姐,"她停顿了一下说,"我没有失踪。"

"当然没有。"桃乐茜说,她深深舒了一口气。现在即使迪克不假思索地叫她特纳小姐也没什么问题了。

就在这时,他们听到一声低沉的吠叫在湖下游很远的地方回响。

"是警犬,特纳小姐,"迪克说,"它一定弄错了。"

姑奶奶哼了一声。至少,这是事后桃乐茜觉得唯一能形容她发出的那种声音的词。当然,她不止是嗤之以鼻。"警犬!"她说,"太愚蠢了!我在我侄子的船屋里过夜,清理了他的猪窝。失踪!我就像个打杂女工那样干活。唉,你们也看到我把我清理的最后一批垃圾倒进湖里了,那里垃圾成堆,甚至连船舱的桌子上都有。"

桃乐茜焦急地瞥了一眼迪克,因为刚才圣甲虫号突然转了个弯。垃圾,成堆的垃圾……姑奶奶把矿上的所有样品都扔到了湖里。蒂莫西的工作白费了,而弗林特船长明天就要回来了。迪克脸色发白,但他及时想起了不能说这件事。

"失踪?"姑奶奶接着说,桃乐茜知道她正在自顾自地解释,"可能有一点误会。我确实希望我的侄孙女们会来找我。可说我失踪,还找来警

犬！她们一定是疯了。"

"我认为是警察带来了警犬。"迪克说，桃乐茜又颤抖起来。她睁大了眼睛，吸引了迪克的注意。迪克本来还想说点别的，但他发现最好还是不要说了，于是话到嘴边又咽了下去。

正如桃乐茜事后所说，这其实并不重要，因为姑奶奶太生气了，并没注意到。她发泄怒气的方式很奇怪。她猛地打开阳伞，把它举过头顶，坐得比以前更直。她四处眺望，就像一个被带到湖上转悠的游客。她抬起下巴，嘴唇紧紧抿在一起。桃乐茜突然明白，姑奶奶自己也在害怕着什么。不完全是害怕。桃乐茜想，应该是"蔑视"，她想起了迪克逊农场卧室墙上的那幅陷入困境的牡鹿的图片。

"没关系的。"迪克诚挚地说，"只是如果我们要改变航道，您就得稍微低一下身子。现在没事了。如果有什么事的话，就当作是一次额外的航行。"

姑奶奶似乎没有听到他在说话。她当然也没听到他说了什么。

"但那些号角，"她说，"它们可不是警察的。"

"那是消防员的，"桃乐茜说，"乔利斯中校的消防员。"

"汤米·乔利斯！"姑奶奶惊呼道，"吹着号角搜寻我！我要跟他说说。他从小就是一个吵吵闹闹、没有规矩的孩子。"

桃乐茜想起了那个矮矮胖胖、留着白胡子、秃头的中校站在车里和他手下说话的情景，发现很难把他现在的样子和小时候的放在一起对比。突然间，她在想姑奶奶小时候是什么样子。她很快就放弃了。姑奶奶是那种从没年轻过的人。她一定是从小就有姑奶奶的气势，从小就是一个

姑奶奶。

"虽然很热，但今天天气真不错。"姑奶奶说，"乔利斯中校和他的朋友们看起来要白忙活了。"

迪克绕过长岛南端的那块小礁石，转而向北驶去。这样风就从船尾吹过来了，他必须注意掌舵，看着桅顶上的小旗帜，因为他担心突然的转向会让横杆摆过去，把姑奶奶手中的阳伞打掉。桃乐茜不用迪克提醒就拉起了活动船板。

她又坐下来，做好了最坏的打算。她有过一丝希望，他们可以把姑奶奶送到贝克福特，在不遇到任何人的情况下把她送上岸，然后匆匆驾船驶向安全的地方。她一度希望迪克也有同样的想法。但现在，他们不是在岛那边的里约湾一侧航行，而是在岛和西岸之间航行，他们会被任何往湖上眺望的搜寻者看得一清二楚，除非运气好，他们被其中一座小岛挡住。当然，附近还有很多别的船，但只有一艘挂着红帆和圣甲虫旗的小船，而且也只有这艘船的船尾坐着一个老太太，撑着一把蓝色的阳伞，似乎故意吸引别人的目光。南希、佩吉或蒂莫西可能在任何地方，他们中的任何一个人都有可能眺望湖面，看皮克特人驾驶的圣甲虫号有没有停在船屋后面——他们不能被人发现，要安全地藏在船舱里。桃乐茜焦急地沿着岸边张望。

她觉得自己到处都能看到有人在树林间的空地走动。她寻找着白色连衣裙的身影。如果南希或佩吉看到圣甲虫号，她们会立即大喊大叫还是会灵光一现，等到她和迪克离开后才让其他搜寻者知道？对此，他们也没有办法，只能载着姑奶奶一起航行。他们陷入了困境。他们唯一的希望就是迅速赶回贝克福特，发现那里仍然像他们之前离开河边时一样冷冷清清。

"你们认识一些姓沃克的孩子吗？"姑奶奶问道，桃乐茜感到她的心都提到嗓子眼了。

"认识，"她说，"他们住在霍利豪依。"

"他们现在在这里吗？"

"不在，"桃乐茜说，"但我知道他们下周或下下周就会来。"

"确实如此，"姑奶奶说，"我也听说了。恐怕我冤枉了我的侄孙女们。"她没有再说什么，桃乐茜也没有说什么。她完全不明白姑奶奶的意思，但她心里很害怕，生怕姑奶奶接下去会问："你认识我的侄孙女吗？"

她没有问这个问题。他们已经离开了那些小岛，正朝着贝克福特岬角驶去。姑奶奶又问了时间。迪克看了看表，圣甲虫号差点转向，他把时间告诉了她。姑奶奶说："非常好。如果我在一点钟还没准备好的话，那就太不幸了。我真的非常感谢你们俩。"就在桃乐茜正想着事情到最后也许会很顺利时，突然听到靠近湖边的马路上传来一声喊叫。

他们三个人都听到了。不久，他们又听到一声喊叫。然后几个人一起在喊。接着传来一声长长的号角声，声音拖得很长很长，最后随着一声叹息停了下来，好像那个吹号的人已经没有了呼吸。不一会儿，他们又听到另一支号角发出了同样的长号声。在湖下游很远的地方，一支又一支号角接连吹起来。岸边还传来一个声音，可能是乔利斯中校的，他用响亮的嗓门大喊道："找到她啦！"

姑奶奶的阳伞摇晃得有点厉害，微风中不至于这样。她不耐烦地用手指敲打着放在膝盖上的装有化学天平的盒子。

"找到啦——"

十几个人一起喊着。

"找到啦——"

喊叫声传到了远处的岸边。他们听到高高的树林里传来古老的狩猎啸叫。他们一遍又一遍地用号角吹出胜利的长号声。

"他们看到您了,"桃乐茜说,"他们非常高兴。"

她心想,可能只有杰克会对不用从湖里打捞姑奶奶的尸体而感到失望。她还活着。她被找到了。当然,大家都很高兴。然后桃乐茜又想起,有一件不该发生的事情还是发生了,他们和姑奶奶撞了个正着。这不是她的错,也不是迪克的错,但他们和姑奶奶在一艘船上。之前他们还希望去贝克福特不会遇见任何人,现在希望不大了。南希的计划一直进行得很顺利,但到最后一刻出了问题。殉难者做了那么久的天使,到头来却是徒劳,皮克特人也白躲了,而且其他很多人也会陷入麻烦。

现在,沿着岸边的马路上,到处都有汽车在鸣笛。透过树林间的一道缝隙,桃乐茜看到一群人挤进其中一辆车里。他们中有一个穿白裙子的人吗?她无法确定。那辆车欢快地鸣着笛,向贝克福特开去。一辆接一辆的车跟了上去。她看了看迪克。迪克也看到了,但风从船的正后方吹来,他努力不去想别的事,只想着掌舵。桃乐茜看到他焦急地瞥了一眼姑奶奶的阳伞。这把伞可能会起到后桅纵帆的作用,但如果现在改变航道,横杆就会摆过来,把伞从她手上打掉,那就太可怕了。他从来没有在圣甲虫号上练习过从水里打捞掉下去的东西。他在山雀号上练习过,

这把伞可能会起到后桅纵帆的作用

当时汤姆和黑鸭子俱乐部的小家伙们在航行的时候教过他。他真希望自己之前想到在圣甲虫号上试一试。明天他要用火柴盒练习一下。明天？桃乐茜不知道他在想什么，但看到他的脸色变了。迪克，像桃乐茜一样，也知道他们灾难临头了。

"你不觉得，"姑奶奶说，"用桨划可能比扬帆航行快一点吗？"

"我不那样认为，"迪克说，"但是当我们进入河里，用桨划就更快了。"

"大概你才是专家，"姑奶奶说，"我这么说只是因为我真的要快点赶回去。我还得赶火车。"

没有人比迪克和桃乐茜更清楚她赶上火车有多重要。

"用桨试试怎么样？"桃乐茜说。

"没有用，"迪克说，"我们只会浪费时间。"

"我相信你已经尽力了。"姑奶奶说，实际上她并不怎么明白。

显然，很多人都会在他们之前赶到贝克福特。一辆接一辆的汽车沿着湖边的马路呼啸而过，载着搜寻者往回走。无论小船驶得多快，跟汽车相比，它就像一只乌龟。早在圣甲虫号绕过贝克福特岬角驶入河道之前，岬角后面就响起了欢快的号角声。

"我现在要划船了。"迪克说，"你准备好桨架了吗？"

桃乐茜连看都不敢看姑奶奶一眼，赶紧把桨架放好。

"我要把帆降下来吗？"她问。

"不用了。"迪克说，他想到姑奶奶在船上，降帆会很困难，"我们就要左舷受风了，这样风不会影响帆。"

他们离芦苇丛生的河岸越来越近。

"准备好了。"桃乐茜说。

"和我换个位置。"迪克说。

桃乐茜坐在船舵旁，迪克伸出桨开始划船。

贝克福特花园里闹闹哄哄，人们的谈话声、叫喊声、欢笑声交织在一起，时不时还有消防员吹起号角或猎号。迪克没有环顾四周。他用眼角的余光看到了亚马孙号的船尾在芦苇丛中。他知道他们正在向船库靠近。他也知道，桃乐茜的驾船技术不是很好。

桃乐茜抓着舵柄，姑奶奶紧挨着她，已经能看到贝克福特的草坪上挤满了人。她看到了南希和佩吉，看到了蒂莫西和乔利斯中校。那边是医生，他正在和蒂莫西说话。那边是邮差。还有杰克，他穿过人群，想看得更清楚些。

"你们能不能让我在这里上岸？"姑奶奶说。

"桅杆还竖着，它应该进不去船库。"迪克说。

"我认为草坪边上的水很深。"姑奶奶说。

迪克停止划桨的时候，有人从草坪那边伸出手来，桃乐茜朝那边驶过去。顿时一片沉默。有人抓住了圣甲虫号的桅杆。好几只手抓住了船舷上缘。南希和佩吉不在其中，但桃乐茜瞥见了她们在人群中的惊恐表情。

乔利斯中校清了清嗓子。他站在那里，准备发表演讲，同时还帮着把姑奶奶扶上岸。

"特纳小姐，"他开始说道，"我想我要代表我们所有人……"

皮克特人和殉难者

"汤米·乔利斯，"姑奶奶打断了他的话，"我猜是你带头干了这所有的蠢事，对吧？"

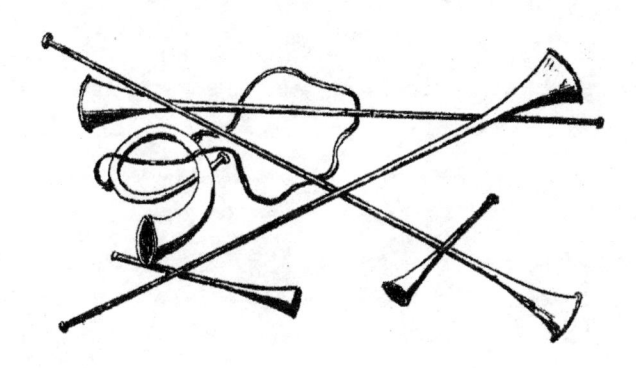

第二十九章

玛利亚姑奶奶面对她的"追兵"

南希看到圣甲虫号向贝克福特驶过来，船上有迪克和桃乐茜，还有一个撑阳伞的乘客。她对着乔利斯中校大声嚷嚷，他站在路边的汽车旁，正想着在树林里一无所获后接下来该把他的手下带到哪里去。他吹起长号角，告诉其他所有人"找到了"，并召集自己组的六个消防员，开车直接去贝克福特。佩吉在湖下游很远的地方，但几分钟后就和另一批人过来了。南希在大门口等着佩吉，眼看着一辆又一辆汽车载满人开过来。

"完蛋了，"她说，"她遇上了皮克特人！她和他们在一起，在他们的船上。他们现在正从岬角那边绕过来。"

"我们该怎么办？"佩吉说，"赶紧跑掉？"

"不行，"南希说，"到时我们肯定会被骂得狗血淋头。我们只有向她解释。我一见到她就吓得大叫。但不管怎样，其他人也会看到她的。现在一切都完了。唉！还有蒂莫西。咳，我们搞砸了，全完蛋了。她碰到了他们，然后他们开着船把她带回家。"

"谢天谢地终于找到她了，"蒂莫西一边擦额头上的汗一边说，"本来可能会发生更糟糕的事呢。"

"没有什么能比现在更糟糕了。"

"去湖里打捞算不算呢？"蒂莫西说，"走吧，我们必须接受现实。"

厨娘听到汽车一辆接一辆开过来的声音，就从屋里跑了出来。

"他们找到她了吗？"她大声问道，"她伤得很重吗？"

"迪克和桃乐茜已经找到她了,"南希沉着脸说,"她看起来很好。她在他们的船上。他们随时都会来这里。"

"他们两个呀!"厨娘惊叫道,"我就知道结果会这样。"她攥紧了双手,"她马上就会发现这一切。到时还不知道会怎么责怪你们那个可怜的妈妈……随便她怎么说我,我已经说过不干了……"

厨娘、蒂莫西、南希和佩吉汇入人群,一起绕过房子拥向草坪。刚才一直在跟乔利斯中校聊天的医生朝他们挤过来。

"我当初就应该把你们的事说出去,"他说,"那样就不会发生这种事了。"

邮差没有上前来跟他们说话,但南希发现他在看他们,他先是一条腿站立,然后又换另一条腿,好像想走,但又想知道最坏的情况是什么,好让事情结束。南希没有看他的眼睛就转过头去。

"他们究竟是不用在湖里打捞了。"他们听到一声刺耳的抱怨,原来是杰克,他和他爸爸还有他们的牧羊犬在一起。

所有的"帮凶",不管是情愿还是不情愿的,都在那里,厨娘、蒂莫西、医生、邮差和杰克,他们所有人都按照南希认为最好的计划去做了,等他们发现这一点的时候,已经来不及去做别的了。再过一两分钟,迪克和桃乐茜就会跟姑奶奶来到这里。

"嘿,佩吉,"南希说,"这都是我的错,我必须承认。你最好让我来解释。"

"他们在哪里找到她的?"佩吉说。

"我不清楚。"南希说,"我第一次看到他们的时候,他们已经把她带

到湖上了，在长岛和岬角中间的位置。如果他们看见她在岸上就把她接上船，那真是白痴。"

"我最后看见他们的时候，"佩吉说，"他们正往另一个方向走。"

"如果他们乖乖听话就好了。"南希说，"对了，蒂莫西，你确实说服他们去船屋了，是吧？"

"没错，"蒂莫西说，"我跟他们说有一件事绝不能发生，就是碰见姑奶奶。我让他们去船屋耐心地等消息。"

"真是白痴！"南希说，"要是他们这样做了，就不会有事了。喂！他们来了。"

圣甲虫号出现在船库附近的时候，草坪上的人群开始拥向河边。南希、佩吉、蒂莫西和厨娘也跟着其他人一起往前面挤。越来越多的消防员绕过房子拐角拥了过来。

所有这些人花了一上午寻找一位老太太之后，这会儿还在等她，南希看到这一幕，突然间感觉就像看到一只狐狸被一群猎犬围住，无路可逃。她一时间忘记了自己的麻烦。对玛利亚姑奶奶来说，面对这样一群人，简直太可怕了。

"她看起来一点也不像发生过什么事。"佩吉说。

"大家让一让，她要上岸。"乔利斯中校命令道。

"他没找到她，相当难受呢。"佩吉说。

"反正他投入了不少。"南希说。

中校环顾四周，生气地做了一个手势，让那些吹着胜利的号角欢迎"狐狸"的家伙安静下来。大家沉默了片刻。中校大声清了清嗓子。

"我的天哪,"蒂莫西喃喃道,"他要发表演讲了。"

中校把姑奶奶从船上扶了下来。他开始了他的演讲,但并没能多说几句。

"汤米·乔利斯,"姑奶奶打断了他的话,"我猜是你带头干了这所有的蠢事,对吧?"

这是姑奶奶上岸后说的第一句话,她为接下来的事情定了基调。

乔利斯中校,地区消防员组织者,他手下的头儿,身经百战的英雄,瞬间变成了汤米,五十年前的那个小男孩。他的尊严荡然无存。就像有人戳破了一只玩具气球。他本想发表的演讲没等开口就咽了回去。他不停地把身体重心从一只脚挪到另一只脚,没有说一句话。姑奶奶可是毫不留情。

"不,汤米,"她慢条斯理地继续说道,"你真的没怎么变。你从小就喜欢吹玩具喇叭……我记得以前见过也听你吹过,那时因为你姐姐踩到你的锡皮喇叭,你就躺在育儿室的地板上哭哭啼啼。你躺在那里,一个劲地哭啊、踢腿啊,直到你妈妈把你抱起来,骂了你一通,那是你应得的。"

有一个年轻的消防队员笑了起来,中校回头去看是谁时,那笑声戛然而止。

"不过,特纳小姐……"他结结巴巴地说。

"锡皮喇叭,汤米。"姑奶奶说。佩吉盯着她看,突然觉得这很像南希叫某些人"呆瓜"。

"来吧,佩吉。"南希说,然后从乔利斯中校和来自湖那头的警长中

姑奶奶上岸

间挤了过去。

"玛利亚姑奶奶,"她说,"您还好吗?我们担心得要命……"她突然停下了。她刚刚看到姑奶奶手里拿着的东西了,那只装着化学天平的木盒。

"很好,亲爱的。"姑奶奶说,"露丝,你知道你的连衣裙破了吗?玛格丽特像是穿着衣服在地上打过滚?"

厨娘打断了她:"她们怎么会不知道,特纳小姐?大伙都在树林里找您。没有一条白裙子能在荆棘丛里坚持两分钟还不破不脏。"

"呀,厨娘,"姑奶奶说,"差不多快一点钟了,我想你也知道,我要去车站了。希望你还记得给我准备三明治。"

"三明治,特纳小姐!我们还以为您更可能去了一个不需要三明治的地方。"

"我希望你快点给我准备好。"姑奶奶说。

这时轮到那名警长讲话了。"您是特纳小姐,对吗?"他说,"我们昨晚接到通知说您从一辆停在马路边的汽车上失踪了,没有留下任何痕迹……"

"据我所知,"姑奶奶说,"我没有义务把我的行踪告知警方。如果可以的话,我还要说,我也没有理由认为他们称职。"

警长可没那么容易被压倒。"我应该给您指出来,特纳小姐,一部分警察被暂时借调,还有一大批人不得不放下他们的工作……"

南希只犹豫了一会儿,就冲上去救场了。

"她跟这事无关,"她说,"全都是我的错。就因为玛利亚姑奶奶没回

家，我有点担心，除了给您和乔利斯中校打电话外，我也想不出其他办法了。"她瞥了一眼姑奶奶。她们对视了一会儿。令人意外的是，姑奶奶似乎很高兴。

"夫人，"乔利斯中校说，"我想虽然我们没那么幸运能找到您，但我的人把森林都搜遍了。如果您碰巧摔倒在树林里某个地方，我想我们中肯定有人会把您救出来。"

"锡皮喇叭。"姑奶奶好像自言自语，然后又补充说，"我希望至少你们玩得开心，尽管你们在寻找一个根本没走丢的人。"

"夫人，"警长打开他的笔记本说，"我必须完成报告。您不反对告诉我们您去了哪里吧？"

"不反对，警长。我在我侄子的船屋里，我发现那里没有人住，也没有上锁，里面乱七八糟的，很不像话。"

南希张大了嘴。佩吉想倒抽一口气又忍住了，没人听到。蒂莫西红着脸走上前来，目不转睛地看着姑奶奶手中装有化学天平的盒子，而姑奶奶一直盯着警长在笔记本上匆匆忙忙写什么。蒂莫西对她说话的时候，她才转过身来。

"我真的必须道歉，"他说，"恐怕您被我留在舱门上的纸条误导了。那是我留给其他客人的。如果我知道您要去，我应该把里面收拾一下。"

姑奶奶上下打量了他一番。"我想我们以前见过面。你好像还不情愿。不知道你还记得吗？你跳过一堵墙，跑到树林里去了。还有一次碰面，之后我发现有必要向当地的一位笨警察描述你。我想你能认出这只属于我侄子的盒子吧。如果你需要它，而你又是他的朋友，你不觉得找我们要它会比晚上闯进房子去偷它更简单吗？要不是那个警察固执又愚蠢、拒绝按照我给他的信息去调查——我给的信息在各方面都准确无误，你早就被逮住了。我侄子交上了这种朋友，我真是替他捏一把汗。至于我在船屋看到的情况，把那里说成猪圈，对猪来说都是不公平的。你回到那里之后，至少重新收拾一下，希望你在他回来之前的二十四小时内尽量让那里保持干净。我花了一上午的时间才把那些土倒进湖里。好了，如果你是吉姆的朋友，我就把这只盒子给你吧，希望你今后能记住，入室盗窃不是绅士干的事。"

一阵可怕的沉默，南希以为蒂莫西会忍不住说出真相自保。但他什么都没说。

"我怎么不太明白？"那个警长又开始问。

"我不这么认为。"姑奶奶说，"请原谅，现在我必须走了。唉，不讲礼貌是会传染的，我还没来得及感谢那两个可爱的乖孩子，要不是他们的无私帮助，我就可能错过火车了。"

这一刻终于来了。南希做好准备向姑奶奶交代。每个人都转身看向河面。河水在草坪边静静地流淌，但之前一直在岸边等待着的挂着红帆的小船已经不见了。

"不过他们已经走了。"佩吉说。

"他们走了！"南希惊呼道，几乎是在喊叫，因为已经完全消失的希望又重新被点燃了。

"我真是太疏忽了，"姑奶奶说，"忘了问他们的名字。我敢说你们还会在湖上见到他们。我觉得他们会是你们最合适的朋友。我注意到他们

的船上挂的是红帆，旗帜上好像有某种绿色昆虫。你要告诉他们，受到他们恩待的老太太很抱歉没有机会向他们表达感激之情。好了，露丝，我们不管这些看热闹的家伙了。走吧，玛格丽特，我预订的汽车随时都会来。我还要给你们的妈妈写一封信。"

姑奶奶带着南希和佩吉向房子走去时，人群又为她们腾出了空间。

遭受两次打击的乔利斯中校重新鼓起勇气。"特纳小姐，"他说，"我这里有车，我可以载您一程吗……"

"谢谢你，汤米，"姑奶奶说，"你没法完成心愿了。你刚经历了一场漂亮的、闹哄哄的'狩猎'，但恐怕你不能把你的'猎物'载在车上带回家。"

医生刚开始还以为他至少可以顺利逃脱，但倒霉的是他在草坪上正好挡住了姑奶奶的路。

南希瞪着他。危险还没过去，但她不用害怕了。

"啊，医生，"姑奶奶说，"你跟汤米·乔利斯和他的朋友们一起玩得很开心？"

"我担心，"医生结结巴巴地说，"我担心他们可能需要我。"

"确实也对，"姑奶奶说，"至少我不能像指责其他人那样指责你不务正业。"

"我非常高兴我……我……那个……"

姑奶奶向他鞠了一躬，就过去了。她看到那个倒霉的警察萨米，很快在门边停下来，萨米胳膊上搭着一件黑色丝缎披风。她用阳伞指了指它。

"警察,"她说,"你拿那件披风做什么?"

"小姐,我们得拿一些东西,让警犬闻闻气味。"

姑奶奶吸了一口气。"你的意思是说,你已经无礼地打开了我的箱子。我昨天把那件披风收拾起来了。"

"我们没有碰别的东西。"警察结结巴巴地说。

"去他那里拿回来,玛格丽特。"姑奶奶说。

"那是给警犬闻过的。"南希说。

"我知道,"姑奶奶说,"的确是警犬!警察,你应该记得我曾向你描述过那个闯进这座房子、穿得破破烂烂的家伙吧?你当时就是不相信我。现在你可以找到他,他正在和乔利斯中校说话。不,我不打算起诉他。那件事已经结束了,但并不是因为警方采取了什么有效措施。"

"是的,小姐。"萨米说。

"我想你是李思维特的儿子,"姑奶奶说,"在你上司那里告你状也没用,但我很遗憾这么快就要离开,不能和你妈妈说几句话。"

她走上台阶,进了屋,佩吉拿着披风跟在后面。

南希逗留了一会儿。

"打起精神来,萨米。"她说,"对了,警犬找到什么了吗?"

"没有,"萨米说,"它在吉尔岩的门边闻到了气味,循着气味一直跑到了斯温森农场附近,然后就去了湖那头。"

"斯温森农场,"南希说,"她去那里做什么?他们告诉我说没见过她。"

她急忙进屋,上了楼,发现姑奶奶在她自己的卧室里仔细地叠披风,

然后把它放进箱子里。

"好了，玛格丽特，好好看看四周，看我有没有落下什么。"姑奶奶说着走到卧室的写字台前，"还有，露丝，你下楼去看看厨娘是不是在给我做三明治，让她看到汽车来了就通知我。"

外面的花园里，"猎人"们正在舔舐他们的"伤口"。

"我说啊，那个老太太真难对付。"警长说。

"把我们一个接一个地击倒，"乔利斯中校说，"击倒一个又准备击倒下一个。"他转身去问蒂莫西，"她对你成见很大。她叫你什么？'窃贼'还是什么的？你偷过东西？"

"说来话长。"蒂莫西说。

"要我说的话，"医生说，"这一切都怪那个小家伙，南希。我们很幸运没有发生更糟糕的事情……"

蒂莫西朝医生眨了眨眼睛。"对了，"他说，"你们看到那两个陌生人去哪儿了吗？"

"好了，我要走了。"警长说。

"等一等，"乔利斯中校说，"如果我们只是夹着尾巴撤退的话，会沦为大家的笑柄。"

"我们能做什么，中校？"警长问道。

"等她出来的时候，我们一起欢送她。"乔利斯中校说。

第三十章

美德的回报

迪克看了看桃乐茜，桃乐茜瞅了瞅迪克，他们不约而同地想出了一个主意。

迪克紧紧地抓着一丛草，让圣甲虫号贴在岸边。桃乐茜仍然抓住舵柄。一分钟又一分钟过去了，两人都在等着有人说漏嘴，那意味着大难临头。但没有人说什么。姑奶奶上岸后就集中火力去对付那些搜寻她无果的人，从那一刻起，就没人留意她乘坐的小船了。姑奶奶摆出一副很有尊严的样子走上草坪，朝房子走去，人群为她让路，又在她身后围拢过去。没有一个人回头往河边看。迪克松开那丛草，把船推离了岸边。他们还有机会。

圣甲虫号悄悄地从草坪边漂走，漂向河的下游。岬角的高脊替他们挡住了风。船帆耷拉着。桃乐茜摸了摸松弛的主帆索，但看到迪克警告的眼神之后，很快放开了手。他们一点点地离开草坪，向下游的船库漂去。仍然没有人回头看他们。迪克不敢用那些吱吱作响的新桨，也没必要。刚才，他紧张地以为船可能会撞到船库的墙上，但圣甲虫号避开了。不一会儿，从草坪上就看不到他们了。

"我们成功了。"桃乐茜低声说。

圣甲虫号沿着长满芦苇的河岸漂流。芦苇丛中，亚马孙号的船尾离他们只有五六十厘米远，小船前一天被留在了这里。迪克抓起一支桨，刚好能够着它，他把圣甲虫号靠了过去。

"这样安全吗?"桃乐茜问。

"总比去外面要好。"迪克说,"在湖上,从任何地方都能看到我们。"

他拿着圣甲虫号的系船绳,爬到亚马孙号上,把绳子系紧,然后又爬回圣甲虫号,降下了帆。

"别收拾了,"他说,"走吧。"

"去哪儿?"桃乐茜说,"有那么多人在,我们不能回小屋去。"

"去瞭望台,"迪克说,"我们必须知道那边怎么样了。"

他们让圣甲虫号上的系船绳的绷紧了,让船靠在下游的芦苇上,然后从亚马孙号上岸。

很快,他们悄悄地爬上山脊顶端,往前爬了几米的距离,藏在岩石和石楠丛之间,俯视着贝克福特的草坪。

人群已经向房子靠近了些。他们看到厨娘急急忙忙地朝花园的门走去。姑奶奶正在和一名警察说话。穿着白色连衣裙的南希和佩吉就在她身旁。

"姑奶奶发现了还是没发现?"桃乐茜说。

"她要进屋了。"迪克说,"佩吉手里拿着什么?"

"南希也进去了。"

"蒂莫西正在和乔利斯中校说什么。"迪克说。

"还有医生,"桃乐茜说,"如果姑奶奶问他问题,他一定会全部交代出来。他说过他会这样做。"

迪克看了看表。

"几点了?"桃乐茜问。

"一点还差十四分钟半。"

没有哪个十四分钟半过得如此缓慢。

草坪上的人越来越少。消防员和他们的帮工都往回拥向马路。人们三三两两地聚在一起交谈，徘徊不定，但所有人都朝同一个方向走着。很快就没人了。新割的草坪看上去好像球员们都回家后的足球场。但山脊上的两位观众知道，人们并没有走远。他们还能听见很多人在交谈的声音。

"他们还在等什么？"桃乐茜说，"他们知道她没走丢，为什么还不离开啊？"

一分钟又一分钟过去了。趴在山脊顶上的皮克特人俯视着被踩踏过的、空无一人的草坪，还有静悄悄的灰色房子。没有一个人在窗户边出现。南希、佩吉和姑奶奶都在房子里的某个地方……这个姑奶奶不是那个不知道皮克特人存在的姑奶奶，而是跟他们一起坐过船的姑奶奶，她和他们交谈，他们还把她带回了贝克福特。

"我相信我们的谎言已经被戳破了，"迪克半站起身说，"一定有人说了什么，她们现在正吵得不可开交。我们最好下去告诉姑奶奶，我们也有错。"

"我们不清楚情况。"桃乐茜说，"她见过我们也没关系，只要她不知道我们是谁。如果她不知道我们是皮克特人，我们就还是皮克特人。等到一点钟，看她会不会走。现在几点了？"

"一点还差十五秒。"

"一辆车过来了。"桃乐茜说着差点跳起来。

"消防员要走了。"桃乐茜说。

"车是从湖的尽头过来的。"桃乐茜说。

他们听到它越驶越近,在窄路的拐弯处不停地按喇叭。

"车停了。"桃乐茜说。

号角声响了一会儿,但又突然停了下来,好像吹号人被命令闭嘴一样。说话的声音越来越大,但没有汽车开走的声音。

"他们为什么不走?"桃乐茜说。

说话声仍然越来越大,接着突然安静下来。

"怎么了?"桃乐茜说。

一分钟过去了,什么声音都没有。

然后,房子后面传来乔利斯中校的声音,他喊道:"开始,小伙子们!特纳小姐!嘿嘿嘿哈!"最后几个字淹没在热烈的欢呼声和巨大的号角声中。号角声和猎号声交相呼应,激烈争斗。手拿号角的人都拼命地吹着。

现场再次安静下来,接着一辆汽车按了一下喇叭。

"她要走了,"桃乐茜小声说,"她肯定是要走了。那是来接她的车驶出大门时发出的鸣笛。"

他们又听到鸣笛声从更远的地方传来。

房子后面又有说话声和喊叫声,还有发动引擎和汽车开走的声音。

"她走了,"桃乐茜说,"我完全肯定。"这时,南希和佩吉穿过草坪往船库跑去。

"他们一定在附近。一定没错。圣甲虫号,啊嘿!啊嘿!出来吧,你们这两个皮克特人!"

这是十天来他们第一次听到南希用叫喊声放飞自己。

"啊嘿!"迪克和桃乐茜也喊道,他们跳过岩石和石楠丛,沿着陡峭的山脊往下面飞奔,这时蒂莫西正慢慢地绕过房子的拐角,边走边读一封信。

"干得漂亮,皮克特人!"南希大声说,"干得好!干得好!如果你们不开溜,我们就全完蛋了。"

"她走了吗?"桃乐茜问。

"当然走了。你们没听到他们为她送行吗?"

"她知道我们的事了吗?"

"她一点都不知道。我们以为她肯定会发现。医生、邮差和其他所有人都差点交代出来,但她没有给任何人机会。我们一次又一次地觉得会完蛋。但幸亏有乔利斯中校、蒂莫西和警察,她一直忙着对付他们。她说要感谢你们送她回家,那才是最糟糕的时刻。她到处找你们,但你们已经走了,那反而成了最好的时刻。"

南希转身看着蒂莫西,他已经走到他们面前,但他仍然在看信。"要我说,她对你说了那么多不公平的话,说你偷东西,你一点也不慌张,什么也不说,真是太了不起了。"

"我也没有别的办法。"蒂莫西说,"如果她知道他们掺和了这些事,对我们所有人来说,情况只会更糟。不管怎么说,偷东西,然后他们撞见她,多多少少是我的错。他们在船屋发现她、把她带回来,这是好事。"

是我让他们去船屋的。我不明白的是，她到底是怎么去那里的。"

"我知道，"南希说，"她告诉我们了。她说她遇到了玛丽·斯温森，是玛丽带她过去的。我想不出她为什么要去那里。姑奶奶自己也没讲。这与她认为燕子号船员在这里有关，之前我们跟她说他们还没有过来。"

"现在没事了吧？"桃乐茜问。

"没事？比没事好太多了。你看看她写给妈妈的信。她没有用信封装起来，还让我们也看一看。嗨！蒂莫西！把信给我们。"她从他手中接过信，把它塞到桃乐茜手里，"看吧！看吧！看了你就明白了。"

"但是我们应该看吗？"

"当然应该啊。蒂莫西已经看了，这就是一封公开的表扬信。"

"她把你们说得很好，"蒂莫西说，"对我有一点苛刻，不过我确实喜欢她干倒警察和乔利斯中校的方式。要我说的话，我倒觉得你们的姑奶奶跟她的侄孙女很像。针对乔利斯带着他的全部人马去车站给她送行的事，她的做法也让人叫绝！你们有没有听到她跟她的司机说不要以超过每小时十六千米的速度开车？"蒂莫西咯咯地笑了，一下子躺在草坪的斜坡上，把双手垫在疲惫的脑袋下面。

迪克和桃乐茜在一起看那封信。

亲爱的莫莉：

纯属偶然，我听说你和詹姆斯打算出海航行去玩，把你的女儿也就是我的侄孙女单独留在贝克福特，你们还认为这样做很合适，我觉得我有责任在你不在的时候照顾她们。我毫不怀疑，要不是你

不愿意麻烦我，你也会建议这样安排。我想说的是，我对露丝和玛格丽特的明显进步感到非常惊喜。可以说，她们是最体贴最听话的，我在这里的时候她们各方面都表现得非常棒。她们除了每天练习钢琴外，暑假作业也有明显进步，这样等你回来之后，她们就能更好地陪伴你。特别是露丝，我对她有过一点小误会，结果还让我有些尴尬，但她表现出了你祖父特有的机智。好像詹姆斯把他的船屋借给了一个人，这是不明智的，我真想把这个人的情况好好跟你说说。我希望詹姆斯事先清点了船屋里的东西，然后再将它交给那个人，那个人以为我可能拒绝把他想要的东西给他，就半夜闯进来偷走了它们。

我今天就要走了，我要回去和我亲爱的老朋友赫斯基森小姐重聚，按照她夏天的惯例，她都要来哈罗盖特下水玩。不然的话，我很乐意继续履行职责照顾她们，但我发现这次来这里非常愉快。

希望你和詹姆斯航行愉快。

爱你的姑姑
玛利亚·特纳

"怎么样？"南希说，"我就知道我们会成功。妈妈一定会非常开心。当初你们还觉得姑奶奶来这里只会挑事，对妈妈撒泼耍脾气。尽管她在这里，但我们也完成了我们的计划。现在一切都结束了，你们可以不再做皮克特人，我们也不必再装天使了。"

"但你不知道她做了什么好事，"迪克说，"她把矿上的所有样品都扔

进了湖里。"

"没关系，"蒂莫西说，"她真好，省了我的麻烦。那些样品现在已经不重要了，我们都化验过了。重要的是我们拿到了结果，就装在我的口袋里呢。我们现在唯一需要的是昨天拿到的两个样品，它们被安全地放在我的背包里。如果明天早上你想过来的话，我们就能把工作完成。吉姆和布莱克特太太要到明天下午才回来。"

自从迪克知道姑奶奶一直在船屋里忙前忙后，他心里的压力就更大了。他知道当人们包上头巾、全身心投入清理工作的时候意味着什么。他一度以为"入室盗窃"是白费力气，蒂莫西和他做的化验也白费了。

"我明天一大早就开船过去。"他说。

厨娘从草坪上走过来。

"斯特丁先生，你留下来吃午饭，"她说，"我准备了五个人的饭。你不应该躺在潮湿的草地上，尽管阳光灿烂。呃，不过我很高兴那件事终于过去了。想到特纳小姐在那艘旧船上过夜，想要多舒服就有多舒服，而我们却在担心着调查询问的事。"

"她给妈妈写信说我们表现非常好，"南希说，"我们也确实做得很好。不过，对了，厨娘，你不是真的要离开吧？"

"噢，那个事啊，"厨娘说，"她让我收回之前说的话。我很高兴她没事，我告诉她说我不介意了。好了，我一敲锣就表示午饭准备好了，然后你们赶紧来吃饭。到时你们要把所有行李从那座小屋拿回来。我们必须把它们都放进卧室，收拾得整整齐齐的，准备迎接布莱克特太太回家。我们得把一切安排妥当。如果特纳小姐不来插手的话，事情应该就会这

样进行。"

厨娘说完回屋里去了。

贝克福特的草坪上出奇地平静。只有遥远的湖泊尽头不时地传来号角声，告诉人们消防员结束搜寻要回家了。

"谢天谢地，这事结束了。"蒂莫西说，尽管厨娘提醒了他，他却仍然躺在草地上。

"是的。"南希说，她的眼睛里有了一种新的神采，"毕竟只过了十天。可怕的十天，但为了妈妈，这一切都是值得的。现在我们终于可以为所欲为了。我们一吃完饭就去把海盗旗升起来。不要浪费一分一秒，我们将行动起来……"

蒂莫西突然坐了起来。"噢，听着，"他说，"经历这件事之后，我只想过一种平静的生活。"

"好吧，你应该还实现不了，"南希说，"你不能指望这个。燕子号船员就要来了，再加上吉姆舅舅，暑假还有整整五个星期呢。"